[鹿 小 姐 书 系]

听说我们不曾落泪 3

7号同学——著

江苏凤凰文艺出版社
JIANGSU PHOENIX LITERATURE AND ART PUBLISHING, LTD

图书在版编目（CIP）数据

听说我们不曾落泪. 3 / 7号同学著. --南京：江苏凤凰文艺出版社，2020.2

ISBN 978-7-5594-4420-2

Ⅰ.①听… Ⅱ.①7… Ⅲ.①长篇小说—中国—当代 Ⅳ.①I247.5

中国版本图书馆CIP数据核字（2020）第002620号

听说我们不曾落泪3

7号同学 著

责任编辑	丁小卉
特约编辑	刘 蓓 杨 珍
装帧设计	周 丽 李映龙
责任印制	刘 巍
出版发行	江苏凤凰文艺出版社
出版社地址	南京市中央路165号，邮编：210009
出版社网址	http://www.jswenyi.com
印 刷	湖南天闻新华印务有限公司
开 本	710mm × 1000mm 1/16
字 数	260千字
印 张	15
版 次	2020年2月第1版 2020年2月第1次印刷
书 号	ISBN 978-7-5594-4420-2
定 价	36.80元

目录
CONTENTS

目录

CONTENTS

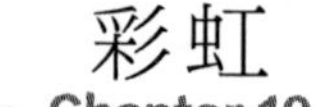

1 Chapter 相逢

时光荏苒，她的心境变了几遭，他却还是当初的模样。

（1）

时值初春。

空气中还残留着丝丝凉意，微风吹得等待中的陈初有些犯困。她刚打了个盹，便被“啪”的一声巨响惊醒，吓得她急忙正襟危坐，却发现那个一直坐在她对面埋头写写画画的警察姐姐拿着文件夹正看着她哭笑不得：“我说你这小姑娘心可真大，别的女孩进了警局，不是抹眼泪就是哭爹喊娘，你倒好，竟在这里睡上了。”警察姐姐顿了一下，又说，“赶紧给父母打电话，让他们来保释。哎，你是哪个学校的？不然让学校老师来也成。”

陈初心里直打鼓，想着这怎么成，脸上还装着平静：“我打了，没接。”

事实上，陈初是打了电话，倒不是打给父母，而是打给唐乐，结果唐乐那破手机竟没信号，叫她换个手机不肯，看吧看吧，现在自己出事了，连人都找不到。

人在绝望的时候，总会生出一些奢望。

陈初不知怎么想起了远在千里之外的贝思远。往常每一次出了变故，她总会不自觉地拨他的号码，可这回电话始终处于无人接听的状态。

陈初表面不动声色，心下早已慌乱无主，但她也知道这电话无论如何不能打给父母，否则还不知道会闹出什么事来。

想到这里，陈初又将陆淼淼骂了一遍，都是这厮害的，若不是她，自己也不会落到这步田地，一时间也忘记是自己主动多管闲事又下手太重才会闹到警局。

这事还要从两个小时前说起。

今夜南泽有一场大型公益演唱会，国内众多一线明星将助阵，吸引了不少粉丝，几个月前票便已售空。陈洪恩偶然得到了几张赠票，位置还不错，顺手就给了陈初。陈初闲着没事，便约了唐乐一起去看，结果快到点了，唐乐才打电话说有个同事请假，她临时被拖去代班，陈初只好一个人去看演唱会。

距离演唱会开场还有两个小时，体育馆早已被各路粉丝围得水泄不通。

何婧每每来体育馆演出，陈初都按捺不住偷溜出去玩，所以她对这里已经了如指掌，知道快捷通道在哪里，走哪个门能进去，当即就往南门走。

若知道后来的事，她一定老老实实走正门。

从正门到南门需要绕大半个体育馆，其间还要经过停车场，陈初便是在那里遇见陆淼淼的。陆淼淼是她的新晋室友，大三第一学期末才搬到她们寝室来。两人同寝不过两月余，中间还隔了一个寒假，却已经将对方列入各自的黑名单，且时不时需要拉出来画几个红叉再塞回去。

陈初打心底里烦透了这个喜欢穿粉红大衣、粉红连衣裙、粉红鞋子，连指甲都是芭比粉的女孩。她一定有严重的公主病，才会将寝室装扮得满是粉红色的蕾丝；又不是小儿麻痹，连个矿泉水瓶盖都拧不开；就连她养的狗都扎上了令人恶心的粉色水玉波点蝴蝶结，明明是条公狗，还要取名叫甜甜。

当然，陆淼淼也看陈初不顺眼，觉得她人前一套，人后一套，脾气还坏得要命。她的狗狗不就是咬坏了陈初的拖鞋吗，陈初竟然上报到了宿管那里，害得她与甜甜被迫分开，简直惨无人道，毫无人性。

一来二去，两人就彼此恨上了，虽说不至于大打出手，但每每碰面，冷嘲热讽是一定有的。

所以，当陈初看见陆淼淼在宽敞而阴暗的出口与人拉扯的时候，她本是打算假装没看见的。

那几个女孩不过十七八岁，穿着统一的应援T恤，戴着兔子头箍，还拿着荧光棒，估计也是来看演唱会的。陆淼淼穿着粉色的连衣裙夹杂其中，特别明显。她被几人推搡着，一副义愤填膺的样子。

隔着一段距离，陈初还听到她尖锐的嗓音："难道我有说错吗？HT本来就没实力，成员丑，唱歌难听，舞蹈动作也不整齐，连花瓶都称不上。我说错了吗？"

HT是时下火热的四人男团，人气极高，粉丝基本是十八岁以下的女生，那几个围住陆淼淼的女孩T恤上赫然印着两个巨大的字母，证明她们就是HT的后援会成员。纵然不追星，且同意陆淼淼的观点，陈初也万万不敢在粉丝面前表露出不屑或鄙夷的情绪。

要知道，脑残粉可是很可怕的。

果然，话音未落，已有人听不下去，猛地朝陆淼淼伸手一推，她估计没防备，狠狠地跌倒在地。

陈初原本以为这只是小女孩间的胡闹，不予理会，但眼看其中一个女孩已经朝陆淼淼伸出脚，急忙冲过去扯住对方的衣服："你们干什么？"

许是见有人来，女孩们有些怯，但原先踹陆淼淼的那个人看清来人也是个年轻女孩后，又上前一步："关你什么事？我们教训这个嘴巴不干净的贱人，你插什么手，要挨揍吗？"

见陈初来了，陆淼淼先是惊诧，随后流露出一点委屈，原先还一脸愤慨的人这会说话竟带了一点哭腔："我说的有错吗？我不就来看一场演唱会，说了一句HT唱歌难听，你们就仗着人多欺负人吗？你们才是那什么，我不是！"她家教良好，说不出那两个字。

"叫你别说，你还说，道歉！"

"我为什么要道歉？！HT就是花瓶、傻子，粉丝也脑残。"陆淼淼躲到陈初身后，话还没说完，脸上忽然挨了个巴掌，领头的那女孩连荧光棒都扔了，整个人朝陆淼淼扑去。陈初见状，急忙将陆淼淼扯开，另外几人见同伴挨打了，也不管不顾地冲了过来，有的拉头发，有的挠爪子。

“够了，别打了！”

“别打了，听见没有？！”

陈初原本是来劝架的，想着自己比人家大了好几岁，怎么也不能那么冲动，却不想在混乱中挨了打，被扯进了战场。陆淼淼估计没和人打过架，只有挨打的份，陈初这边护着她，脖子上被狠狠地挠了一道，火辣辣地疼，当即也没有客气，掰开那只扯着自己头发的手，反手一推。

混乱间，有个女孩被陈初推倒，头撞在了旁边的石柱上，当即头破血流，晕倒在地。

于是，陈初演唱会没看成，直接进了警察局。而那个女孩还在医院躺着，好在没大碍。

陈初知道自己冲动了，也觉得羞耻，和高中生计较什么，现在落了个过失伤人，陆淼淼倒没什么事，做完笔录便可回家。

平时陆淼淼和陈初关系不好，这会也知道陈初是为了自己才在这里的，说什么也不肯回去，一脸纠结地说要陪陈初。陈初知道她在这里也没什么用，索性赶她走：“吵死了。走走走，回去，这儿又不是什么好地方，你先回去吧。”

被陈初这么一说，陆淼淼也不恼，竟然真的闭了嘴，委委屈屈地坐在一边，时不时瞅她一眼，好像她是始乱终弃的负心汉。

陈初索性扭过头，眼不见心不烦，也不知道她什么时候离开的。

陈初已经做好在警局过夜的准备，却突然被通知：“有人来保释你了。”

她坐了太久，加上心里有事，脑袋混混沌沌，一边走路一边还在想到底是谁来保释她，没注意看路，把门一推，然后狠狠地撞在一个硬邦邦的胸膛上。

她还没来得及道歉，那人迅速地后退了两步，与她拉开一段距离来。

他这么一退，陈初便看到站在他身后的陆淼淼。

她说：“这是我小叔叔。”

（2）

这是陈初第一次见到陆寻，但实际上，她已经无数次听到过他的名字，从陆淼淼的口中。

陆淼淼的电脑、平板电脑、手机和手表都是“小叔叔买的”，那只扎了蝴蝶结的小金毛是“小叔叔朋友的狗生的”，她的学费、生活费和信用卡账单是“小叔叔付的”，转学院、转寝室这些事是“小叔叔办的”。即便陈初与陆淼淼关系不好，她也知道陆淼淼有个神通广大的小叔叔。她曾在脑海中勾勒过“小叔叔”的模样——“地中海”、大肚腩、一口烟牙的猥琐老男人。

她从未想过，陆淼淼的小叔叔竟这样年轻、这样俊朗。

春寒尚未退散，他穿着深灰色的西装，衣襟敞开，露出内里的浅色条纹衬衫，手随意地插在裤袋里，微微侧头和之前那个女警在说话。陈初望过去，恰好看见之前还对她疾言厉色的女警微微红着脸，娇羞地低下了头。

陆淼淼显然也看见了这一幕，冷哼了一声："我小叔叔很帅吧？也不出去打听打听，多少小明星、模特喜欢盛娱陆寻，他都不为所动，怎么可能看上她嘛……"

"他们刚刚没有为难你吧？要是为难你，我小叔叔说可以告他们。他本来还在加班，一听我出了事，马上带了律师过来。"

陆淼淼聒噪的声音在陈初耳边盘旋，吵得她脑袋生疼。

说话间，陆寻已经走到她们面前："可以走了。"他依旧手插在口袋里，语气淡淡的，好像在说无关紧要的事，也没有看陈初一眼，好像她是个无关紧要的人。

陈初近距离看他，才发现他的皮肤白皙，五官比女孩子的还要精致，只是眼下有大片青色，微微抿着唇，看起来不像刚加完班，反倒像刚从被窝里被挖起来，带着起床气。

"小叔叔，就是她，她就是我室友陈初。"陆淼淼说到这里顿了一下，表情有些尴尬，估计是想到以前是怎么编排陈初的，一下子有些不好意思，可她怎么可能认错，含糊道，"这次如果不是她，我……"

"要不是她，你现在就不会在这里，我也不会在这里。救人有很多种方法，有的人却用了最蠢的一种。自作聪明往往会将自己推入绝境。"陆寻突然出声打断她，声音并不大，听起来却像呵责，他的眼睛乌沉沉的，目光没有落在陈初身上，"愚蠢是会传染的，和蠢货做朋友，你也会变蠢的。"

陈初只觉得一股无名火自心底升腾而上："我说陆先生，你这话是什么意思……"

却不想陆寻倒退了两步，避开她因激动而微微前倾的身体，犹如她是洪水猛兽。

陈初尴尬地立在原地，想起之前他也是这样的动作，后知后觉自己是被嫌弃了。这莫名其妙的敌意让她恼火，当下她就冷笑起来，觉得自己真是多管闲事，罪有应得："你们放心，我也不屑与狼心狗肺、忘恩负义的人为伍。"说完转身就走，也不理会陆淼淼还在叫她。

陈初出了警局才发现不知何时下起了雨，淅淅沥沥，打湿一地。

此时夜已深，警局门口空荡荡的，陈初等了十分钟，头发、衣服都被淋湿也没看到一辆出租车的踪迹。她又冷又累，还有些许不知名的焦躁。风夹着雨水抚过皮肤，刺刺地疼，她拿出手机一照，才看见自己脖子上有长长的几道抓痕。

雨有越下越大的趋势，陈初退了几步到屋檐下，却听见陆淼淼的声音。

"陈初。"

她回过头，见陆淼淼从一辆黑色的车里探出头："你要回学校对吧？我送你。"

相比怄气，眼下回学校似乎比较要紧，陈初急忙下了台阶朝车跑去。在她的手将将触碰到车门把手时，她却听到一声"不顺路"，车忽然绝尘而去，溅了她一脚的泥，她隐约还听见陆淼淼不妥协的叫嚷声。

陈初目瞪口呆地站在原地，因太过震惊，连生气都无力。用打车软件加了双倍的小费，陈初才打到车，将将坐下来，还没来得及喘口气，便接到母亲的电话。

"陈初，你在哪里？怎么寝室电话打不通？"何婧的声音还是一如既往的冷静、严厉，此时带了一丝不易察觉的焦躁。

"我室友手机坏了，用寝室电话煲电话粥。"

何婧每夜都会给陈初打电话，时间不定，大多时候是打的寝室电话，所以陈初出门前有先见之明地拔了电话线。虽然演唱会的票是陈洪恩给的，但陈初下意识地想瞒住今晚的行程，因为她知道，何婧知道后肯定又会觉得她满心只想玩乐，不思进取。

"那你在哪里？怎么周围这么安静？"

"寝室太吵，我在休息室练琴。"陈初对答如流。

听她这么回答，何婧果然没有追问，倒是想起一件事："你有空多练练连顿，先练下弓，后练上弓。上周你走得急，我都没来得及和你说，你放弓的时候力道要控制好，压和挑也要协调……"

每每她们打电话，最后都会变成小提琴教学。陈初学了这么多年琴，听得耳朵都生茧了，于是敷衍道："好，我知道了。你不是说我运弓不稳吗？我现在每天拉琴之前都拉半小时空弦，做基础训练。"

但何婧并未因她的妥协和讨好而放过她，反而道："都学了这么多年琴，还是这样高不成低不就，总犯低级错误，上连顿拖音不能伶俐干净，连跳弓都拉不好。陈未那会儿……"像是突然意识到自己说了什么，何婧的声音戛然而止，生硬地停了下来。

雨势渐大，陈初耳畔都是雨水拍打在玻璃上发出的滴答的声响，原先的焦躁和不耐烦在这会儿都消散不见，只剩下心头沉甸甸的痛感。

一时间，双方都陷入沉默。

还是陈初先开口打破僵局："时间不早了，我要回寝室了。"

"嗯。"没有更多的寒暄，何婧挂了电话。

即使过去这么些年，陈未依旧是道不可触碰的伤疤，是何婧的，也是她的。

陈初半靠在后座上，看着窗外幽暗朦胧的街景，不知怎么就想起了许多年前的事。

明明是久远的记忆，却如此清晰。

那时不过五岁，她和陈未都在上幼儿园。两人出生时间不过相差一个小时，性格却迥异。陈未是男孩子，性格却内向沉默，而她活泼闹腾，是幼儿园里的小霸王。

她与唐乐时常在幼儿园里玩泥沙，弄到满身满手都脏兮兮的。她害怕回家挨骂，只能求助陈未。两人身形差不多，幼儿园又是统一服饰，他便与她换衣服，又拿了牙签剔掉她指缝里的污秽。

最后挨骂的当然是陈未，只是他被骂了也不辩驳，低眉顺眼地站在角落里。何婧时常念叨了几句后，看着他可怜的模样，便让他去练琴。

再长大一些，上小学，两人被分配在不同学校。陈未成绩优异，她永远吊车尾，考试不及格是常有的事，她一把鼻涕一把泪地求陈未不要告诉何婧，往常总是直呼其名，有事相求就“哥哥”“哥哥”地叫得好听。陈未心肠软，架不住她哀求，装作老气横秋地训了她一顿，回头却偷偷模仿陈洪恩的签名帮她造假。

暑假，两人一起被关在家中练小提琴，何婧勒令两人相互监督，陈未时常在琴房一待就是一个下午，而陈初热爱看电视，一部《西游记》翻来覆去看了无数次后仍然喜欢得不行，更别说《新白娘子传奇》和《还珠格格》，琴弓提起不过十几分钟便偷偷往客厅跑去。陈未尽职尽责地将她拎回琴房，几分钟后发现妹妹又蹲在电视机前，无可奈何，只好让她看，把音量调到最低，并且总能恰好在父母进门前用电风扇降低电视机温度，避免被何婧发觉后连坐。

但一到检查功课的时候，陈未便帮不上忙了。

同样是三岁跟着母亲学小提琴，一起入门，一起上课，陈未八岁便拿到小提琴演奏十级证书，陈初却连几首入门曲子都拉得断断续续。陈未是何婧的骄傲，谁都知道何婧有个长得漂亮、学习好、青出于蓝的神童儿子，而陈初则是不折不扣的朽木，小提琴不行，学习糟糕，连外文也学得一塌糊涂。

每每到了检查功课的时候，何婧都要劳心动气，不怪她更喜爱、偏袒陈未。

陈初偶尔也会吃醋，觉得何婧偏心，但陈未是她的军师、她的同盟军，若不是他，她的日子也过不了那么舒坦。

陈初自幼有哥哥庇护，有恃无恐，将扮无辜、装可怜那一套发挥得淋漓尽致。何婧一瞪眼，她也不说话，抱着小提琴往角落一站，扩肩挺胸收腹后开始运弓，一遍遍地拉《Ave Maria》。

《Ave Maria》是母亲第一次演出的曲目，也是父母的定情曲，陈初学琴好些年，基础曲子仍旧拉得惨不忍睹，唯独《Ave Maria》信手拈来，运弓沉稳，换弓流畅，曲调句句层次分明，连何婧这种吹毛求疵的人都挑不出毛病。

直到她拉了三四遍，站姿开始走样，何婧声音轻柔地提醒“头抬高，眼睛直视前方”，她便知道自己过关了。

这也多亏了陈未，若不是他严厉地逼迫她练《Ave Maria》，并以不借作业给她抄威胁她，或许她连这首曲子也学不好。

然而这么多年过去了，陈初拿得出手的，还是只有这曲《Ave Maria》。

（3）

作为南泽大学副校长陈洪恩和著名小提琴家何婧的女儿，陈初将纨绔二字演绎得淋漓尽致。

早些年何婧的注意力不在她身上，见她朽木不可雕，便降低对她的要求。这几年，何婧对陈初的要求反倒越来越高，简直到了要掌控她一举一动的地步：每个周末必须回家，每天必须练琴两小时，晚上十点钟之前必须回到寝室，每天必须背二十个英语单词，不许做影响学习和练琴的事。

何婧对陈初的要求严格到近乎苛刻，纵然不满，陈初也从不与母亲争辩，尽力让母亲满意和安心，只是，无论她怎么努力，都无法达到母亲的要求，只能将小时候阳奉阴违那一套搬出来，反正早已轻车熟路、游刃有余。

偶尔陈洪恩也劝妻子："是不是太严厉了？别给她太大压力。"

"她看起来像压力大的样子？我这么严厉她都这样，我要对她放松，真不知道她会变成什么鬼样子。"

陈洪恩想想也是，陈初简直不像自己与何婧的女儿，平庸、不起眼，甚至称得上愚笨，这些年的栽培在她身上看不到一点成效，若能够大器晚成也好，便没有再干涉妻子管教她。

父母在她身上寄托了多少厚望，她不知道，但她知道的是，自己现在急需睡眠。

从警局回校的路上，出租车又抛锚了，她在雨中等了许久才拦到一辆车回学校，回到寝室洗漱完毕已经半夜了，精神与身体同样疲倦，连伤口都没处理，匆匆洗了澡就上床睡觉。

或许是因为想起了陈未，或许是因为这一夜的奔波，陈初睡得并不踏实，一夜反复醒了好几次，最后是电话声将她从噩梦中唤醒的。

早前在警察局，她给贝思远打了十多个电话，他没接，回到寝室后，她累极了，也忘记给他发条短信，导致他看到那么多未接来电后吓了一跳，也顾不上是深夜，急忙给她回拨了电话，说他下午去开会了，将手机调成了静音，并没有听到电话响。

窗外的雨渐渐收势，贝思远的声音沙沙的，带着微微的疲倦。之前在雨中的愤怒和委屈在这一刻险些爆发，她想对着电话大吼"你知不知道我刚刚多狼狈、倒霉，可你不在我的身边"，但她知道，就算她说了，贝思远也不能逆转时光，回到那一刻，出现在她面前。他总是在忙，忙着做方案，忙着看邮件，忙着出差，一切都是工作。

所以她说："没什么，只是打不通你电话，有点着急。"

"我很快回去。"他在电话里这样说，一如既往地温柔，"照顾好自己，别让我担心。"

这一次，陈初没有克制住："可是我想你。"

"我很快就回去，很快。"他重复了一次。

挂了电话，陈初仍旧睡不好。她想念贝思远，可闭上眼，黑暗中晃来晃去的都是那张带着黑眼圈的可恶的脸。她暗暗骂了句见鬼，翻来覆去到破晓才睡去。

她还没来得及做梦，便被人轻轻地晃醒。

天还未完全亮，寝室里一片灰蒙蒙的，她刚睁开眼，便看见趴在床沿上的脑袋，乌溜溜的眼睛正与她对视。她下意识一巴掌拍了过去，发出清脆的一声"啪"。

陆淼淼瞪大眼睛看着她，一下子没反应过来，而她也看着自己的手，难以置信。

虽然陆淼淼大清早把她弄醒很可恶，但打人就不对了。她坐在床上想道歉，但道歉的话卡在喉咙里，怎么也说不出口。

陈初头疼得很。

谁承想往常碰一下都要嚷嚷疼的陆淼淼竟没吭声，与她大眼瞪小眼了好一会儿才不自然道："我从家里带了早餐来，你吃不吃？"陆淼淼与陈初同是南泽市本地人，当大家都吃着食堂、路边摊和外卖时，陆小公主每隔两日都有司机送来家里厨子做的、堪比星级酒店出品的餐食，她又大方，时常邀请同学共享。

当然，因为陈初与她关系糟糕，像今天这样的情况从未出现过。

问完之后，见陈初一脸见鬼的表情，陆淼淼恼羞成怒："我可不是特意带给你吃的，是他们不知道，送多了，不能浪费。"

陈初看她一副此地无银三百两的样子，第一次觉得其实她也没有那么讨厌，连带她穿的粉红色连衣裙也变得不那么刺眼了。

"你要不要处理一下伤口？我带了药。"陆淼淼又别别扭扭加了一句，"会留疤，很丑。"

陈初摸了摸昨夜被挠了几下的脖子，伤口已经不是那么疼了，便再一次谢绝了她。

只是被她这么一闹，又临近早课时间，室友们也起床了，这觉别想再睡了。

大三的课程排得满满的，陈初撑着沉重的脑袋上了四节专业课，走出教室时已经头重脚轻、走路打摆。她暗骂自己早上装什么有骨气，放着豪华早餐不吃，现在饿得直发昏。

在去食堂的路上，陈初又接到何婧电话："你以后周末不用上课了，跟着我去乐团，我和许老师讲了，让她给你加个位置。"

陈初一听就崩溃了："妈，我这水平去星海乐团，不是让人笑掉大牙吗？"

何婧冷笑："你也知道丢人，为什么不好好练习？别人的学生都争气，我何婧连一个拿得出手的学生都没有。"

何婧估摸着是在哪里受了刺激，一生气就找陈初发火。陈初不吭声，听着她说，果然过了一会儿，她便想清楚了："算了，你不愿意就算了，我也丢不起那个人。"说完她略惆怅地挂了电话。

陈初知道，她生气不只因为自己，还因为贝思远。

陈初和唐乐已经好几天没见，她的到来让唐乐很高兴，但看到她脖子上的抓痕，笑容当即凝固："这是怎么回事？"

陈初摸了摸："还能怎样，不是和你说了吗？"

"你只是和我说和几个HT的粉丝起了冲突，没告诉我和人打架还被抓成了花猫。"唐乐冷冷地瞥了她一眼，再出来的时候手上拿了药与棉签。

"哎呀，我没事。"

唐乐也不说话，低头帮她处理伤口，药水与皮肤接触时有些刺疼，陈初微微缩了一下脖子。

邻桌是两个与她们年纪相仿的女孩，见状交头接耳，声音却一点也不小："啊，原来他有女朋友了啊！"

"肯定是，两人那么亲密。"后者失望地附和。

陈初哭笑不得，手轻轻搭在唐乐肩膀上："小乐子，看，又被误会了，要不你就从了我吧？啊……疼，我不乱说了，你轻点。"

唐乐长得高，又瘦，眼睛狭长，目光深邃，鼻梁直挺，本就是比较英气的长相，加上一头深栗色的利落短发，声音又低沉沙哑，穿着中性，就像从漫画和韩剧里走出来的花美男，被误认成男生也不是一天两天的事情了。每次陈初与唐乐出去，两人举止亲密，总被误认为是男女朋友。唐乐性格也坦率，不拘小节，有时候被叫"帅哥"也不生气。

她在这个咖啡店打了两个月工，有不少女孩是为她而来，她没刻意去纠正，任由她们误会，为咖啡店创收，老板乐呵呵的，还给她加了工资。

倒是陈初看不下去了，每一次出现都要让几个女孩子的玻璃心叮叮当当碎一地。

今日并非节假日，下午的咖啡厅略微冷清，只有音响里低回婉转的小调和轻微的碗碟碰撞声。两人认识十多年，对彼此都了解得透彻，陈初每每暴饮暴食，一定是心里有事。

"你这是……"

唐乐刚开了个头，就被陈初的叹气声打断："唉，你不知道，我昨天多倒霉！"

陈初正想大吐苦水，又觉得那事说来话长，这会儿唐乐还在上班，还是等她下班再说好了。

谁想到还没下班，又出事了。

（4）

咖啡店采用的是轮班制，分两班，早班是早上九点到下午五点，晚班是下午五点到凌晨一点。

唐乐昨日帮同事顶了个晚班，今日上的是早班，陈初填饱肚子后便占据角落的位置上网，也不打扰她。其间贝思远发来了信息，她撒了谎，说自己还在上课。她发信息的时候，唐乐刚好过来给她续咖啡，只看了一眼就移开视线："你又逃课？"

"去了我也听不懂，何必浪费时间？"陈初也不明白，好好的戏剧文学专业，为什么要上高等数学这种考验智商的课程。

唐乐对她的反应毫不讶异，随手帮她加了奶和糖就忙自己的事情去了。

眼看就要下班了，窗外却又下起了雨。

春雨细腻缠绵，陈初正准备收拾东西买单，便听见有人推门而入，力道很大，撞得挂在门上的玻璃饰品砰砰乱响。

进来的是两个五大三粗的男人，皆穿黑衣，其中一人袖子撸到手肘处，露出一道长长的狰狞的疤。陈初只看了一眼便暗道不好，正想发信息给唐乐，她已经从更衣室换好了衣服，背着包出来了，看见这两人，面色也一变。

果然，刀疤男直接越过服务生，走向唐乐："我说，你真会躲，哥哥我们找了好几天都没有找到你。这个月的利息可该还了吧？"

唐乐并不想将麻烦带到工作的地方来："有事我们出去说吧。"

"出去说什么？哟，你怕你同事知道呀，怕你就赶紧还钱！"见唐乐冷下脸，刀疤男显然更嚣张了，使了使眼色，另外一个男人随手一扫，吧台上整齐摆放的玻璃杯伴随着几声惊呼落了地。

好在玻璃碴没有溅到人，只是碎了一地，吓得店里的女孩尖叫连连。

"你们干什么？"

男人这一番动作已经引起了小骚动，咖啡厅里的顾客四散开来。

两个男人配合极其默契，一个堵住了吧台，一个砸东西。唐乐被刀疤男扼住了手腕，同事大多是不到二十岁的小姑娘，唯一一个男生也站得远远的，不敢靠近，唯恐被殃及，毕竟只是打工的，加上事情并非自己引起的，只嚷嚷着："你们有话好好说！别砸东西！"

陈初看不下去，想去制止，刚走近却被唐乐拉住："不要过去。"

"难道看着他们砸吗？"陈初不解。

陈初被唐乐桎梏住，客人们一哄而散，服务生们大多躲在厨房门口看着，也不敢动，只是偷偷报了警。

只是两三分钟时间，吧台已一片狼藉。

两人速度极快，砸完东西后警告性地对唐乐伸出手指点了点，随后一走了之，看样子并不是第一次做这样的事情，配合默契，熟练有加。

待到警察来，已经人走茶凉。

工作当然是保不住了。

老板知道唐乐的情况，加上她平时做事踏实勤快，所以打心眼里喜欢这个女孩，却万万不敢再用她，谁知道这样的事情会发生几次，便让她结了工资不用再来上班。

唐乐知道自己添了麻烦，被砸碎的东西可是一笔不小的钱，工资怎么再好意思拿，便把信封塞回给老板，对他深深鞠了个躬，然后背着包和陈初准备离开咖啡厅。

但陈初仍愤愤不平："如果刚刚你们都站起来阻拦，肯定不会有这么大损失……一个大男人缩在龟壳里，算什么男人……"

唐乐摇摇头："算了。"

"这么多人，没有一个人来帮你，你刚刚拉着我干吗？怕他们做什么！"陈初仍在絮絮叨叨，"算什么同事……"

这样的事情并不是第一次发生。

起初唐乐也怒不可遏，愤慨于平时友好、亲密的人在她遇到了麻烦的时候都躲得远远的，可现在她明白，躲避是情理，帮忙是情分，每个人都有自己的立场。

处境越艰难，此时他人给予的温暖就越显得弥足珍贵。

唐乐并没有打断陈初的碎碎念，宁愿她为同事的冷漠和自私而愤怒、不平，也不愿她和自己一样麻木、漠然。

陈初见唐乐沉默平静，倒是替她难受："这份工作好不容易撑过两个月，现在又没了，唉，你要怎么办才好？"

陈初家境尚好，她不止一次偷偷帮助唐乐，但无一例外被发现并遭到拒绝。

天已经完全暗了下来，路灯的光在雨夜显得昏暗，两人没有打伞，唐乐的头发被雨雾打湿，一缕一缕黏着头皮，有种颓废、狼狈的美感。

陈初突然记起从前的唐乐是长发，喜欢穿白色的公主裙，却怎么也想不起那个时候她是什么模样。

陈初认识唐乐的时候，只有三岁。

她也觉得奇怪，自己怎么会记得那么久远的事情，可那些记忆在她脑海里深刻地存在着。

比如她刚学会走路，何婧就拿了和她差不多高的小提琴给她学，因为年纪小，姿势不正确，所以现在有轻微的歪脖症；比如陈未从第一天学琴开始，每天练习结束后都会拿一块小抹布，一点点地擦拭自己的小提琴；比如上幼儿园的时候，老师因为她父母的关系会对她特别些，给她的点心总是比别人多一份；比如她因为调皮偷偷去攀爬幼儿园的栏杆摔下来，是唐乐半抱着她将她拖到医务室交给老师。

那个时候，唐乐就已经很高了，虽然穿着公主裙，梳着羊角辫，但脸上没什么表情，沉默地看着她哭，不耐烦地用手捂住她的嘴："别哭了，吵死了。"

陈未哄了十分钟未见成效，老师也束手无策，唐乐皱眉一捂嘴，她竟真的不哭了，开始打嗝——被吓的。

友谊的基础便是在那时候奠定的。

后来上小学，两人又恰好在同一个班级，她便自告奋勇申请和唐乐一起坐。老师本来是不同意的，最后还是她回家在母亲面前哼哼唧唧了许多天，何婧才给老师打了电话："我们家陈初成绩差一些，和唐乐坐在一起，看看能不能互帮互助，提高成绩。"

唐乐没有异议，或者说无所谓，老师也就卖了个人情。

可惜即便和年级前五坐在一起，陈初也没有考上市实验中学，又是何婧花了一大笔钱才把她弄到唐乐就读的学校。

那时唐乐家还未败落，父亲唐见宁是南泽知名企业家，以开超市起家，后来做房地产发迹，唐乐每日都有司机接送。陈初家庭条件在同学里算是不错的，可比起唐乐，还是差了一截，至少没有专车接送，是父亲上下班时捎带上她。那时陈洪恩还不是陈校长，只是陈教授，还要给学生上课，路途又远，有时下班后路灯都亮了，大多时候她是一个人在教室等他下班。后来，唐乐便将她捎上，让司机绕大半个城市将她送回家后再回家。

许是在家里压抑，陈初对着唐乐时话会特别多，而唐乐大多时候就听着，任她一个人讲个不停。再后来，上高一吧，有一天唐乐突然对她说："明天可能没有车接送我们上下课。"

"那没事，我们一起坐地铁回去好了。"

那个时候，陈初并不知道唐氏已破产，唐见宁也丢下妻子与两个孩子一走了之，给他们留下大堆法院传票和满身的债务。直到有一天何婧神秘兮兮地将她拉到房间问她还有没有和唐乐来往她才知道，原来唐乐家已经破产，他们从原来的私人别墅搬到了安置区，唐乐妈妈，那个总是对她笑盈盈的唐乐妈妈去了五星级酒店当清洁工。

而唐乐，依旧每天干干净净地去上学，唯一的变化是，她把头发剪短了。

一米七五的个子，削瘦的身躯，加上一头短发，她看起来就像一个帅气的大男生。

事实上，她也像男生一样承担了家庭的责任。

高三那年，在所有人埋头苦读、拼命冲刺大学的时候，唐乐辍学了，以全年级第五，可以被保送南泽大学的成绩。

那年，唐乐还不到十八岁。

而她一定想不到，三年之后，她的弟弟唐信也在临近高考的时候突然宣布不再上学。

（5）

此时，陈初身处安置区狭隘、阴暗的楼道里，地面是春天留给南泽的湿漉与泥泞，一如她此时的心情。

防盗门大敞，争吵声此起彼伏，最后闹剧以唐乐一个巴掌甩在比她高一个头的弟弟脸上而宣告结束。

唐乐坐在沙发上，屋里只开了一盏昏暗的灯，削瘦的身体在地面上形成一个单薄的影子。她低着头，把脸埋在自己的手掌里，陈初清楚地听见她的哭声。

这是我第一次看到她哭，为了她的弟弟。下楼的时候，陈初这样想。

她又在这一刻想起了陈未，若他现在在此，不知道是否会像唐乐一样为了弟弟的不争气而大动干戈。想来是不会的，他那样冷静淡漠的性格，说话都轻声细语，怎么可能发脾气呢？

她一边胡思乱想，一边摸黑下楼去找唐信，走得急，结果在出楼道的时候，一脚踩到了不知谁扔在路边的黑袋，好不容易稳住身子没有滑到，却踩了一脚的垃圾。

真是糟糕透了。

“真是糟糕透了！”

当那个干瘪的篮球第三次从篮框里跳出来时，整整一个小时没出声的唐信才终于开了口。

从前那个圆脸的小男孩已经长成挺拔的大男生，眉眼与唐乐相似，相比唐乐的英气，唐信的轮廓更硬朗，一米八五的身高，伫立在陈初面前，挡住了路灯所有的光。

陈初正准备开口，却被他打断：“你不用劝我，我不会去上学的。”

“你不去上学，那要去做什么？”他在陈初面前永远是那个小男孩，“你才十七岁，六月份马上要高考……”

唐信出声反驳：“我下个月十八岁了。”

“哦，十八岁了，那你告诉我，你不上学要做什么，难道相信那些在路上把你拦住的骗子，说你身材很好，长得好啊，带你拍广告……”

“我不是小女生，不会吃亏的。再者，他们真的没有骗我，我已经拿到收益。不管以后如何，我都想试一试。我总不能看着我姐和我妈那么辛苦，而我一个人躲在学校里念书。”他狠狠地将手中的篮球扔了出去，“啪”的一声溅起了无数水花。

“我觉得自己真没用！姐姐以为什么都不说，我就不知道吗？那些人来家里找了多少次？她的工作是不是又没有了？我真的觉得自己没用极了，明明我才是男生，却让姐姐一个人承受这么多……我什么都不会，找工作，别人也觉得我年纪小，只有这条路可以走，怎么都得试一试。”

“如果是死路呢？”

“不往前走，怎么知道前面有没有路？”唐信微微垂着头，声音有点低，削瘦的侧脸忽然让陈初想起了楼上的唐乐。

陈初得知唐家出事后，先是震惊，随即是愤怒，怒气冲冲地在放学后拦住了唐乐：“为什么家里出了那么大的事，你不告诉我？”

但她得到的回答是：“告诉你又怎样，不过多一个人烦恼而已，你有几千万帮我们还债吗？”

是的，她当时不过是一名高中生，就算家里条件比班上大半同学要好，何婧给的零用钱也不少，但又能帮上什么忙呢？

第二天，她偷偷摸摸拿着自己的小提琴去卖了，那是何婧去德国演出时偶然购得的斯特拉迪瓦里小提琴。热爱小提琴的人没有一个不认识斯特拉迪瓦里，多少人寻寻觅觅，耗费金钱、时间只为一睹其风采，贝思远偶尔借用她的琴都要洗净手细细地擦干才触碰。虽然陈初不热爱小提琴，但那把琴对她来讲比什么都重要，因为那是陈未的。

但她却为了唐乐，瞒着何婧贱卖了小提琴。

她偷偷摸摸把钱拿给了唐乐，却得到一顿大骂。

第二天，唐乐将小提琴送了回来，陈初一问才知道，她买回的价格远比自己卖出的要高，差价是她卖掉父亲曾经送她的手表才补上的。

当时，陈初觉得沮丧。

时隔三年，她又一次被那股坏情绪击中。

在这个诸事不顺的春天里，唯一的好事是：贝思远回来了。

自贝思远毕业之后，两人再也不能像在学校一样朝夕相对，也不能在偶尔不想上课想念他时，便逃课照着他的课程表去教室找他。两人见面的时间只剩下了周末，且是在贝思远不加班、不出差的前提下。

贝思远回来的那天，久违的太阳终于在南泽出现。

遗憾的是，那天并不是周末，还有满满的专业课，且是最恨学生逃课的“灭绝师太”的课，陈初只好在课堂上因“胃痛”而在老师关切的目光中回寝室休息。

当然，她并没有回寝室。

陈初打了车直奔贝思远租在公司附近的公寓。

贝思远毕业之初，陈初时常到这里来，买自己喜欢的家居用品，将这小小的空间装饰得温馨，像学校的女生一样周末给男友打扫房间卫生、买菜做饭和洗衣服。但这并没有维持太长的时间，一是学校离公寓太远，来回往往要耗费两个小时的时间；二是贝思远比她还要爱干净，那里永远干干净净、井然有序，没有所谓的脏衣服、脏袜子乱扔，厨房碗碟成堆的现象，像他的人一样干净美好，完全没有她发挥的余地。

贝思远公寓的钥匙挂在陈初买的一个卡通的粉色小熊钥匙扣上，这个钥匙扣贝思远也有一个，不过是蓝色的。她用它开了门，进屋后有些兴奋：贝思远出差十天，屋子里终于有了一层薄薄的灰尘。

陈初觉得自己就像童话里的田螺姑娘，拖地板、擦桌子、抹玻璃，又将床单、被套一股脑塞进了洗衣机。洗被单的间隙，陈初开了电视，但下午只有不知道重播了几遍的家长里短连续剧和慷慨激昂的购物节目，在一声接一声的“只要399，只要399”的凄厉呐喊声中，她靠在沙发上迷迷糊糊地睡着了。

陈初醒来时，太阳已经落了山，夕阳的余晖给这小小的公寓镀上橘色的光芒，柔软得像一个怀抱。她还未完全清醒，就听到大门发出一道清脆的“咔嗒”声。

她就这样顶着一头乱发，带着轻微的起床气迎上了十天未见的贝思远惊讶的双眸。

“你怎么来了？给我打电话了吗？”

他站在玄关处，整个人站得笔直，外套拿在手上，白衬衫最上面的两颗扣子已解开，看起来很疲倦。

陈初看着贝思远精致的眉眼，忽然记起，这是他们认识的第八年。

时光荏苒，她的心境变了几遭，他却还是当初的模样。

2
Chapter

骄傲

岁月会变迁，但记忆不会撒谎，无论眼前的世界如何变幻，记得最清晰的永远是最美好的一瞬，所以，在美梦坍塌的那一刻，才会痛彻心扉，无法自拔。

（1）

那个夜晚，陈初和贝思远不欢而散。

她原以为小别之后的相聚一定甜如蜜糖，但事实上并没有。

出差回来后的贝思远劳累疲倦，陈初便自告奋勇下厨做了晚餐，只是厨房里什么都没有，只剩鸡蛋和方便面，陈初只好煮了一锅鸡蛋面。

但陈初厨艺有限，煮出来的鸡蛋面成了面糊糊，她尝了一口，寡淡无味。

"我们还是出去吃吧？"

贝思远却在桌子边坐下来："不用了，我觉得挺好的。我吃这个就好。"

陈初也挺同情贝思远的，别人的女友厨艺高超，而他的女友只会煮一锅少放了盐的面糊糊，他竟然也没有怨言，埋头苦吃。

倒是她自己吃不下去，搅拌着碗里的面，看着他吃。

"你想吃些别的吗？我给你叫外卖？"

十天未见，陈初有太多的话想与他讲，但瞧着他疲倦的面容，原本想说的话怎么也说不出口，絮絮叨叨的都是一些无关紧要的事。她在他面前没有秘密，原本不该说的话也讲了，包括她为了陆淼淼打架，有人去咖啡店闹事导致唐乐丢了工作，还有唐信想减轻家庭负担，不愿念书，要辍学养家。

她原本以为贝思远没听，但他的反应她始料未及。原本他还坐在沙发上看书，听到她讲她进了警局，他从沙发上站起来，语气是少见的严厉："陈初，你为什么那个晚上不告诉我？"

她也觉得委屈："我给你打电话了呀，可你没接，后来我已经出来了，你又在外地，我不想让你担心。"

"你做事总是有勇无谋，我能不担心你吗？"

陈初撇了撇嘴，没说话，低头洗碗，心里委屈得很。她在家都没有做过家务，给他做饭洗碗还要挨训，想着再也不要开口说话，没一会儿又忍不住说起唐乐的事情："唐乐真倒霉，摊上那样一个爸。如果不是他一走了之，现在她也不会那么辛苦！"她想说的其实不是这个，那件事梗在她胸口让她难受，此时却怎么也开不了口。

"你不要插手她的事情！"他忽然大声打断她。

她放下手中的碗，克制不住内心的烦躁，水仍在哗啦啦地流："那是我的朋友，什么叫不要插手她的事情？"

"你不是不知道她的情况复杂，那些乱七八糟的事情，你根本没法帮她解决，就不要去瞎搅和！"贝思远极少对她大声说话，此时的他看起来特别严肃，"如果你能够帮忙也就算了，可是你压根帮不上忙！"

无疑，贝思远说的是对的。他清澈透亮的眸子映出她的不安和尴尬，许是发现自己的语气太严厉，他扯了扯领带，声音柔和了一些：“我最近太忙，顾不上关心你，你好好的，别让我太担心。”

越亲密的人，越能轻描淡写地戳破伪装。贝思远并没说错，但就是他的直接与不留余地让陈初觉得生气。她默默地收拾了厨房，等着他来哄自己，谁知回过头却看见他在沙发上睡着了。

客厅里只开了一盏小灯，暖黄色的光落在他的脸上，他蹙着眉，长长的睫毛在眼下留下淡淡的阴影。那一瞬间，陈初觉得他有些陌生。

贝思远并没有睡多久，他在陈初蹑手蹑脚走近的那一刻猛然惊醒。他看了看陈初，又低头看时间：“挺晚了，我送你回学校。”顿了一下后又补充，“我今天有点累，晚点还要做计划书。”

“刚出差回来就要工作？”她觉得惊讶，“没有休息吗？”

“工作就是这样。”

“你换份工作吧。”

“什么工作容易！”

两人几乎异口同声。

陈初不知为何又想起了何婧早前的电话，想起何婧话语里的惆怅和悲伤。她看着贝思远满眼的疲倦，终于抑制不住心底的焦躁与不满。她像厨房那个忘记关紧的水龙头，哗啦啦地让自己的情绪倾泻而出：“你为什么要把自己搞得这么累？你明明有更好的路可以走，为什么要放弃？如果你当初没有放弃参加小提琴大赛，如果你没有放弃小提琴，现在你已经到处演出，生活在另一个世界，站在一个完全不同的高度了，而不是像现在一样每天卖命上班，累得像狗还赚不到多少钱……”

陈初没有再说下去，因为贝思远的脸色已经完全沉了下来，他的拳头紧了又松，就在陈初以为这场无法避免的争吵要拉开序幕的时候，她听见他说：“我送你回去吧，有些晚，何老师要给你打电话了。”

陈初觉得憋屈，像一拳打进了棉花里。

陈初没有告诉他，昨天自己回了一趟家。

当时陈洪恩和何婧都不在。

因为听到二楼走廊深处的房间里有响动，她便进去看了看。那个房间已经空了许多年，她从未踏足过，连打扫卫生的阿姨都不曾进去。若不是有声响传出，或许她一辈子都不会打开那扇门。她进去一看才发现不知是谁忘记关窗户，风吹动窗帘，带掉了桌子上的书。

也就是在那个房间里，陈初发现了一柜子的药，和何婧的病历。

“你永远不会告诉我对不对？你到底为什么要那么做？”

“陈初，不要逼我。”他说。

他的声音沉着、平静，听不出一丝怒气，可越这样，她就越觉得绝望。

贝思远就站在她的面前，他记得她的生理期，知道她喜欢吃的零食与蛋糕，会在每一个节日准备好礼物，甚至比她父母还要关心她。可有的时候她觉得，无论她将手伸出多远，都无法企及他的世界，和那个被他深深裹藏起来的秘密。

他们之间，隔着如夜色一样浓稠的黑暗。

最开始，陈初是讨厌贝思远的。

那一年，何婧突然把他带到陈初面前，说以后他会跟她一起上课，当时她的心情很复杂。

那几年，何婧将所有精力放在了她身上，恨不得让她一天二十四小时都抱着小提琴。贝思远的出现无疑分散了何婧的注意力，从某一方面来讲是解救了她，而另一方面，看到他站在陈未的位置，她心里又觉得不舒服。

面对贝思远，她沉默地伫立，不表示欢迎，也不反对。

他却不在意。

十四岁的贝思远身材削瘦高挑，明明和她只有两岁的差距，却比她整整高了一个头。他长相清秀，皮肤又白，手指纤长，就像班上女孩子看的少女漫画里的男主角，可惜何婧从不让她看漫画。她才十二岁，情窦未开，每日脑子里想的都是怎么能少拉一会儿琴，多看一会儿电视，而他的出现简直将她拉入地狱。

他十岁才开始接触小提琴，十四岁才正式拜入何婧门下，在这之前完全没有经过专业指导，连动作都算不上规范。可用何婧的话来说，他天生就是拉小提琴的，对音律敏感，任何旋律只要听过三遍就能记住。

有天分并不可怕，可怕的是有天分还勤奋。

陈初每天下课回到家，贝思远已经在琴房练琴了；晚上她去睡觉，他还在拉琴。她自启蒙就跟着何婧学小提琴，如今拉得还没正式入门才三个月的他好。但更让她痛恨的是，他不仅琴拉得好，成绩也好，高居南泽最好的一中年级前五。

对比之下，陈初越发显得窝囊。

她曾为了争一口气而勤奋练琴，最终发现自己没有天分且无法热爱，也因为何婧的严格要求与激将法发誓期末考试要超越贝思远，最后却睡死在书桌前。

看书看到睡着不可怕，可怕的是醒来睁开眼却看见贝思远在练琴。他靠着窗，琴抵在锁骨的位置，微微侧着头，琴弓随着他的动作滑动，阳光透过纱帘细碎地落在他的发上。

他拉的是她最熟悉的那曲《Ave Maria》。

那个下午，何婧应邀去参加演出，家中只有她与贝思远在。她早就计划好了，先恐吓贝思远不准告密，再去看两个小时的动漫。可走到琴房门口，她顿住了脚步。贝思远一曲拉完，回头问她：“听说你有一把斯特拉迪瓦里，能借我吗？我……我只是看看。”贝思远用的是一把红棉V235乌木小提琴，用了许多年却依旧崭新。

“那不是我的琴。”陈初说。

贝思远以为她是变相拒绝，也不生气，拿着自己的琴转身就走，却听见她喊他：“你等下，我拿给你。”

当她将琴递给贝思远的时候，他先是伸出手，随即又缩回去，说去洗个手再来。

陈初低头看自己的手，上面还有之前做作业留下的油墨印记。

那一刻，陈初确定，他是真的喜爱音乐，而非像自己一样是赶鸭子上架。

眼前的人与她脑海里熟悉的影子慢慢重叠在一起。

他笔直的身躯临窗而立，夕阳的余晖洒在他的头顶，那一瞬间，陈初听到自己沉重而响亮的心跳声。

而谁能想到，对小提琴怀着虔诚与热爱的贝思远会在全国小提琴大赛前夕突然宣布放弃，从此不再触碰小提琴，甚至扔了自己的琴，还是陈初追着垃圾车到垃圾场翻了许久才找回来的。

那时候他们已经在一起有段时间了，而且是偷偷摸摸的地下恋情，每次见面都隐秘小心。

贝思远说，等他在全国小提琴大赛上获了奖，等他加入星海乐团，他就正式向何婧公开他们的关系。

她满心欢喜地期待着，最后却等来他退赛的消息。

何婧愤怒难当，失望至极，几年来的心血转瞬成空，直至今日提起那事都怒不可遏。而陈初无法理解，一次次追问与逼迫换回的都是沉默，谁也不知道那个夏天到底发生了什么事，为什么贝思远会突然做出那样的决定。

“你是不是永远不会告诉我？”她说，“我现在也不执着于答案，我只想问你，你还愿不愿意拉琴，回到那个世界，做回那个贝思远？”

可是他避开她的目光，说：“你该回去了。”

回校的路上两人都没有说话，过马路的时候，贝思远依旧牵着陈初的手，但她知道，无论手握得多紧，那道裂缝都无法修复了。

它永远不会愈合，只会随着时间的流逝，以肉眼不可见的速度，一点点、一点点地变大。

直到崩裂。

（2）

太过偏执的人大多不会太快乐，懵懵懂懂才是幸福的最好选择。

趋利避害也是人的本能，陈初将此发挥得淋漓尽致。

那天从贝思远的公寓回校后，她没有执着追问那件事，更没有揪着那件事不放，那夜发生的事如过眼云烟，每天该怎么过还是怎么过，就如她在陈未房间发现何婧的病历之后，即使好几夜没有睡好觉，也没有想过拿着病历去追问何婧为什么生病了也瞒着自己，就怕影响何婧的身体和演出状态。

想说的别人自然会说，不想说的，无论你怎么追问，都得不到结果。

这事，有过一次就够了。

至于贝思远，他与陈初秉持着同样的原则，那些不开心的事情绝口不提，像往常一样关心她，无论加班到多晚都记得给她打电话，知道她想看新上映的片子，还早早地买了票。

可惜她计划的科幻大片并没有看成。

去西西里演出的何婧提前回来，从来不迟到早退的陈洪恩第一次用了职权，找了一个老师代课，陈初傍晚就受到母亲召唤，刚下课，父亲的车已经停在教学楼下。

陈洪恩是南泽大学教职人员，按职称在南泽大学教师公寓分有三室一厅的房子，但何婧仍旧觉得挤，又觉得学校人多吵闹，便在郊区买了一栋两层小别墅。

陈初刚踏进家门，还没来得及脱鞋，便听见何婧的声音："陈初，去把你的琴拿来。"

她一愣，觉得不可思议，可转念一想，这才是母亲的本色不是吗？要是何婧让她坐下来喝些汤，叮嘱她多休息，不要老练琴，她才真该惶恐。

陈初低眉顺眼地拿了琴，还没吃饭就开始拉，《Ave Maria》刚起了个头就被何婧打断："换《云雀》。"

陈初回头看她，虽然她妆容精致，但掩盖不住满脸的浮肿与疲惫，也不知道多久没有休息好了，出去了也不知道有没有好好吃药。陈初这样想着，手中的琴弓跟着动起来。

她已经有好些天没有拉琴，偶尔母亲在电话里说要检查作业，都被她用室友在睡觉搪塞过去，而拉《云雀》需要稳健的快弓功底和灵活的弓法技巧，她才开了个头就见何婧的眉头微皱，第二小节开始已乱了阵脚。

最后她还是被何婧喊停："陈初，每天两个小时的琴都白练了，你这是越拉越回去了。"

陈初不反驳，垂头丧气地听着训。若是平时，何婧最多数落几句就让她回琴房练习，但今天也不知道怎么这么生气，见她不出声，反倒提高了声音："你怎么就这么愚钝？！多少人上门求着拜师我都不教，我这辈子就剩这么两个学生，一个无知愚钝，一个又不争气……"

她话音刚落，门铃就响了，无知愚钝的这个去开门，巧了，门外站的正是不争气的那个。见到对方，两人都愣了。

"你怎么来了？"

"何老师给我打电话，让我过来吃饭。"他压低了声音，看着她垂头丧气的模样忍不住笑了，偷偷伸出手刮了刮她的鼻子，“又被骂了？”

两人堵在门口，还是陈洪恩出了声：“陈初，你挡着门，让思远怎么进来？”

虽然贝思远已经不在何婧这里学琴，但两人的师徒情谊还在，每隔一段时间他都会来家里拜访，虽然每次来，何婧都板着脸，没什么好脸色。

大多数时候，贝思远上门拜访会和陈初通个气，毕竟两人还处于地下恋情期。

可今天陈初并不知道贝思远要来，而且今天何婧明显有些反常。

进门的时候，贝思远压低声音道：“何老师给我打电话的时候情绪不大对。”

陈初内心的疑惑更甚，这几年，何婧对贝思远始终带着恨铁不成钢的态度，向来没什么好脸色，像这样主动打电话叫人过来的情况从未出现。

陈家秉承食不言、寝不语的原则，一餐饭下来只有轻微的碗碟碰撞声，谁也没开口说话。陈初一肚子疑问没人解答，抬头看着坐在对面的贝思远，见他心无旁骛地吃饭，只好将问题与饭菜一起嚼了吞下去。

吃完饭，贝思远和何婧进书房谈话，门没有关上，陈初隐约听见了一些。

他们翻来覆去谈的仍旧是那个老话题，陈初听见母亲愤怒地质问着贝思远：“你练了那么多年琴，说放弃就放弃，你对得起我，对得起你母亲，对得起你自己吗？”

贝思远背对着门，依旧站得笔直，陈初只听见他低沉的嗓音：“何老师，对不起。”

陈初不愿再听下去，起身和父亲打招呼：“爸爸，我明天还有课，回学校了。”

陈洪恩点点头，送她出门。

陈初回头望见父亲夹了银丝的发，问：“爸，妈是不是……”可她终究没将病历的事情问出口，“妈是不是心情不好？很少见她这么暴躁……”

陈洪恩深深地看了她一眼，避重就轻道：“你妈是心情不好，出去演出被讽刺名师出劣徒，后继无人。”

早些年何婧是意气风发的，嫁了南泽大学副校长，生了一对龙凤胎，事业也蒸蒸日上，儿子陈未更是出息，小小年纪就颇有其母风范。每每提到何婧，谁人不羡慕，可谁能想到后来会发生那样的事。何婧消沉、颓靡了一段时间后，重新振作培养女儿，可陈初实在不争气。原本说不收徒的何婧终于开山收徒，将一门心思放在了爱徒贝思远身上，带着他四处访友，为他开拓门路，在南泽的几场重要演出也让他上了台。业内大多知道小提琴家何婧有个青出于蓝的徒弟，可谁也没想到他会突然在全国大赛决赛前夕退赛。一时流言四起，有人说他怯场，有人说他因压力过大而崩溃，但谁也不知道真正原因，包括何婧，包括陈初。

陈初离开家后并没有直接回学校，而是去了人民西路的酒吧街。

失去咖啡店的工作之后，唐乐又找了一份工作，在酒吧当调酒师。

陈初并不喜欢唐乐的新工作，甚至是担心的。唐乐作为一个女孩子，在酒吧那样龙蛇混杂的地方工作终归不好。但她说了自己的担忧后，唐乐倒是笑了：“估计全世界也就你把我当成女孩子。唐信说，有时候看着我都想叫一声哥哥。”说到唐信，唐乐又叹了一口气，声音低沉了一些，神色黯然，“被我打了那一巴掌，现在和我说话都带着气。”

他们终归是姐弟俩，骨子里的倔强一模一样。

出租车在酒吧街停下，陈初毫不费力就找到了唐乐工作的地方。

时间还早，酒吧里的人并不多，陈初一眼就望到吧台处的唐乐。天气已经逐渐转热，她穿了黑色的T恤，戴了黑色条纹棒球帽，远远望去，有种雌雄莫辨的帅气。

酒吧里客人并不多，但吧台前有好几个女客，看起来年纪都不大，有个还是青涩的学生模样。陈初一开始还担心唐乐在这里会被客人调戏，现在却开始为她的客人担心。也不知道她低声说了什么，几个女孩子都笑得前仰后合，她也歪着嘴角笑，灯光下她的笑容有些邪魅。

陈初走近吧台，唐乐刚调好一杯红红绿绿的酒，见到她，惊讶道：“现在几点？你怎么在这里？”

这么多年，陈初身边的人都知道何婧每夜查岗的事情。

陈初撇撇嘴：“我妈刚从国外回来，晚上要倒时差，可没时间给我打电话。我今晚要好好放纵一把。”她心里有事，却不知怎么抒发，看着那酒颜色挺好看的，也要来一杯，“你又仗着美色欺骗小姑娘。”

“哪有，都是我在咖啡店的客人，知道我换了工作来捧场。鸡尾酒后劲足，你不会喝酒，我给你倒杯柠檬水。”

“不行，我要酒。现在我是客人，你凭什么不给我酒喝？”

陈初今日有些反常的任性，但唐乐对她向来纵容，也无可奈何，眼睁睁看她一股脑报了好几个名字，急忙抽回酒牌：“你喝得完吗？喝完能回学校吗？”

“你刚上班，我得为你创业绩。你放心，我喝得完，慢慢喝。”她拍了拍自己的胸脯，一脸坦荡。

唐乐显然高估了陈初，陈初也高估了自己。

她压根没想到，那些名字可爱、颜色鲜艳的酒的后劲会如此足，两杯下来，她眼前的世界已开始迷乱。她看见唐乐担心地用手在她面前挥了挥：“你还好吗？”她被晃得头疼，急忙伸手攥住了那只手：“别动，我晕。”

“别再喝了。你先休息一会儿，我和老板说一声，先送你回去。”

陈初不想麻烦唐乐，又实在晕得厉害，只得扶着墙：“不用，我给贝思远打电话。”

唐乐动作一顿，说好。

“你今天到底怎么了？”唐乐意识到往常大大咧咧的陈初今天明显不对劲，“发生什么事了？”

“我妈妈生病了，甲减。”

甲状腺功能减退，简称甲减，虽对生命没有严重威胁，但无法根治，需要终身服药，患者会出现体重增加、记忆力减退、嗜睡、反应迟钝、心动过缓等症状。

这是她看到病历后从网上查到的资料。

这对普通人来讲会严重影响工作，对小提琴家何婧来说更是致命的一击。陈初终于明白母亲为什么近段时间越发焦躁，恨不得她一步登天，又不停地给贝思远施加压力，希望他能重新拿起琴，除了害怕后继无人，更是不想自己一辈子的心血毁于一旦。

只是，她没有天赋，也没有热情，终究要让母亲失望了。

而这并不是第一次。

陈初自小便不喜欢小提琴，她更爱电影、漫画书和电视剧，那些跌宕起伏的故事远比音乐有趣。但何婧明显不这样认为，于她来讲，除了音乐与学习，别的都是玩物丧志，陈未、贝思远都能做得很好，为什么陈初不行？

两人也曾有过激烈的争吵，那次何婧清晨五点将陈初从被窝里揪出来练琴，陈初第一次对她崩溃嘶吼："为什么总以对他的要求来要求我？我做不到他那么好，我承认我是废物可以吗？"

那是陈初第一次看见何婧的眼泪，最伤心、绝望时也不曾落泪的人那一刻却哭出了声："那你能让他回来吗？如果可以，我永远不会再逼迫你。"

陈初看着她，心里竟生出一股寒意。

在那之后，她极少再违背何婧的心意，唯一的一次是高考填志愿的时候。她当时选择了音乐系，老师却有些遗憾："我以为你会选择戏剧文学，因为你当初为校庆表演写的剧本真的很棒。"陈初的确热爱写故事，那是她心血来潮所写，却没想到给老师留下的印象如此深刻。她脑子一热，当即改了志愿，换回的是与何婧一周的冷战。

（3）

贝思远来的时候，陈初的神志已经不甚清醒。

她头昏脑涨地趴在吧台上，也不知道过了多久，似乎听见了贝思远的声音，撑起脑袋，果然看见他在自己面前蹲下，袖子高高地挽起，微凉的手触碰她的面颊："自己能走吗？"

陈初摇摇头，直截了当地说不行。

贝思远只好搀着她，一步步往外走。

走到门口，陈初才想起一件事："我还没和唐乐说一声呢。"她回头时恰好看见唐乐走出吧台，脸朝着他们的方向，只是帽檐压得低，酒吧里灯光又暗，看不清表情，见她回头，朝她摆了摆手。

陈初还没来得及回应，已被贝思远扶着出了门。

入夜后的风特别凉，陈初一出酒吧就忍不住打了个哆嗦，被风一吹，清醒了不少。

"你在这里站好，不要动。"

陈初站在路边看着贝思远打车，车并不好打，街边多的是和她一样微醺半醉的年轻男女。贝思远接连被两个醉鬼抢了车，看起来有些烦躁，他下颚的线条紧紧地绷着，拳头也紧紧地攥着。

即使与他隔着几米的距离，陈初也能感觉到他生人勿近的气息。

贝思远并不是情绪波动大的人，他到底在生什么气？是因为妈妈在书房与他说的话，还是因为她深夜烂醉？她猜不出来。

好不容易才拦到了车，陈初和贝思远都坐在后座，密闭的空间里，她闻到自己身上浓重的酒气，以及烟味。

车开出好一段距离才远离闹市区，贝思远终于说了上车后的第一句话，他说："陈初，以后不要到酒吧去了。"

"我没去玩，只是唐乐在那里工作，我不放心，我去看看她。"

"然后喝成这样？你们可真是好朋友呀！"

即便喝多了酒，头晕得厉害，陈初也准确无误地收到贝思远话语中刻意压制的愤怒，以及嘲讽。她突然也觉得生气，这几日她的脾气特别糟糕："贝思远，我不知道你为什么对唐乐怀着那么大敌意，每次和你说到她，你都扯开话题。她是我最好的朋友，你是我的男朋友，你为什么不能和她和平共处呢？"

贝思远的沉默让陈初觉得自己说的话并不正确，贝思远和唐乐之间其实是平和的，平和到几近冷漠，堪比大街上擦肩而过的陌生人。

这么多年过去了，他们甚至没有坐在一起吃过一顿饭。

而贝思远唯一一次对唐乐表现出不满便是在这一刻，他说："一个女孩子在酒吧工作能占到什么便宜？那么乱的地方，你以后少去！"

或许连贝思远也没有意识到，此时他说话的语气几近刻薄，甚至有几分咬牙切齿的意味，可是陈初感觉到了。

陈初问："你为什么这么生气？是不是我妈……和你说了什么？"

沉默了好久，贝思远才说："她……她恳求我，希望我能够再拿起小提琴。"

他的声音并不大，却清晰、准确地传递到她的大脑里。

何婧一生要强，向来说一不二，而今却对贝思远用了"恳求"二字，陈初说不出心里是什么感受。

她想问他答应了没有，他却没有直面她的目光，只是望向窗外，这无疑是一种另外的回答。陈初喝了酒，头昏脑涨，先前的争执已消耗她所有的精力，此时她不想再与他起冲突，索性闭上眼睛假寐。

她听见他轻声地叹气，轻轻将她的脑袋扶好，又摇上窗，掖好她的衣服，像从前的每一次一样。

陈初想起他们第一次约会的时候，她撒谎骗何婧说要参加学校春游，背着何婧偷偷和贝思远去临市看海。路途特别遥远，车又颠簸，她又累又难受，便靠着贝思远的肩膀睡觉。他怕她不舒服，一直保持着那个姿势，待到下车，她已经走到车门口，他还坐在座位上。

“你怎么不走？”

贝思远向来没什么表情的脸上终于有了一丝羞涩：“我脖子动不了了……”

一转眼，好几年已经过去了。

他的肩膀坚硬宽广，身上有股淡淡的洗衣液的清香。他还是和少年时期一样，坐着的时候腰杆挺得老直，有着他的倔强和骄傲。

岁月会变迁，但记忆不会撒谎，无论眼前的世界如何变幻，记得最清晰的永远是最美好的一瞬，所以，在美梦坍塌的那一刻，才会痛彻心扉，无法自拔。

陈初记不清自己是怎么回到寝室的，醒来的时候已经在自己并不松软的床上。

她一看时间，糟了，“灭绝师太”的课又没去上。

可现在去也来不及了，都快下课了。

她刚这样想着，室友林祝君就推门进来，看她坐在床上面如死灰，急忙问：“你没事吧？”

“没事，我就在想期末师太会怎么整我。”

林祝君一听就笑了：“那你的担心多余了，陆淼淼给你请假了，说你胃痛呢。昨天晚上你男朋友送你回来，上不了楼，还是她下去把你给弄上来的。话说，你们两个的关系什么时候变得这么好了？”

陈初还没说话，陆淼淼也回来了，今日又穿了一袭粉红色的泡泡袖连衣裙，配了同色的镶了碎钻的小高跟鞋，一看便知价格不菲。

见陈初目光灼灼地看着自己，陆淼淼不自然地别过脸，末了又觉得自己没做错事，为什么要心虚，回过头目光炯炯地和她对视。

陈初被她逗乐了：“昨晚你把我弄上来的？今天也是你帮我请的假？陆淼淼，谢谢你。”

两人向来是针尖对麦芒，在打架事件后，关系总算好了一些，但也算不上朋友，对彼此的态度都有些别扭。陈初还是第一次如此和颜悦色地和陆淼淼说话，陆淼淼一下子有些不适应：“我是怕你吵到人，你别自作多情。”

但陈初压根没准备听她解释，自顾自进了洗手间。

隔了两日，陆淼淼生日，大清早就有人将粉红色的Hello Kitty蛋糕送到寝室楼下，连同一只Patek Philippe表，小公主收到时明显不高兴，和林祝君抱怨：“我根本不喜欢这腕表，老气得很，还不如给我买潘多拉。”要是她那小叔叔知道她侄女不喜欢百达翡丽，喜欢潘多拉，不知道该有多伤心。

陈初向来记仇，想到陆淼淼那可恶的小叔叔陆寻，毫不客气地煽风点火：“就是，这表多丑，暴发户才戴吧，哪有女孩戴这个！”

话音刚落，陆淼淼就愤愤然拿着手机出去打电话了，过了一会儿又乐滋滋地回来了：“我小叔叔说晚上会来陪我过生日。”

陆淼淼虽然品位奇特又娇滴滴的，但因为直率大方，转系不到几个月就在班里混开了，和大家关系都还不错。

当然，“大家”并不包括陈初，但近来两人关系明显好转。下课后，她磨磨蹭蹭走到陈初身边，一脸别扭，眼睛却发亮：“晚上班级聚会，顺便帮我庆祝生日，你来吗？”陈初还没来得及说话，她又嚷嚷着“来不来随便你”，然后就走了。

“陆淼淼十七岁生日呢！”另一个同学说，“请了全班同学。”

“她才十七岁？”

“对啊，你不知道吗？她上学早，好像比我们早一年，还跳了两级，高考她的分数可是全校前十。”

陈初和她同寝了好几个月也不知道她年纪小，更不知道她还是个天才，平时看起来情商低下，原来智商那么高，听同学这么一说，当下觉得有些不好意思，她可不就是个小女孩吗，自己和她较什么劲，当下也不摆架子了，决定晚上好好给她庆祝生日。

陈初隐约觉得今晚有事情会发生，但还是赴约了，说不清是迎接，还是承受。

命运本就是这样，随心所欲，为所欲为，它从不在乎你的感受，要带走的终归会带走，要到来的还是会到来，你无法决定，无法选择。

（4）

当夜的生日party是在南泽的某酒店的海景总统房举行的。大家都以为今晚只是普通的生日会，大多穿着简单的牛仔、T恤，包括陈初，然而抵达的那一刻，大家清楚地意识到，事情并非如此。

房间、露台和舞池都被丝带、薄纱和鲜花装饰好，鲜嫩又甜蜜的公主风，可见费了不少心思。陆淼淼甚至请来了乐队，冰冷的乐器也被她恶趣味地打上了粉红的蝴蝶结。泳池边的高台上摆着一个豪华的五层蛋糕，自助餐区满满当当是新鲜的食物，以及五颜六色的饮料和酒。

虽然知道陆小公主的十七岁生日party不会那么简单，但仍有许多人被吓了一跳。

但大家终归是二十来岁的年轻人，音乐一起，灯光一暗，谁也顾不上那么多，吃东西的吃东西，喝酒的喝酒，唱歌、跳舞、玩游戏的也自如。

偶尔听到有人刻意压低声音八卦，语气中明显带着羡慕，甚至嫉妒。

“我知道她家有钱，没想到这么有钱。”

“听说是她的小叔叔给举办的？”

“呵呵，也不知道是真的叔叔还是假的叔叔。”

“不过奇怪，怎么没有看到她那小叔叔出现……”

几个小时前，她们还在学校里对着陆淼淼一脸谄媚讨好，现在却在这里恶意揣测。

陈初端着小盘子从角落里走出，低声聊天的几个女孩似乎没想到她会突然出现，吓了一跳，随即一哄而散。

陈初吃饱喝足才想起，似乎只在party刚开始时见到主人公，然后她便神秘地消失了。

最后陈初是在洗手间找到陆淼淼的。

她似乎在打电话，声音顺着门缝传出："你到底来不来？你说好来给我庆生的，现在又说什么工作……你根本没把我放在心上，从来没有遵守过你的承诺……我今天已经十七岁了，你知道不知道……"

声音戛然而止，陈初知道偷听不对，急忙退回到露台，没一会儿，陆淼淼就出来了，手上还拿着两杯酒，眼睛是红的。

"你偷听我讲电话。"陆淼淼盯着陈初，声音沙沙的，"别撒谎，我听见脚步声了。"

陈初尴尬地笑了两声，正想解释自己没听见，陆淼淼却往长椅上一坐，自暴自弃道："你听见就听见了，反正你向来讨厌我，就算被你知道我没有爸爸妈妈，连小叔叔都顾着加班不给我庆生也没什么可怕……"

话是这样说，陆淼淼却委屈地红了眼圈，抓住陈初的手："你不准走，你在这里陪我。"

陆淼淼喝了酒。

陈初自知酒量不好，不敢喝，只是看着陆淼淼喝。

但陆淼淼和陈初明显半斤八两，喝了几杯果酒，眼神已经涣散，靠在陈初的怀里，叽里咕噜不知道说些什么，陈初俯下身，才知道她叫的是"爸爸妈妈"。她手还抓着陈初的衣襟，像只猫一样蜷成一团，陈初推了推她的肩膀，她换了个姿势："别吵我，我要睡。"

陈初身体僵硬地任陆淼淼抱着自己，她没有养过猫，家里也没有小孩子，眼下完全不知如何是好。

直到一个高大的身影挡住了眼前的灯红酒绿。

陈初闻到一股香烟混合香水的味道，并不好闻，但也不刺鼻，抬起头，那人已把陆淼淼从自己怀中抱出，衬衫柔软的布料擦过她的手。陆淼淼仍旧攥着她的衣服没放，陆寻轻轻地掰开陆淼淼的手指，自始至终没与她说一句话。

陈初感觉不舒服，极度不舒服。

可眼前的人毫无知觉，他抱着陆淼淼越过客厅，转进里间的卧室。原先低声议论的几个同学脸色精彩纷呈，也不知道想到了什么龌龊的事情。

主角提前退场并没有影响大家的情绪，狂欢依旧在继续。

陈初忽然觉得没意思，正想提前退场，却发现有东西轻轻掉在自己脚边，低头一看，是陆淼淼的手链，估计是不小心挂到了自己的衣服上。

她想着要不等回校后还给陆淼淼，却看见陆寻从卧室中走出。

鬼使神差地，陈初朝他走去。

“喂！”

“喂，陆淼淼她叔叔。”

“陆寻。”

他背对着陈初倚着墙，不知道在思考什么，陈初喊了好几声也没得到回应，只好走近几步去叫他，没想到手刚触碰到他的手臂，就被人反手狠狠一推。

这一攻击来得猝不及防，陈初倒退了两步，撞上一个男同学，他手上的葡萄酒就这样全部浇在她的胸前。

“啊陈初，对不起，我不是故意……”男同学手足无措地道歉，“我不知道你会突然撞过来……”

陈初穿的是白衣服，此时胸前一片暗红色的污渍，看起来诡异而恐怖。她没有搭理男同学，只恶狠狠地盯着陆寻。

但罪魁祸首毫无愧疚之色，甚至轻轻扫了扫被她触碰过的手：“我不喜欢别人离我太近。”

灯光调得很暗，暖黄色的光衬得陆寻的皮肤明亮而光滑，比女孩子的还要细腻，可惜俊秀的面容在陈初看来却极其可憎，尤其眼下的青痕，显得他更加轻浮可恶。

第二次了，陈初恨恨地想，这已经是第二次了。

（5）

每次遇到陆寻，都没有好事发生。

陈初原本就没打算逗留到太晚，但也不曾想过会这么不愉快地退场。从酒店出来打车，司机看她的眼神充满了暧昧和探究，她又羞又恼，把包移了移，遮住胸前的污渍。

车厢里空气沉闷，她闻着身上的酒味越发郁闷，索性开了窗。

一辆红色的出租车贴着她的车过去，她似乎看到了贝思远，但只是一闪而过，她也不敢确定是不是。

陈初给他打电话，接连打了几遍他都没有接，直到第二天清晨才收到他的短信，说是前夜加班，昨晚睡得早，所以没听到电话响。

这样的事情偶尔也会发生。

或许是小时候学琴不规范的缘故，贝思远左耳听力并不好，到了夜晚却尤为敏感，一点风吹草动都能将他惊醒，只要到睡觉时间，他便会把手机调成静音。

陈初并没有生气，她只是有些郁闷，贝思远越来越忙了，陪她的时间越来越少了。

往常周末他都会陪她看电影或逛街，现在却大半时间都贡献给公司，不是开会便是加班，好像工作才是他的女朋友。

最初贝思远放弃走音乐道路，陈初只是不理解，却仍旧义无反顾地支持。而今，随着时间的流逝，随着何婧生病，当初的心境已经完全改变，看着他过着平庸的生活，她不止一次怀念当初意气风发的贝思远，她希望他能回到正轨，为了何婧，也为了自己。

这样的想法极其自私，陈初也努力不在贝思远面前流露出来，可有意无意地还是给贝思远施加了压力。

不知是不是自己的错觉，陈初也感觉贝思远在逃避自己。

这一周贝思远好不容易不用加班，陈初已经团购好了科技馆的门票，谁知到了门口，唐乐却火急火燎地打来了电话。

“你最近见到唐信了吗？”

“没有，发生什么事了？”

电话里的唐乐萎靡不振：“十天没回家，电话也不接。”

陈初这才知道，唐信私底下去拍了广告，也不知道背着家人做了多久，最近又和南泽娱乐巨头盛娱签了约。

被唐乐打了一巴掌，又经过陈初的好言相劝，唐信终于答应去上学。唐乐怕他撒谎，每天还跟着他去学校，谁知道她前脚刚走，他后脚跟着走了。她不知道弟弟偷偷离开了学校，也不知道他私底下去做了什么，直到某天在酒吧看到几个女孩子带来的杂志。她觉得封面人物很眼熟，借过来一看，差点没吓到，竟是自己的弟弟，他赤裸着上身，牛仔裤松松垮垮地挂在胯间，年轻的躯壳配上他冷漠的表情，让不少小女生为之疯狂。

傍晚，唐信踩着点准时回家，似乎没想到姐姐会在家，刚叫了一声“姐”，几本杂志就狠狠砸在他脸上。

“你做什么去了？”

唐信知道事情败露，也懒得遮掩，直截了当道：“在给杂志拍广告。”

毫无意外地，姐弟俩又吵了一架，言辞激烈，最后以唐信摔门而去告终。

人总是喜欢将温柔的一面留给陌生人，对待越亲密的人，言辞越尖锐。但那些难听的话，刺伤的不仅仅是对方，还有自己。

唐乐火气上头，对着他喊：“你走就不要回来了！”

这不，唐信一连几天没回家了。

陈初挂了电话，看着贝思远，正犹豫着要怎么开口和贝思远解释。

他也在看她，平静得很，好像猜到了她接下来要说什么，开口道：“走吧。”

盛娱位于南泽市中心，那里高楼矗立，人来人往。唐乐说唐信在那里，她去了好几次，他却不愿见她，倒是往她卡上打了好几万，说是还这个月的利息钱，让她不要再去酒吧上班。唐乐叫他回去谈谈，他便不愿再回信息了，电话也不接。

唐乐无法，只能求助陈初。

陈初给唐信打电话时，他有些惊讶，却也听得出心情不错。她与他闲聊了两句，刚说到“学校”二字，他的情绪陡然变得低落：“我不会回去上学的。”

“你才十八岁，不去上学去做什么？你姐姐会担心的。”

唐信被她这么一问，又不出声了，过了许久才低喃一句：“我不上学。”

她又气又笑，说：“唐信你下来，我们好好谈谈，我在盛娱楼下。”

少时唐信喜欢跟在姐姐身后，唐乐觉得他烦人，时常将他甩掉，倒是陈初对他不厌其烦，去哪儿都愿意带着他，所以他对陈初向来亲切。只是，到了莫名其妙的青春期和叛逆期，他反倒变得别扭，连一句“姐”也不愿意叫了。

陈初看着唐信朝自己走来，看到她时他脸上还带着笑容，走了两步后笑容却瞬间凝固。他冷冷地看着他们，脸上的表情与杂志上如出一辙。

陈初不知道他为何突然冷脸，只当他耍小孩子脾气：“唐信，你姐姐很担心你。”

“我好好的，没什么好担心的。”

“我都担心，你是她弟弟，她怎么可能不担心？”

唐信不说话，只低头看自己的脚。

陈初以为他妥协了，语气渐软：“唐信，听话，跟我回家好不好？”

唐信并不喜欢她用这样的语气跟她说话，像是将他当成了小孩，抬起头见贝思远也在看他，一时间觉得烦躁：“我不是小孩子了，也没有闹脾气。我很喜欢我现在的工作，不仅仅是为了赚钱。我想回去就会回去，你不用劝我。”

“你知道这是什么地方吗？娱乐圈那么乱，你别被卖了还帮别人数钱！”陈初也来气了。

“那也是我的事，与你无关！”

看到陈初失望的眼神，唐信有些后悔将话说得这么重，可话已出口，无法收回。他沉默了一会儿，又望了一眼陈初和站在她身边的贝思远，低声道：“我还要去化妆，我先上去了。”那句“姐姐”却怎么都叫不出口。

“只有小孩子才会一次次让关心自己的人失望和难堪。”贝思远突然开口。

唐信脚步顿了一下，很快，又迈出脚步，一直没有回头。

陈初一直看着唐信，有些失落，更多的是不知如何对唐乐开口。

她站在盛娱大厦明亮的大厅里，忽见一行人匆匆而入。

说来奇怪，那行人有十几、二十人，有男有女，高矮不同，胖瘦不一，可陈初第一眼便看见了陆寻。

每一次出现他皆衣冠楚楚，万众瞩目。

陈初不知为何突然低头去看自己的胸襟，那里整洁干净，可她觉得那里仍有污渍。

以及屈辱。

3

Chapter

暗涌

在感情面前，信任是没有底线的。

（1）

从盛娱回去的路上，陈初兴致不高，贝思远还以为她在为唐信的事情烦恼："他不是小孩子，自己会想通的。"

果然，隔了两日，陈初便接到唐乐的电话，说唐信回家了。

盛娱此次签约了一批练习生和艺人，唐信便是其中之一。陈初这才知道，这两年唐信偷偷摸摸、断断续续和他们合作拍了不少网络和平面广告，已经吸纳了不少少女粉丝，盛娱当然不会放过这个机会，立马与他签订了合同。唐乐知道覆水难收，弟弟回家后也没有再和他争吵，只是告诫他娱乐圈纷乱，要学会自保。唐信虽觉得姐姐杞人忧天，但看她因自己的事而憔悴不堪，倒也没再和她犟嘴，老老实实地坐到一边。

唐乐与弟弟和好如初，陈初自然高兴，只是声音听起来低沉沙哑。

唐乐问："你怎么了，是感冒生病了吗，怎么声音听起来这么沙哑？"

陈初"嗯"了一声，同她解释："没有，就是这几天在休息室练琴，熬夜了。"

何婧要求陈初每天练两小时琴已经许多年，她向来是能拖就拖，能赖就赖，没想到现在竟然主动练琴。唐乐当即想到她前几日说的事情："何老师……何老师的病怎么样了？"

陈初说："我试探了几次，她瞒得可紧了。我拍了她的病历去咨询医生，医生说这种情况已经影响正常的生活和工作。怪不得我总觉得她这段时间发胖了，记忆力也差得很，上周手颤摔了一个杯子。她不说，我也就假装不知道。"

唐乐问："会影响演出吗？"

陈初说："可能会。"任何一个乐器演奏家最怕的就是手不稳，她长长地叹了一口气，"我以前总不承认自己差劲，总把不喜欢当作借口，这几日认认真真拿起琴，才知道自己真的不行，无论怎么努力，都别想超过贝思远，也怪不得我妈总是骂我没用。"可惜，贝思远不肯再触碰小提琴。

她没有再说下去，沉浸在自己低落的情绪里。

唐乐正想说几句宽慰她的话，却听见有人在叫自己，只能对她说："我要去工作了，晚点再给你打电话好吗？"

陈初的情绪来得快，去得也快，忙道："去招呼你的女朋友们吧，我没事呢！"

自从找了酒吧的工作后，她越来越忙，每日下午四点上班，一直忙碌到次日早晨四五点，回到家后睡个囫囵觉，便要起来给广告公司画设计图，下午又开始新一轮的工作，周末还接了两份家教，分别教初中一年级和三年级的英语和数学，偶尔还接一些画壁画的活儿。

她就像个钢铁人，日复一日地重复工作着，从未开口抱怨，从未向命运妥协，连生病的次数都少。这次为了弟弟的事情，她着急上火，两头奔波跑了许多天，也不曾抱怨过一句。

父亲欠下巨债跑路后，这些年每月她家都有高额利息要还，唐信辍学后，她更觉得还债是自己的责任，于是更加拼命地赚钱。

陈初也曾努力省下生活费与零用钱私底下给她，希望能帮上一点忙，却被她拒绝："即便我们是朋友，你也无须为我的债务有负担。这是我的责任，与你无关。何老师也没有给你多少零用钱，你无须为了我委屈自己。"陈初别无他法，只得从侧面帮衬她，偶尔拎些水果、营养品去看她妈妈，或以各种节日为由给她送些小东西。

所以，当社团副团长章晋书要出国进修，登山社为他饯行聚了餐又说要去夜店时，陈初积极地提议去唐乐所在的酒吧，想为她创造提成。

陈初向来擅长给自己找乐子。

唐乐忙于赚钱还债，贝思远工作亦忙，两人陪伴她的时间少之又少，入学后她便加入学校社团。相比拉小提琴和念书，她更加热爱登山和攀岩，加入登山社后，也时常参加活动，与社团里的同学相处得不错，所以她一提议，便得到了大家的赞成。

只是，当他们一行人来到"泡沫"时，唐乐并不在。

经理说，在他们到来不久之前，有个男人来找她，将她带走了。

"他们去哪里了？"陈初一听，急了。

"那我就不知道了。"

"你没问清楚吗？好歹她也是你们这里的员工。"

"小姐，唐乐和我请了假，说一会儿就回来，我总不能这么不近人情吧？再者，她是成年人了，不是小孩子，我也没有权利干涉她的人身自由。"

经理耸耸肩，没有再理会她。

陈初第十三次拨打唐乐的电话，电话接通了，却无人应答。

在这个全民智能手机的时代，唐乐还用着不知道停产多少年的蓝屏手机，手机时常没信号，但没有出现过现在这般电话接通了却没有声音的情况。

她一急，坐都坐不住，绕着桌子踱步。

大家正围着师兄敬酒，见状跟着起哄："我说陈初，别绕了，绕得我头晕。章师兄要走了，你不敬他一杯吗？"

"我酒量不行，一喝就倒。"此时陈初哪有心情喝酒，"而且我感冒还没好。"

闻言有人"喊"了一声："酒吧是你提议来的，现在来了又说不能喝，你装什么装？"说话的是个大一的师妹，叫甘愿，加入登山社不久，对即将出国的章晋书师兄颇有好感，无奈妹有情而郎无意。

陈初不知自己哪里得罪了这个小姑娘，懒得和她纠缠，又打了电话给唐信。他刚好在家，接到陈初的电话时显然很诧异："我姐不在家，这个时候不是上班去了？难道出了什么事？”

他这么一说，陈初立马想到两年多以前的事情，心里更着急了，却不敢让他听出一二，只敷衍说自己打不通她电话，估计她手机没电了，以为她在家，然后急忙挂了电话。

陈初决定出去找唐乐，刚要开口，又被甘愿缠住了：“师姐真的不敬章师兄一杯吗？师兄就要走了，师姐这般不给面子？”

看来今天这杯酒不喝是不能走了，她也觉得自己这般提前退场不好，于是说好，但刚举起酒杯就被章晋书拦住了：“你不能喝，就别喝了，我代你喝。”

话音刚落，便有人意味深长地“咦”了一声，接着起哄声此起彼伏。陈初看着章晋书那张人畜无害的脸，总算知道甘愿小姑娘为何对自己怀有敌意。她一边心想这叫什么事，一边不着痕迹地撇开章晋书的手：“我祝师兄一帆风顺，前程似锦。”她将杯中酒一饮而尽后急匆匆放下杯子，“真的不好意思，但我这会儿真心有事。”

大家见状也不再强留，倒是章晋书，看着她欲言又止。

陈初一股脑冲出了酒吧，她必须去找唐乐。

春末的夜晚闷热而黏腻，她在霓虹灯下站了好一会儿，不知道该从哪儿找起。

唐乐父亲出事后，她家的生活变得极其不安定，时常有人上门扔垃圾、泼红漆，甚至将死掉的家禽挂在安置区的楼道里，无非为了要债。最严重的一次是两年前，因为拖欠了三个月的利息，唐乐被他们带走，直到一星期后唐家凑够了钱，她才被放回来。

当时唐乐被带到哪里陈初并不知道，她对此讳莫如深，一句也不肯多言，但在那之后，她就变得更加深沉，也更加拼命赚钱，再没拖欠过利息，这两年倒也相对安定，不用再频繁地搬家。

所以，当陈初听说唐乐被一个男人带走了时，第一感觉便是她出事了。

这不能怪陈初，毕竟有前车之鉴。

（2）

她像只无头苍蝇在人民西路兜兜转转。

街上熙攘喧闹，五彩缤纷的灯，震耳欲聋的乐，交织成纷扰缭乱的夜。酒吧门口都是年轻的男女，要么是招揽生意的，要么是出来猎艳的，大多脸上带着笑容，或暧昧，或轻浮，或发自内心的快乐，陈初焦急的面孔夹杂在其中，格格不入。

她并没有停止拨打唐乐的电话，甚至想过报警，但刚按下三位数字又觉得不妥，慌乱地掐断。

她想着，或许唐乐只是有事出去，过会儿就回来了，不接电话应该是手机没有带在身上，过会儿就会给自己回电话。

她就这样自我安慰着，可心还是七上八下。

她又想，万一唐乐真的遇到了歹徒该怎么办，她是要与歹徒搏斗还是打电话报警。

仔细想想，她似乎没有能力帮上忙，只有添乱的份儿。

那时候还在上初中，有天唐家的车被送去检修，陈初便与唐乐一起坐地铁回家。地铁站离学校还有段路程，两人为了省时间走了荒无人烟的小路，陈初还想着应该不会出事，谁知怕什么来什么，才走了几百米便遇到穷途末路的瘾君子。他也不想想，她们还是中学生，哪里有钱财，只拿着刀子抵在唐乐的脖子上硬要她们拿钱来。陈初吓蒙了，连唐乐使眼色让她快走也看不懂，只知道抽抽搭搭地哭："你放开她，我把钱都给你……不然我再回去拿。"

那人刚伸出手来接，一分神便被唐乐反手一击。

唐乐少时学了好几年跆拳道，吸毒的人脚步虚浮，被她一撞一击，整个人摔倒了，却还挣扎着要去抓她。

"你先走。"唐乐让她先走，她却想着不能丢下唐乐一人，还在犹豫，就被那个男人抓住了手臂，眼见着刀子要往她身上扎，还是唐乐反应及时，冲过来挡住了。

那一下在唐乐肩膀上扎了个大窟窿，疤痕到现在都清晰可见。

也就是那时候，陈初在心里认定，唐乐是她最好的朋友。

永远的朋友。

陈初转了一大圈，最后觉得自己这样漫无目的地找实在愚蠢，便往路边的长椅上一坐，想着休息一会儿再去找，刚喘口气，便见旁边的巷子里有人影闪过，还有忽高忽低的争执声，离得远，听不清内容，但她觉得那男声异常熟悉。

巷子里黑灯瞎火，人迹罕至，她其实有些怕，但那道声响似有神秘力量，拉扯着她一步步靠近。但她怎么也没想到，在巷子深处的人会是贝思远，没有路灯，暗淡的月光照射着地上的水洼，反射在他脸上，衬得他的面色有片诡异的蓝。

陈初极少见他如此愤怒，他正对着面前的人吼："你何必要这样作践自己……"

"这又关你什么事？"

好巧不巧，站在他对面的那个人陈初也特别熟悉，就是她找了一晚上的那家伙。

唐乐手插在口袋里，垂着头，看似漫不经心，但陈初觉得她在生气，因为她的薄唇紧紧地抿着，几乎成了直线，拳头也攥成一团。

陈初的心并没有因为找到唐乐而平静，反而忐忑、好奇，她倒退了两步，想缩回阴影里，却听贝思远的声音戛然而止，然后他带着疑惑喊了她的名字。

唐乐也回头，同样诧异地望着她。

"你们怎么在这里？"

"你怎么会在这里？"

沉默在三人之间诡异地持续了许久，陈初方才出声，唐乐默契地跟着开口，声音像嘴里含着一把沙子般暗哑，如同歇斯底里之后的无力挣扎。

陈初干巴巴地解释："登山社有个师兄要出国，晚上我们为他饯行。我们去泡沫玩，没看见你，我就问了经理，他说你被一个男人带走了。我担心你出事，就跑出来找你，毕竟之前出过那样的事情，我害怕。谁想到……”——谁想到你会和贝思远在一起，还在吵架。

她的情绪还停留在紧张与慌乱之中，没缓过来，脑袋里乱糟糟的，怎么也想不通眼前到底是怎么一回事，只得看着面前的两人。

贝思远深吸了一口气，正要开口，却被唐乐打断：“陈初，将你男友带走，麻烦你让他以后不要再来干涉我的工作。我喜欢酒吧的工作，钱多又相对轻松，麻烦你让他别这样多管闲事，影响我工作。这次就算了，我不希望有下次。”说完，她转身就走。

陈初望向贝思远，他冷着脸，却没有出声反驳。

“我讨厌酒。”贝思远说，“我和你说过，我最讨厌别人喝酒。”

陈初后知后觉想起早些年发生的一件事。

贝思远自十四岁拜入何婧门下起，上下课都是独来独往，无论早晚。何婧苛刻，有时一个音阶练不好便要重复几百次，练到深夜是常有的事。陈洪恩不放心，偶尔会送他回去。陈初当时还处于看他不顺眼的阶段，便追问为什么不让他爸爸来接，话音刚落，便被何婧瞪了一眼。他身体僵了一下，年纪小却将情绪隐藏得很好，独自辞别：“陈老师不用送，我自己回去就可以。”

陈初觉得他神神秘秘的，就偷偷跟着去他家，走到楼梯口却听见酒瓶子砸在地上破碎的声响：“你不是嫌弃老子无能吗……”

陈初吓了一跳，惊呼出声，走在前面一直没回头的贝思远突然回头一笑：“为什么我爸爸不来接我？因为他又喝醉了，开始骂人了。”笑容底下潜藏着苍凉。

平时老实可靠的人，一喝酒，就像变了个人。

时隔好些年，再次提起这件事，陈初觉得有些难过。

贝思远虽憎恨酒，但无奈要应酬，和同事、朋友一起来酒吧，看到唐乐还在这边工作，又想到陈初时常到这里来找她，便和她借一步说话。

他的语气到底是循循善诱，还是恶声恶气，陈初不得而知，她只知道他俩吵了起来，直至她出现。

“你是不是讨厌唐乐？”她第二次问贝思远。

贝思远沉默地盯着夜空中的某一点出神，陈初跟着望过去，才发现那是北极星。陈初以为他没听见自己的问话，打算再问一次的时候，他却低声说了一句什么。

“你说什么？”

“我没有讨厌她。”他低声重复，“并没有。”

“我没有讨厌他。”

陈初问唐乐的时候，她亦是这样回答的，然后她继续说：“至于你为什么觉得我们合不来，或许是气场不和吧。难不成你希望你死党和你男友关系好到勾肩搭背？”

陈初想想也是，遂不再纠结这个问题。

在感情面前，信任是没有底线的。

（3）

后来陈初没有再回酒吧。

章晋书给她打了好几个电话叫她回去，皆被她推辞了。许是喝了酒，往常温文尔雅的人变得难缠起来，一遍一遍地问她：“你真的不来送我吗？”“我想见你。”“陈初，我等你。”语气暧昧，她不是不懂。

最后陈初说：“我刚刚遇到点事，现在我男朋友送我回学校，我快到了。”话语既隐晦又直白，章晋书沉默了半晌，才将电话挂了。

终于清静。

回到寝室刚好十点，人未坐稳，何婧的电话便来了，毕竟为人父母，纵然严厉也一耳听出女儿的疲倦和漫不经心：“声音怎么听起来这么累？”

陈初当然不可能说自己刚从外面回来，又喝了一点酒，风吹了头疼，专挑些她爱听的话：“晚上没课，多练了一个多小时琴，休息室没有窗，闷得我头晕。”

何婧一听，欲言又止，过了许久才道：“你向来没有天分，这么多年都过来了，也不急于这一时。我知道你并不喜欢小提琴，逼迫你练琴也并非我专横，我只是想着要是你以后没人庇护，有一技傍身也好。若觉得累，也和朋友出去玩玩。”语气不似往常那般冷硬。

陈初一听，并没有觉得轻松，细思母亲最近的反常，反倒担忧起来，心想莫不是病严重了些，还没问个明白，那边何婧又补充：“出去玩可以，但别忘了练琴，切莫得意忘形。对了，我这周要去首都演出，周四回来。”

陈初说：“你不要太累，注意身体。”

别人家都是慈母严父，陈初家相反，她对何婧向来是敬畏多些，也极少说这些话，说完之后便觉得不自在。何婧估计也是，干巴巴地应了句“我知道了”便挂了电话。

何婧去演出，陈洪恩要值班，这周陈初便没回家。

陈洪恩是副校长，兼管政教处，在校叱咤风云，令学生们闻风丧胆，回家却唯妻子马首是瞻，在女儿的教育问题上也只秉承一个理念：听老婆的。何婧不在，他也不会做饭，陈初的手艺更是不值一提，他们还不如一起吃南泽大学的食堂。

刚好登山社有活动，陈初往常参加活动都要编造各种理由，此次何婧主动提出让她去玩，加上她已有段时间没参加活动，便报了名。往常为了配合新人，登山地大多选择南泽附近的塔山，她爬了十几次，早已厌倦。但这次活动选择的登山地是西樵山，又高又陡，陈初想去已久，只是一直没有机会，此次一听便迫不及待报了名。

起初还是很愉快的，大家在车里说说笑笑，到了山脚下也轻松。因为登山需要体力和精神，越往上走，队伍越沉默，只有几个精力过剩的男生偶尔开几句玩笑逗女孩子，免得太过枯燥无聊。到了山腰的驻地，大家喝水的喝水，补充能量的补充能量，玩笑话才跟着多起来。

有人便提起了昨日刚办了手续离校的章晋书："章师兄那晚喝了好多酒，吐得稀里哗啦，最后还哭了。"

知情的朝陈初望去，不知情的还在追问："不是吧，章师兄会哭？""那得喝了多少酒？难道就这么舍不得南泽大？""难不成章晋书失恋了？"

话音刚落，那晚针对陈初的小姑娘甘愿便将矿泉水瓶往地上一扔，瓶里还有大半的水，好巧不巧，溅了陈初一身。有眼睛的都看到甘愿是故意往陈初所在的方向扔的，陈初站在那里，也不说话，只是看着她，脸上没什么表情，但看得出动了怒。

登山社里有大半社员知道陈初的出身，有羡慕的，也有不屑的。陈初虽很少与大家打成一片，但也从不摆谱，该参加活动就参加活动，社团费也按时缴纳，偶尔天气热还会请大家喝冷饮，风评倒也不错。

今日这事明显是甘愿不对，陈初瞪得她发怵，她一时有些后悔，偏偏有女生扯了扯她的袖子："你和陈初道个歉，这事就过去了，她爸爸是谁你又不是不知道。"

甘愿一听，猛然拔高了声音："我怎么不知道她爸爸是谁！她爸爸是陈洪恩陈副校长又怎么了？我还知道她妈妈是何婧，小提琴家嘛！我就不懂了，书香门第怎么就教出个趾高气扬的女儿来？她以为她是公主啊，全世界都要绕着她转？我就是讨厌她，虚伪的婊……"

"啪！"

最后一个字没说出口，甘愿脸上已挨了一个巴掌。

她难以置信地看着陈初，又看看哗然的众人，"哇"的一声哭出来。

陈初觉得烦躁。

她知道自己冲动了。

那个叫甘愿的女孩抽抽搭搭地哭了许久。大家都知道她出言不逊在前，但陈初打了人，有理也成了没理。有人看笑话，有人做和事佬，有人去哄小师妹，好不容易才稳住甘愿的情绪。

众人和陈初相处时间不多也不少，大多知道陈初不是盛气凌人之辈，甘愿口不择言大概也是因为追求了许久的章晋书师兄喜欢陈初，纯属嫉妒，但陈初那一巴掌下去，大家多少对她有了忌惮，觉得她或许不像表面那般好相处，一时间没人上前和她搭话或同行，她孤零零地走在队伍中间，尤为突兀。

原本轻松的气氛一下子变得沉重起来。

陈初不是难相处的人，但这也不代表她好欺负，甘愿阴阳怪气她可以不计较，但人身攻击她不可能不反击。这一套还是从唐乐那儿学来的，从前那些男生在口头上占她便宜，唐乐就是这样直截了当让人闭嘴的，只是唐乐从不打女孩子，她可没有唐乐那般怜香惜玉。

虽然甘愿闭嘴了，但现在的处境令陈初觉得尴尬，加上这段时间糟心的事情很多，此时她越发觉得烦躁，于是索性对社长说：“我想一个人走。”

“这怎么行？西樵山陡峭，你一个人多危险！”

“没关系，你只需告诉我几点在驻地集合就好。”

“还是不行，你一个女孩子多危险。”

“不会有事，有事我自己承担。”陈初说。

唐乐曾经评价陈初：冲动莽撞。

而现在，陈初为自己的自作聪明和莽撞买单了：她脱离队伍后独自一人登山，她经常锻炼身体，体力尚可，花了两个多小时登顶了，但下山的时候不记路，兜兜转转绕了许久也找不到同伴，反倒越绕越远，偏偏手机在这里没有信号。

眼见天要黑了，山间云雾弥漫。

陈初因为自己的愚蠢自大，被困在山里，绕不出去了。

（4）

陈初几乎以为自己在做梦。

她怎么也没想到竟会在这里遇到陆寻，且是两人都如此狼狈的时刻。

天已经完全黑了，山间温度骤降，纵然穿上了包里备用的冲锋衣，她仍觉得冷。她已经走了好几个小时，仍没找到下山的路，没信号的手机被当成了手电筒，登山靴踩在湿润的泥土上，发出细微的声响，与昆虫窸窣的叫声相和。

她不是没有试过呼救，但最终得到的是自己的回声以及不知名的虫鸣声。她不是不害怕，只是在这深山老林里哭只是浪费气力。

最后，她无力地瘫坐在泛着腐烂气息的老树根上，寒冷、疲惫、恐惧与后悔如这山风一般从四面八方朝她袭来。

她抱着自己的胳膊，警惕地用手机照着四周，唯恐哪里会冒出凶禽怪兽。不照不知道，这一照，她被吓了一跳——在不远处的丛林里，有双黑沉沉的眼睛正盯着她看。她尖叫了一声，连手机也顾不上捡，跌跌撞撞正想跑，却听见一声嗤笑。

陈初觉得不对劲，捡起手机往那处一照，才发现树上靠着一个人，影影绰绰，也不知潜伏了多久。她看不清他的面容，只觉得那身影异常熟悉。她按捺住心中的恐惧，一步步朝他走近。那人按兵不动，灯光照在他紧抿的薄唇、挺直的鼻梁和那双黑沉沉的眼上，她简直不敢相信自己的眼睛。

她没有压制住自己的激动和惊喜：“陆寻！”

陆寻靠在树上，一身黑色的运动服上沾满了泥土，而脚上只穿了一只鞋，另一只脚的裤腿高高挽起，小腿狼狈地裸露着，可他表情平静，完全没有深陷困境的窘迫。

陈初看着他，他也在看陈初，最后还是她先开口打破沉默：“陆……你怎么在这里？”

陆寻依旧没出声，倒是伸手挡住了眼。

陈初这才发现自己一直用手机照着人家，估计亮光刺眼，他才一直挡着眼睛，于是急忙关了手电筒。深山迷路遇到人，还是认识的人，让陈初一下子忘记了先前的过节：“我……我迷路了，你能带我出去吗？”

黑暗中，陆寻沉默了仿佛有一个世纪那么长才说话：“我认识你吗？”

“你不记得我了？”陈初气结，但也知道此时不是生气的时候，急忙道，“我是陆淼淼的室友陈初，我们在警察局见过。还有……陆淼淼生日的时候，我们在酒店也见过。”

对方意味深长地“哦”了一声，陈初不用看也能猜到此时他的表情，不是嘲讽便是不屑，但她还是硬着头皮道：“你怎么会在这里？你知道下山的路吗？”

“你怎么在这里，我就怎么在这里。我知道下山的路。”他说。

“那你能带我下去吗？”

“你觉得现在可以吗？”

陈初不是没有察觉到他话语里的疏离与敌意，但此时也顾不上计较那么多。她顺着他的目光望向他的脚，才发现他不仅一只脚没穿鞋，脚踝还肿了一个诡异的包，加上他身上的泥印，不难猜出之前他发生了什么事。

或许是独自来爬山，受了伤。

或许是像她一样脱离队伍，因为自大摔了一跤。

也或者是和伙伴一起来，因为平时性格太恶劣，受了伤便被丢弃在深山老林里。

但无论前因如何，后果已经摆在这里。

此时不说相依为命，他们也该互相帮助，或者说各取所需。

“我扶你，你带我下山。”陈初说着蹲下身，想要搀起陆寻，却被他避开，她恍然才想起他在酒店里说过不喜欢别人靠他太近。想到这里，她咬牙切齿道：“现在是什么时候了，我不离你近一点，怎么扶你起来？还是你想一个人在这里待到天亮？”

陆寻似乎也想到了这一点，扶着树干起身，皱着眉头将胳膊搭在了陈初肩上。

他身上有泥土、露水、风和薄荷的味道，沉重地朝陈初压下来。

他看起来瘦，却也这么沉。

他却像看透陈初的心思一般，说：“我是男人，当然重。你能行吗？要是不行就算了，我宁愿在这里待着，也不要再摔一次。”

陈初没说话，咬着牙搀着一瘸一拐的陆寻往前走。

两个小时后，陈初在一棵灌木前停了下来，就着朦胧的月光，她问陆寻：“我们是不是走错路了？”

“不可能。”对方笃定道。

“但这里有我刚刚放的矿泉水瓶。”

更深露重，陈初的步伐越来越沉重，她觉得脚像浸在海水里一般，冰凉刺骨，更别说陆寻那只光着的脚了。

陈初感觉自己像一条被丢上岸的鱼，在泥泞中匍匐前进，但无论怎么挣扎，都逃不掉窒息而死的命运。

而陆寻正苦大仇深地盯着那个矿泉水瓶，若不是此时腿脚不便，或许早就将它踢到一边了。

陈初又冷又累，此时再也走不动，瘫坐在路边，不肯再前行。

陆寻扶着树干，踢了踢她："走了。"

"不走。"

"你不想下山吗？"

"你别骗我了，你根本不记得路。我们在这里绕了三圈了大哥，要是能下山，早下了。"陈初没好气道，"我不走了，走不动，要走你走。"

陈初垂着头，却能感觉到两道怒气冲冲的目光落在自己头顶，但她不理会。

他又轻轻地踢了她一下。

"干吗？"

"你坐过去一点，让我坐。"

陈初往旁边挪了挪，刚坐好，又听见陆寻说："你的包那么小，我猜没有帐篷和睡袋，晚上要是睡在这里，你会被冻死。"他顿了一下，毫不掩盖语气中的威胁意味，"我刚刚看见那边有个山洞，你扶我过去，我告诉你怎么走。"

陈初冷笑："是不是我不扶你过去，你就不告诉我怎么走？"

陆寻没说话，但面上的表情是理所当然。

山洞隐匿在崖边，洞口都是乱糟糟的树枝和乱叶，不认真观察难以发觉。之前他们也经过这里，但陈初没有发现这里有个山洞，也不知道陆寻是何时发现的，却一直不动声色。

陈初忽然觉得这人极其可怕，仿佛对这个世界、对所有的人怀着满满的恶意，任何事物都不能换得他的信任，每一句话都被揣度成别有用心。

陈初虽然愤怒，但也不能不扶着他进山洞。

相比洞外，山洞内干燥而温暖，还有篝火堆和一些速食品包装袋以及垃圾，应该是有人来过。陈初原先还担心这会不会是什么动物的洞穴，进来之后，松了一口气。

她将陆寻扶进山洞后，便自顾自找了个地儿休息，靠着墙，身体和精神终于放松了一些。忽然她感觉饥饿，背包里仅剩两块面包和半瓶矿泉水。她又看向陆寻，他并没有背包，轻装上阵。

"你饿吗？要喝水吗？或者吃点面包？"她朝正点燃篝火堆的陆寻晃了晃手中的东西，"我只有这些东西，可以分你一半。"

她自知不是什么大公无私之人，也知道西樵山不是什么荒山野岭，今夜出不去，明日总能找到路下山或者遇到游客，不会受困太久，吃食可以分给陆寻一些。

她斟酌了许久才说这话，对方却毫不领情。陆寻不知道多久没喝水了，嘴唇干燥起了皮，但他摇头拒绝了陈初的好意："你吃吧。"

"你不是怕我毒死你吧？"陈初不敢相信自己的耳朵，"那你要喝水吗？"

"你喝吧。"

火光中，陆寻干净的面庞看起来有些可恨，她狼狈不堪，他却平静淡定，仿佛此时不是深陷困境。

陈初暗暗骂了自己一句多管闲事，狼吞虎咽地吃了面包和水，没有给陆寻留。她想：你就后悔去吧。

至于后来陆寻有没有后悔，陈初不知。

山洞里寂静无声，只有篝火堆偶尔发出"啪啪"的声响，陆寻背对着陈初靠在墙上。陈初走了一天，停下来只觉得浑身酸痛，她以为自己会煎熬地度过这漫漫长夜，可奇怪得很，她盯着陆寻削瘦的背影，渐渐觉得困倦，连自己是什么时候睡着的都不知。

她睡得很死，连梦也没做。

（5）

陈初是被人推醒的，睁开眼才发现是登山社的师兄，他一脸焦急地看着她，身后跟着好几个人，熙攘喧闹。她觉得脑袋沉得厉害，一时间无法思考："师兄你怎么在这儿？"

"现在是什么情况，你还睡得这么死！昨天我们一直等你等不到，以为你独自回去了，回到学校才发现你没回去，只好报了警。我们找了一夜，才发现你在这里……"他语气含着责备，又想到面前的人是陈副校长的女儿，收敛了一些，"你的脸色很难看，是病了吗？"

"陆寻呢？"她环视了一圈，但并没发现坐在那里的人。

"谁？"

"和我在一起的人。"

"没人和你在一起呀。"

陈初说："有个男人，高高瘦瘦，脚还受了伤。"

"啊，我们刚刚来的路上倒是遇到个男人，他下山了呀，还有几个看起来像保镖模样的人。"

陈初疑惑："他没有和我在一起，自己下山的？"

"是啊，我们找到你时，这里就你一人在。"他又道，"你认识他？他是什么人？好像来头很大。"

陈初没想到男生也这样八卦，没有理会他，她只觉得浑身发烫，头重脚轻，难受得很，加上听到陆寻将她独自一人丢下，更是郁结。

事情闹得很大，惊动了校方领导，陈初的父亲陈洪恩自然也知道了。

陈初向来听话，从小到大从未闹出什么大事件，这一次倒是将陈洪恩吓了一大跳，好在人回来了，且平安。

“你怎么能脱离队伍呢？一点团队精神也没有！且山里那么危险，你一个女孩子家家的怎么就不怕？还好你没出什么事，要不我怎么向你妈妈交代？”

陈初想的却是另外一回事：“爸爸你没告诉妈妈吧？”

“她连续几日都有演出，我不敢告诉她，怕影响她发挥。”

“你别告诉妈妈好不好？我以后不敢了。”

陈初做低伏小，总算说服了父亲，心安理得地去睡觉，结果这一睡，差些就起不来了。

从西樵山回来后，她一直觉得累、头疼，但没有太注意，想着休息一下便好，谁知到半夜开始发烧、咳嗽、说梦话，惊醒了全寝室的同学。室友们大半夜叫了校医，最后将她送到南泽大学附属医院。

她迷迷糊糊，半梦半醒，只记得自己被推来推去，还有许多穿着白大褂的人在她身边晃悠。不仅如此，她还听见何婧的声音。她想着自己可能是在做梦，结果一醒来，竟然看到何婧的脸——比往常憔悴了不少。

“妈妈你怎么在这儿？不是周四才回来？”

“你病了好几天知道吗？今天已经周五了。”何婧没好气道，“从小到大你都让人省心，怎么这一次不懂得照顾自己？你烧了好几天，我和你爸爸都被吓坏了，再不回来，连女儿都看不到了！”何婧虽不是好脾气之人，但向来克制，极少当着外人的面大发雷霆，此时护士和医生都在，她却毫不掩饰自己的愤怒，可见真是急了。

陈初恍惚又回到那一年的病房，陈洪恩的眼泪和何婧歇斯底里的哭声从回忆里一点点渗出，几乎让她窒息。

陈初突然的沉默让何婧有些慌乱，她停止了数落，只急急问：“怎么了？还不舒服？”

她摇摇头，说没事，又问什么时候能出院。

自小学起，何婧就没让陈初请过假，陈初曾经不小心在楼梯间滑倒扭伤脚，何婧也没让她休息，这下却说：“住着，观察一周再说。”

“妈，我没事。”

何婧没理她，转身跟着医生出了病房。

陈初这场病来势汹汹，受寒导致感冒发烧，又引发了肺炎，何婧被吓得不轻，顾不上追问到底她为什么会生病，连她向来不喜的唐乐来探病，也少见地和颜悦色：“唐乐你来得刚好，陪一下陈初，我去找医生……哦，思远，你也来了。”

陈初一抬头，恰好看见提着果篮的贝思远，她看看唐乐，又看看贝思远，发现两人的表情都有些不自然。但这份尴尬没有持续多久，两人都是趁着午休时间来看她的，没坐一会儿便一前一后走了。

他们刚走不久，陆淼淼也来了。她一进来，陈初便闻到一股撩人的香味，源自她怀中那束巨大的粉色玫瑰。她在病房里找了好久也没找到可放的位置，只好问陈初："这个放哪里？"

陈初不喜欢花，更讨厌粉红色，想对她说放垃圾桶里吧，但也知道这样不好，只好让她放在床头柜上。

"你这破病房真小，连个花瓶都没有。"刚坐下，她就开始抱怨。

"我这破病房是小，容不下你这尊大佛。"陈初看着陆淼淼那张精致的脸，脑子里浮现另一张相似的面孔，想起几天前发生的事，火冒三丈。她好心好意与陆寻结盟，却不想那人阴险狡诈，背信弃义，将她独自丢在山洞里。若不是有人救援，她还不知道自己能不能活着回来。想到这里，她忍不住和陆淼淼抬杠："大小姐要是不喜欢，你可以走。"

"喂，我来看你哎，你这是什么态度？！"陆淼淼一点就炸，站起身，又想起什么似的，猛然坐下，"你要我走，我偏不走！"

陈初心里觉得好笑，却不理她，自顾自玩手机，忽听见她在耳边絮絮叨叨："他们不是说你有个男朋友吗，怎么没来看你？听说长得很帅，还会拉小提琴？我说，人长得帅有什么用？我刚刚来的时候看到一个帅哥和一个短发女孩在大堂吵架，一点也不像我小叔叔，完全没有绅士风度……"

陈初刚想补充说"你小叔叔更没绅士风度，不仅如此，还自私恶毒，自己下了山，将我丢在山洞里，若不是救援来得及时，我都不知道要被困到几时"，但眼前这人明显是叔控，要是自己说她小叔叔一句不好，也不知道她会不会发狂，自己现在元气大伤，要是和她打起来，估计占不到便宜。

"哦，刚刚那个女孩也好帅。"

"花痴。"

"喂，我来看你，你怎么能这样说我？"

陈初和陆淼淼有一搭没一搭地抬杠，时间倒也过得快。

陆淼淼的每一句话，陈初都没有上心，包括她所描述的那对男女，纵然觉得熟悉，也没往贝思远和唐乐身上联想。

直到两天后，她在医院的走廊里亲眼见到那两个熟悉的身影纠缠在一起。

陈初从未见过那样的贝思远，他咬着牙，猩红着眼，像要将眼前的人生吞活剥。他紧紧地钳着唐乐的手腕，无论她怎么挣扎都不松手。

贝思远问："我想要的是什么，你别说你不知道！"

唐乐说："我只觉得你自私，放开我，马上！"

"我不！"

然后，唐乐用那只自由的手狠狠地甩了他一巴掌，声音清脆。

陈初没有走近，就那样远远地看着，直到唐乐推开发愣的贝思远要走，她才如梦初醒，慌慌张张往电梯的方向跑。为什么要跑，陈初不知，她只知道以眼前的情况，她不适合出现。因为慌乱，她也不知道摁的哪个按键，门一开便往外冲，没有看路，撞上了一把轮椅。

“对不起，我不是故意的……”

她抬起头，跌进一双黑沉沉的眼眸。

4
Chapter

隐匿

曾经她觉得无论什么都无法将她们分开，她们能共富贵，也能同患难，能为对方不顾一切和倾尽所有。

可现在，她开始怀疑了。

（1）

狭路相逢。

陈初没想到又在这里遇见了陆寻。

可世界上没想到的事情可多着呢，在几分钟前，就算耗尽她的脑细胞，她也想象不到会碰见唐乐甩贝思远一巴掌的情况。

陆寻的轮椅被陈初撞偏了，小腿与冰冷的金属碰撞产生的疼痛感还未消散，看到陆寻写着难以置信和嫌弃的脸，原本还想道歉的陈初想起那日他将自己丢在山洞里的所作所为，默默把话咽下，别开脸往电梯里走，才迈开脚，却被一股力道扯住。

“喂！”陆寻看着那蠢货横冲直撞，带着自己的轮椅往电梯里走，硬生生将自己连人带椅拉动了好几步，也不知道一个女孩子哪来这么大的力气，眼见着她要将自己拖进电梯，他终于开口了，“我说，你要拖着我去哪儿？”

陈初回头，才发现自己宽大的病号服卡在陆寻的轮椅上，原本只是钩住，被她这么用力地拉扯，布料与转轮紧紧地缠绕在一起，一动不动，她试了几下都没将自己的病号服从轮椅中解救出来。

陆寻也不帮忙，好整以暇地看着她瞎忙活。

医院的电梯口永远不会太冷清，身后的脚步声越来越嘈杂，陈初越来越急切，几乎是用撕的也没将布料与轮椅分开。前一夜她还在抱怨病号服料子粗糙不舒服，今日就遭到了报复。最后她几乎是自暴自弃地连椅带人将陆寻拖进了电梯，随便按了一个键。

陈初也不知道自己为什么要跑，虽然不是有意偷听偷窥，但仍不想被发现，于是抢先躲避。

但她知道，若她此时出现在二人面前，他们也不会坦白与她讲为何起争执，或许会用冠冕堂皇的理由搪塞过去，就像上次一样。

现在想想，当初在酒吧外两人的争吵也诡异得很。当时她毫不怀疑，这会儿细细思索，还是能察觉出一些不对劲的地方。唐乐与贝思远之间到底有什么不可告人的秘密？

在这密闭的空间里，陈初听见自己剧烈的心跳声和沉重的喘息声，像刚从一场夺命战役中逃离。原先那短暂的一幕一遍又一遍在她脑海中回放，那两张熟悉的脸越来越清晰，表情皆是陌生的，他们所说的事情她也一句都听不懂。

这样的感觉并不好。

非常不好。

陈初低头去扯轮椅上的病号服，越是想要扯出来，它就缠得越紧。

陆寻见她兀自忙活了好一会儿也没弄开衣服，冷冷瞥了她一眼，低头察看轮椅，然后用力一扯，她的病号服便与轮椅分开了，只是豁了一个好大的口子，裤腿“截肢”，与病号服完全分离。

“你……”

“你叫陈初对吧？陆淼淼的室友？”陆寻抬眼看她，明明居高临下的是她，她却感觉自己被他睥睨着，“你到底有什么阴谋？一次次刻意接近我，到底想干什么？”

“我什么时候刻意接近你了？”陈初觉得自己冤枉，也顾不上自己被撕裂的裤腿。

“在警局，在陆淼淼生日会，在盛娱，在西樵山，现在又在医院。”陆寻轻哼着，语气不屑，自上而下打量她，像在看市场上的猪肉，“像你这样的女孩子我见多了，要么要名，要么要利。名嘛，你这样姿色的娱乐圈一抓一大把，就算我给你机会，也难。至于利，我想你没好好打听吧，我陆寻出了名地抠门，该花的钱我不吝啬，不该花的钱，一个子儿都别想从我这里要到。我想你打错算盘了。”

“我说呢，都碰面好几次了，怎么可能认不出我，原来是故意的。”陈初冷笑道，“你自己阴险狡诈，就觉得全世界的人都和你一样吗？”他将她独自丢弃在山洞里的事情她还未忘记，当时没觉得有什么不好，现在想想后怕得很，若没有等到救援，或许她会那样睡死在山洞里。

陈初还想怒斥他几句，却听见电梯“叮”的一声响。陆寻压根没准备听她说下去，施施然摇着轮椅出了电梯，留下缺了一只裤腿的她。

陈初对着他漠然的背影，恼怒非常。

陈初在天台待了许久，还是贝思远的电话将她召唤回病房的。

陈初说：“我在天台吹风，病房里太闷了。”

“贝思远，你是不是有什么事情瞒着我？”

那边的贝思远似乎愣了一下，短暂的沉默后，反问道：“我能有什么事情瞒着你？”

“真的没有？”

贝思远的声音一如既往地温柔：“别胡思乱想了，你还病着，这样吹风不好，我去找你还是你自己下来？”

不知是因为他的话，还是因为风灌入喉腔，陈初当即便咳嗽起来。她捂着嘴巴努力遮掩着咳嗽声，但仍被听出了异常：“看看看，叫你别去吹风，你怎么又不听话了？”

陈初不知怎么想起了两年前的一些事。

那大概是两年前吧，她和贝思远才开始交往不久。她并不是常生病的人，但病来如山倒，每每都将人吓一大跳。那次她也是在半夜突然发起烧来，被陈洪恩和何婧送到医院，整整折腾了两三天，身体才好些。偏生入院时她没有带手机，两人正值热恋期，两三天没联系已是极限。就在她一筹莫展的时候，贝思远不知怎么就来了，还像模像样地提着果篮。当时她住的是双人病房，何婧与陈洪恩不在，但护士、病人与家属进进出出，人多口杂，两人也不敢放肆，只客套、虚伪地寒暄着。

陈初看着贝思远坐在那里，就好想过去抱抱他，可这是在病房，于是她提出要去天台吹吹风。贝思远不知她怀着什么心思就陪着她上去，结果一到天台就被她抱住，软软的身体埋在他的胸膛里，低喃着："我好想你，你怎么才来看我？"

"我不知道你病了，打你手机你一直没接，最后无可奈何打了老师的电话，才知道你住院了。"贝思远被紧紧地抱着，好一会儿都没听见怀里的人说话，以为她生气了，低头一看，发现她正懊恼地抓着自己的头发，"你怎么了？"

"我几天没洗头了，都发酸发臭了，你还是别抱着我，离我远些。"她干号着，手却没松，仍旧抱着他。

结果那日回到病房，她又烧起来，贝思远自责得不行："都是我不好，就不该让你去吹风。"

还是这家医院，还是这个天台，可今日的心境与两年前截然相反。

陈初看着坐在病床边的人，他正低头给她削苹果，果皮流畅地在他刀下滑动。他就坐在她的面前，可她一点都看不透他，他们之间的距离似乎越来越遥远。就在刚刚，她回到病房，他并没注意到她的异常，少了一截的裤腿说是被栏杆钩破了，这样拙劣的谎言他也没听出不对。他被陈初支使去削苹果，她刚吃了一口，便将苹果扔进垃圾桶："难吃！不想吃了。"

她极少这样无理取闹，但贝思远似乎没看出她的异常："想吃别的水果吗？还是又发烧了？"

他微微倾着身体，灼热的呼吸喷洒在她的脸上，她盯着他几乎看不见毛孔的脸，忍不住试探道："没事，我没事。你看见唐乐了吗？她说要来看我的，怎么还没来？"

贝思远身体一僵，脸上却看不出什么，他说没有，可他这微小的动作没有瞒过陈初的眼睛。

她钻进被子里，将头蒙住。她的心有些冷，她没办法再对着贝思远，怕自己忍不住逼问他之前的事。而她也知道，他是不会告诉她的，她的追问只会撕破表面的和平。

贝思远扯了几下被子没扯开，以为她困了，就说："你别蒙在被子里，这样睡不好。"

她没回答，脑子转个不停，一直在想贝思远与唐乐之间到底有什么秘密。

（2）

何婧执意要陈初住院一周，但陈初仅住了三天。

在这三天，陈初又遇见陆寻两次，一次是在花园，一次是在走廊，两次他皆坐在轮椅上被人推着，只是两次不是同样的人，其中一个是南泽电视台某档综艺节目的主持人冉书瑶，另一个是一个与他年龄相仿的男人。他好像很忙，两次膝盖上都放着文件。

经历山洞事件和电梯事件后，陈初对陆寻深恶痛绝，陆寻对她也没什么好感，所以两人擦肩而过时都是冷脸以对。

这三天里，唐乐来过一次，对于那日的失约，说是临时有事，忘记给陈初打电话。她只待了一个多小时便走了，其间护士小姐进来量了三次体温，目光却不自觉往她身上飘。

唐乐长相俊秀，又有种男生没有的阴柔美，雌雄莫辨，倚窗而立，时下流行的大长腿、中性美在她身上完美地呈现，足以让刚毕业出校门的小女生们疯狂。

若是往常，陈初一定恶趣味地与唐乐装情侣逗乐护士们，但她现在明显毫无兴致。唐乐也不像往常那般精神，看起来也心不在焉。

她对着贝思远的时候并不是这样，她张牙舞爪地朝他嘶吼，她看他的眼神热切而愤怒，那时候她是活的，不似现在如一摊死水般平静。

两人各怀心思聊着天，好几次陈初都想打断唐乐问个究竟，可看到那双澄澈的眼，她便什么话都问不出口，一如她对着贝思远。

她知道，就算她问，也得不到想要的结果。她了解他们，他们只会编织一个虚假的、无关痛痒的理由来让她安心。可越这样，她就越不安，越想窥视被他们隐藏起来的秘密。

她不知撕开浮华的表面，到底会露出怎样肮脏的内里。

出院那天，是贝思远来接的她。

因为不是周末，贝思远特意请了假，开的是陈洪恩的车。贝思远说，陈老师要开会，让他来接她。

这事陈初前一夜就知道了。

何婧不会开车，陈洪恩又要开会，原本说好让陈初自己坐车回校的，最后何婧还是反对道："你刚生了病，怎么回去？天气又这么热，别刚好又中暑了。让思远去接。"何婧对陈初虽然严厉，但对她的关心也是真的，她生病住院几天，何婧好几晚没睡，一夜之间老了几岁，看得她心疼不已。何婧下决定的时候，她正在发呆，反应过来的时候何婧已一锤定音，当然，她的意见何婧向来不纳入考虑范围。

天气已逐渐转热，贝思远仍旧穿着长袖衬衫，这是他工作之后的习惯。此时她已出了一身细汗，而他看起来仍清爽干净，只挽起了袖口，弯腰往后备厢里放东西，回头见她还杵在太阳下，道："怎么还不上车？别晒着了。"

陈初仍旧不动。

有一股深深的怨气从她的心底升腾而上，像刚从冰箱取出的汽水，冻得她微微发颤。好几次她都想冲上前去问贝思远，撕开他若无其事、冷静沉着的面具，把自己的愤怒、悲伤、不甘和疑惑都丢给他。

可是，她又害怕了。

两人相处这么些年，她了解他，若她愤怒地对着他质问，他什么都不会说，只会沉默地看着她，直到她收敛了自己的歇斯底里才说一句："对不起。"

现在她想起这些年两人的争吵，好像每一次都是这样。

她真的了解贝思远吗？现在她又不肯定了。

他是冷冽的风，他是辽阔的海，他是高傲的山，他从未离开她，可她也从未拥有他。

“陈初，愣着干吗？”

直到贝思远走近来牵她，她才如梦初醒般后退了两步，和他拉开一段距离，不想让他触碰到自己。

“我自己坐车回去就好了。”她忽然说，也知道自己有些无理取闹。

果然，贝思远微微蹙起了眉：“你怎么了？”

“没怎么，我自己回去就好，你回去上班吧。”

“不差这一会儿，我先送你去学校再去。”

陈初提高了声音，烦躁地打断他：“我说了，我自己去学校！我不要你送，你听不懂吗？”她的手狠狠地拍在他袖子高挽的手臂上，发出清脆的一声“啪”。

两人都有些意外。

贝思远是不明白向来善解人意的陈初怎么突然就发火了，陈初则是震惊自己怎么就对贝思远动了手。她力气大，初中时曾被称作“怪力少女”，和女孩子玩闹时常常不小心就伤了人家，所以她不怎么与人打闹，此时这一下下去，贝思远的手臂微微泛红。

再闹下去，就没意思了。

回校的车上，两人几乎没有对话，车上高速公路的时候，贝思远似乎有话要说，轻轻地叫了她一声。

可她在那一瞬间突然闭上了眼睛，微微转过了头。

他想说什么？

她等待着。

贝思远却说：“你看起来不是很舒服，是不是太热了？”

她的试探就像一颗细小的石子扔进一潭死水，只泛起了点点涟漪，很快水面就恢复宁静。

（3）

那几日，陈初过得浑浑噩噩。

大病初愈，又心情不佳，一连几日，她除了上课、拉琴，其他时间都窝在寝室里睡大觉，哪儿也没去。贝思远打过几个电话，她皆没有好态度。他并不知道她心情为何不好，也不是会说甜言蜜语的人，她一发脾气，电话那头就只剩无奈的叹息。

“你乖一些啊。”

他在那边说，她在这边突然觉得委屈。

陈初不停地猜测贝思远与唐乐争执的原因，或许是因为自己，或许是因为唐乐的工作，又或许是二人互看对方不顺眼，可无论哪一种，皆说不通。毕竟他们一直以来的相处是和平客气的，那日他们却凶神恶煞，恨不得将对方生吞活剥，可再次出现又表现得礼貌疏离，默契地演戏。

他们一定有事瞒着她，到底是什么事呢？

加上她一直担忧何婧的病，连日来勤奋练琴，或许是因为焦躁，或许是因为勤能补拙也没有那么快见效，越拉音色辨识度越低，别人倒听不出什么来，内行人一听便知道坏菜。最后她心烦气躁，索性收了琴，回寝室睡个昏天黑地。

若不是何婧每日查勤，她几乎不知道过去多少时间，甚至不知道寝室少了个人。当然，这也因为她与陆淼淼向来关系一般，陆淼淼失踪了一周她也没察觉，只觉得这段时间寝室安静了不少。

直到她在深夜接到那个陌生电话，一个低沉、沙哑的男声对她说：“下楼。”

没有称呼，毫不客气，若不是手机响了两次，陈初还以为对方打错了。

若是往常，这样的骚扰电话她是不会理会的，只是白天睡多了，夜晚便辗转反侧，脑子里仿佛被塞进一团五颜六色的毛线，理不清，越勒越紧，她便穿着拖鞋和睡觉穿的运动裤，一晃一晃下楼了。

还未到十二点，寝室门没关，陈初刚走到寝室门口，一辆黑色的宾利已悄无声息滑到她身边，后座的车窗被缓缓摇下，陆寻那张精致的脸在昏暗的光线中慢慢显现。

陈初被吓了一跳。

“你给我打的电话？大半夜装什么神、弄什么鬼？”

陈初此时的语气算得上恶劣，但这也怪不得她，她每次遇到这人，总有不好的事情发生，陆寻二字在她心中已成了瘟神的代号。

脾气差得可以的陆先生这会儿倒没有和她计较，打开了车门：“进来。”

“去哪里？”

“找陆淼淼。”

陈初这才想起好像是有好几天没看见陆淼淼了：“她不是回家了吗？”

陆寻用手按压着眉心，似乎在忍耐：“她失踪了好几天，手机关机，银行卡没有刷卡记录。”

“那你去报警呀，找我有什么用？”

虽然她和陆淼淼算不上朋友，但最近两人关系稍有改善，说不震惊、不担心是假的。但陆淼淼这小叔叔也太奇怪了，人失踪了不去报警，反倒跑来找她。

“不能报警。”陆寻说。

“那你找我又有什么用？”

陆寻张了张嘴没说话，垂着眼不知道在想什么，手撑着额头，烦躁和无奈此起彼伏。似乎每次见面，他都是意气风发的，即便在西樵山上那般境地，他也没有显露出丝毫的落魄，此时他收敛了锋芒，她反倒对自己不善的态度感到内疚：“大半夜我也不知道去哪里找陆淼淼呀。”

“她在家里提到过的人，也就只有你。”

陈初有些不解：“什么？”

“你不是问我为什么找你吗？因为陆淼淼在我面前提过的同学只有你一个。她年纪小，看起来不谙世事，但谁对她好、谁对她不好她心里清楚得很。被她当成朋友的，或许只有你一个吧。”

夏夜的南泽并没有随着温度的下降而沉静下来，从城郊往市内走，声音的分贝越发层次分明，从寂静到喧哗，从空荡到繁华，像香浓的千层蛋糕。

陈初承认，陆寻那番话感动了她，聒噪的陆淼淼失踪了好几天，她想想是有些不习惯，还有些担忧。但这并不代表她要大半夜不睡觉，穿着运动服和拖鞋坐在豪车里陪他满南泽转悠。

陆寻的脚似乎还没好，每到一处，他都坐在车上，让陈初与司机下去找人。陈初跑得手脚虚软，一上车就瘫在后座不肯挪动。

车已经绕了大半个南泽，购物广场、二十四小时咖啡店、酒吧街，她能想到的陆淼淼会去的地方都绕了一圈，仍旧没有见到陆淼淼。她觉得自己像个雷达，每天都在满世界转悠，探测失踪人口的方位，只是偶尔也会失灵。

“这么晚了，陆淼淼会不会住进酒店了？”陈初猜测，“应该不可能还在外面转悠吧！”

“不可能住酒店，她没带身份证。”陆寻笃定道。

风从半敞的窗口往里灌，吹得陈初眼睛发酸，她回过头，发现另一侧的陆寻仍旧盯着窗外，不放过路边的每一处景物。从这个角度望去，他眼下的青痕越发浓重，可在别人脸上显得憔悴的黑眼圈放在他脸上一点都不违和，甚至增添了一丝诡异的美感。

陈初晃了晃脑袋，把那可怕的想法晃出去：“你不会这几日都没睡觉吧？”

此时的陆寻显然比往常好相处，低低“嗯”了一声。陈初刻意掩藏的疑问此时被风吹得蠢蠢欲动：“我说陆……陆淼淼小叔叔，陆淼淼怎么会失踪？她好好的怎么就失踪了？那天她还去医院看我，不是好好的吗？”

陆寻在她的注视下微微别过脸，脸上交织着难过和懊恼：“我……我给了她一巴掌，她就离家出走了。”

“你说什么？！”陈初简直不敢相信自己的耳朵。

陈初与陆淼淼同寝不到一年，“小叔叔”这三个字听到她耳朵生茧，原本她还有些怀疑，但见过陆寻对待陆淼淼的温柔后，她完全相信，无论陆淼淼要星星还是要月亮，陆寻都会去摘给陆淼淼。他对陆淼淼的宠溺简直毫无道理、毫无底线，比父母还要多出千百倍。现在他却对她说，他打了陆淼淼一巴掌。

陈初完全可以理解陆淼淼离家出走时的心境。

她还想追问，但看到陆寻遮掩不住的担忧与难堪，奚落与讽刺的话就说不出口，只是叹了一口气，专心地陪着他找人。

这一找，便从深夜找到了破晓。

陈初在南泽生活了二十几年，却发现自己这些年活动的地方不过是它的一个小角落。她陪着陆寻一点点地搜寻着陆淼淼的踪迹，也不知道走了多少地儿，最后精疲力竭地倒在车里，也不知何时睡去。

陈初睡得并不好，刚入梦便被陆寻唤醒，可她实在睁不开眼睛，几近恳求："你让我睡一会儿吧，我好困。"

"不要睡。"对方执着得很。

可是陈初没有回答，因为她的意识完全被睡神拖走了，只记得陆寻一次又一次地唤她，最后几乎是恼怒的："你是猪吗？我这么叫你，你也能睡！"

她回答了吗？她自己也不记得了。

直到手机铃声将她从睡梦中唤醒。

陈初迷迷糊糊地摸索着，却摸到一处温热的皮肤，她吓了一跳，睁开眼，陆寻的面孔清晰地映入眼帘，手里还拿着她响个不停的手机。

她还没来得及说谢谢，对方已经恶劣地评价道："你不是睡觉是打拳吧？"

她刚对他生出的一点点好感，忽然烟消云散。

（4）

电话是唐信打来的，将陈初所剩无几的睡意全部惊走，也让她忘记问陆寻为何昨夜一次次将她叫醒。

唐信也不知是在哪儿打的电话，刻意压低的声音伴随着悠远的回音："你是不是有个同学叫陆淼淼？"

"对，是我室友，怎么了？"她怎么也没想到会在唐信嘴里听到这个名字，压抑不住自己的激动，猛地拔高声音。

她的话音刚落，唐信却突然停顿，过了好一会儿才有些为难道："你能把她带走吗？她已经在这里好多天了，一直不肯回家。"

陈初眉头一跳，望向蹲在路边抽烟的陆寻，经过一夜的奔波，他的衣服皱巴巴地挂在身上，抽烟的样子又凶又狠，像街边穷凶极恶的小流氓。如果她现在告知他陆淼淼在一个陌生男生家住了好几夜，指不定会被千刀万剐。

果真，在去唐家的路上，陆寻一直板着脸，偶尔扫过来的目光凌厉又阴沉。

陈初被瞪了好几眼，也恼了："你这么看着我干吗？我又不知道她去了唐信家。要是我知道，我早带你去了，又何必陪着你在南泽兜了一夜？"

提及陆淼淼闹失踪的原因，陆寻含糊带过，所以陈初怎么也没想到，她是为了唐信。

情窦初开的小姑娘某天在网络上看到了唐信的照片，便疯狂地喜欢上了他。自小生活在象牙塔里，她喜欢一个人也不知道怎么对他好，便买了大堆的礼物送到经纪公司。陆寻只知道小姑娘最近魂不守舍，还不知道她在追星，看到信用卡的账单多便问了几句，又看买的都是男生的东西，怕她被骗，话就说得狠了，没想到叛逆期的小姑娘那么敏感，性情大变，因为小叔叔说了几句爱豆不好的话便生气，与他顶嘴，甚至和他吵架，最后以被打了一巴掌告终。

于是，她离家出走了。

陆寻也没想到，引发自己与小侄女矛盾的导火线会是自家公司旗下的模特。他更是无法想象，娇生惯养的陆小公主离家出走后竟躲在了城西的安置区，还住了好几天。

安置小区的路灯常年不亮，楼道里堆满了废弃的锅碗盆瓢和泛着臭味的垃圾，老鼠、蟑螂嚣张地四处乱窜，冬天冷得要命，夏天又热得像蒸笼。这些年，陈初不是没想过劝唐乐搬家，但想到他们的处境，就觉得自己有站着说话不腰疼的嫌疑。

车子越往里开，陆寻的眉头就皱得越紧，看着陈初的眼神几乎可以用凶狠来形容。

她也不搭理他，径自往楼道里走，在心里默念了几秒，果然听见车门开了又关，嫌弃的声音随之响起："到底在几楼？"

陈初刚上楼，便听到陆淼淼的声音："我不走！我没有家，我哪里也不去！我留在你们这里好不好？我打扫卫生抵房租。"

"你家在哪里？我送你回去。"虽然这是命令的句式，但唐乐的声音听起来更像温柔的劝慰，手轻轻地摸着陆淼淼的头。

陈初还没来得及开门，身后的陆寻已经抢先拉开防盗门冲进去，之前走路似乎还不利索，这会儿动作却流畅，他狠狠地将陆淼淼从唐乐身上扯开："你对她做了什么？我告诉你离她远点！"

唐乐僵着身子站在那里有些尴尬，看了看陈初，耸耸肩，倒是陆淼淼尖叫了起来："小叔叔你干什么推人？！是唐姐姐收留我的，你为什么这么凶？！"

屋子里光线昏暗，唐乐打扮中性，而陆寻又急又气，这会儿才发现唐乐是个女孩，但要他道歉明显不可能，他只讪讪地将手往回收。

"你是她的家人？那正好，把小姑娘带回家吧。"唐乐淡淡地说。

"我不走！Aaron，我不走！陈初，你怎么也在这里？你认识Aaron？"

陈初还在想Aaron是谁，便见陆淼淼挣脱了陆寻的束缚。唐信站在房间门口，也不知道站了多久，冷淡地躲开陆淼淼伸过去的手，却看向陈初，似乎在问陆寻为什么会出现。

才多久没见，唐信似乎又长高了一些，身材挺拔健美，加上俊朗的五官，纵然此时面无表情，有些冷漠，也令人沉迷。

"你回去吧。"他甚至没看陆淼淼。

"我不走，我说了不回去。"

但陆淼淼的反对明显无效，陆寻三两步上前，单手就制服了小侄女。他打量着唐信，挑了挑眉：“Aaron？唐信？盛娱今年刚签约的模特？黄苏子手下的？”

唐信看着自己的老板，态度不卑不亢：“是，陆先生。”

“麻烦你以后离陆淼淼远一些，否则我会让你后悔。你踏入盛娱的第一天应该就知道我的底线在哪里，不要妄想从我这里得到什么，你不会成功的。”

陆寻身高不及唐信，可站在他面前，气场立分高下。

他的话明显夹着恶意揣度和威胁，唐信的拳头紧了又松，却什么话都没说。按捺不住的人是唐乐，如果说陆淼淼是陆寻的底线，那么唐信一定是唐乐的软肋，陆寻对她凶没关系，但她见不得他这样说自己的弟弟：“陆先生是吧？与其叫我弟弟离你家孩子远点，还不如看好你家孩子。是她潜伏在盛娱附近，跟踪我弟弟回家的。原本我们没打算让她住下，但她不肯说自己名字，只说自己没有钱和身份证，我们总不能让她流落街头吧。好几天了，她才透露自己的名字，我想起陈初的室友好像叫这个名字才给陈初打的电话。”

“谁知道你们是不是欲擒故纵？”

唐乐忍不住冷笑：“我说陆先生，你这是有被害妄想症吧？”

陈初不得不承认，唐乐说出了自己的心声，可她没有出声支援。若是往常，无论唐乐对与错，她都会义无反顾地与唐乐站在同一阵线，可现在，她冷冷地看着唐乐与人争得面红耳赤，置身事外。

自她见过唐乐与贝思远私底下争执，却又试探不出原因之后，她心底对唐乐多少有了抵触，每每见唐乐，都忍不住一遍遍在心底猜测：她到底有什么瞒着我？她也知道这样不好，唐乐可是她最好的朋友，不会伤害她，但她还是无法控制自己的思想。

所以，她对着唐乐时总是这样奇怪的忽冷忽热的态度。

她无法摈弃，却也无法再靠近，两人之间隔着茫茫的白雾，不知道前方究竟是鲜花还是荆棘。

那是她的朋友啊，她最好的，也是唯一的朋友。

曾经她觉得无论什么都无法将她们分开，她们能共富贵，也能同患难，能为对方不顾一切和倾尽所有。

可现在，她开始怀疑了。

（5）

那天陆淼淼还是被陆寻带走了，她又哭又闹，大呼小叫，但最终还是抗议无效。

陈初对陆寻的印象一开始便差，因为此事更是一落千丈，因为他将陆淼淼带走的同时，不知有意还是无意，将她遗忘在了唐家，典型的过河拆桥。

她一夜没睡，精神崩溃，早上又有专业课，还得赶回学校。

唐乐见她神情恍惚，不放心，道：“我送你回学校吧，你这样子我不放心。”

“不要。”陈初当即反对，没有意识到自己的语气冷硬。

唐乐面部表情并没什么变化，但眼睛里波澜起伏，只是陈初并没有看到。唐乐看着坐在沙发上心不在焉地把弄手机的陈初，想要说什么，却听见弟弟的声音：“反正我早上没什么事，不用回公司，我送你回校。”

这一次陈初没有拒绝，一个人也好，唐信送也罢，反正只要不是唐乐便好。

她现在还是无法平心静气地和唐乐单独在一起，怕一不小心就控制不好自己，责问唐乐为什么对自己隐瞒和欺骗，又怕自己把握不好尺度，会伤害唐乐。如果真的走到那一步，唐乐会承认吗？她会怎么说，又会怎么做呢？

陈初一边胡思乱想，一边跟在唐信身后，他走的却不是回校的路。

“不是回学校吗？”

“你吃饭了吗？我是说，早餐。”

陈初摇摇头，说没。

“那吃完早餐再回去。”

安置区附近大多是大排档和苍蝇小馆，但有家店的牛肉面异常美味。陈初一直记得，唐乐频繁地搬家后终于安定下来的那天，自己来看她，踏入这脏乱的环境之后便开始心酸难过，从前住在高档洋楼的唐家竟落魄到如此境地。

唐乐却从未在她面前表露过别的情绪，只带她在附近吃了牛肉面，拥挤而油腻的小馆子里挤满了人，坐下时几乎与身后的客人背贴背。唐乐若无其事地坐在其中，陈初却如坐针毡，若不是怕伤到唐乐，她几乎要立即走人。

最后宽慰她的是那碗牛肉面。唐乐把她碗里的香菜挑到自己碗中，又把牛肉都拨到她碗里：“比学校门口那家好吃多了，你看，搬到这里也不是没有好处。”语气轻松，小心翼翼地宽慰她，仿佛落魄的是她，而非自己。

此后，陈初每次来唐乐家，都要拉着她去吃一碗牛肉面。

白胖的面条，软烂的牛肉，配上辣椒红油，汤上漂浮着翠绿的香菜。

时隔多年，汤汁一如既往地浓郁，热气蒸腾，陈初低头喝汤，眼泪却突然砸在了碗里。

她手忙脚乱去擦，唐信以为她被烫到了，急忙拿纸巾帮她擦脸：“小心一些，很烫的。”

陈初怕被他察觉异常，急忙躲开，他的手便尴尬地停留在半空中，过了一会儿才讪讪地收回。

面馆阴暗狭窄，位置又小，唐信手长脚长，置身其中显得有些可笑。他压根不像生活在这里的人，却毫不在乎，似乎也没察觉身后两个高中生模样的女孩对他指指点点。

他似乎已经习以为常。

直到唐信送陈初回学校，她才真正意识到唐信有多红。

原本她以为唐信加入盛娱只是为了谋生，与那些偶尔拍拍杂志硬照和平面广告的小模特没有区别。她没有想到的是，致使唐信爆红的并非那几组杂志照片，而是一个曾经喜欢他的女孩子分享到网络上的偷拍他的照片，随即有人扒出了他是盛娱新签约的模特。

起初她与唐信走在一起时，不时有人回头望过来，她也没觉得奇怪，毕竟唐信长相帅气，身材挺拔，收获爱慕的目光是常有的事。她和唐乐走在一起都时常被粉红泡泡淹没，更别说和唐信了。进了校门，异样的感觉越来越强烈，先是有人跑过来问他是不是Aaron，想要合影，然后便有三三两两的女生围过来拍照和要签名，到最后，她已经被挤到了一边，不知从哪儿冒出来的女孩围住了唐信。

“Aaron！我好喜欢你呀！”

“Aaron！你怎么会来这里？”

“那个女孩子是你女朋友吗？网上不是说你没有女朋友吗？”

唐信似乎也没遇见过这种状况，手足无措地被女孩们挤在中央，留也不是，走也不是，只能红着脸应对。

陈初看着他，低落了几天的心情好了一些。

无论他是Aaron还是唐信，在她心中，他还是那个腼腆可爱的男生，会红着脸叫她“初姐姐”，会因为自己父亲的抛弃而难过哭泣，会为了姐姐被欺负而与人拼命。

这会儿，他终于挣脱了人群，拔腿就跑，没跑多久，似乎才想起没和她告别，匆匆忙忙地回头，阳光下，他深邃的眉眼越发俊朗：“陈初，我先回去了，再见。”

“再见。”

陈初猛然才想起，他似乎好久没有叫自己姐姐了。

5 Chapter 谎言

你之所以能伤害我，不过是因为我爱你。

（1）

后来陈初偶尔也会回想起这段时光，只是当时发生的事情在她的脑海里不甚清晰，像被一块凭空冒出的橡皮擦拭去了，可医院的那一幕怎么也擦不干净，留下一块难看的黑色印记。

只是那是她的秘密，她永远不会将它说出口。

她也说不清，自己究竟是懦弱还是偏执。

那两个人是除了父母之外生命中陪伴她最久的人，一个是从孩提时期便与她携手同行的姐妹，一个是拥有她所有怦然心动和青春记忆的男友。那一幕就像电影，在她脑海里一遍又一遍地放映，有个不堪的念头隐隐在她心头徘徊，她却一次次忽略，不敢再深想。比起愤怒与悲伤，她更多的是不愿相信。

她不敢相信自己的眼睛，不敢相信自己的记忆，更不敢去揭开和求证真相，宁愿那是一场令她从午夜惊醒的噩梦，宁愿将它固守于心。

或许是她趋利避害，自我催眠，或许是贝思远与唐乐的表现毫无破绽可寻，以至于她有时候也怀疑那一天发生的事情真的只是一场梦，只是她入梦太深，分不清虚实。

贝思远依旧是贝思远，唐乐依旧是唐乐，只是陈初却不再是陈初。

每隔几天，她依旧会与唐乐见面，也会和唐乐逛街、看电影和吃饭，只是抱着书在对方身边一待一整天的情形没有了。她总会分神，时不时看一眼正在忙碌的唐乐，看那精致的五官、修长的手指，然后便想到那一天那只手甩在贝思远脸上时，唐乐的愠怒和愤慨。

陈初希望唐乐会突然转过头来和她说些什么，控诉贝思远的恶行，愤愤不平地告诉她一切，甚至气势汹汹让她和贝思远分手都比现在好得多，会让她好受一些。但是唐乐并没有，只是侧头看她，眸子清亮：“你看什么？”

她想像往常一样猥琐地挑起唐乐的下巴，说“看你漂亮”，可是这一次，她摇摇头，脸上露出苦涩的笑容，又唯恐对方发现自己的不自然，急忙埋下头。

唐乐似有察觉，看着她欲言又止，可终究没有说出口。

一句也没有。

陈初知道这样不好，可她控制不住自己。

她无法再对着唐乐肆无忌惮地倾吐心事，亦无法对着贝思远心无旁骛地笑，他的一颦一笑、一举一动在她看来都别有深意，需要反复解读。甚至，她无法再接纳他的亲吻，她的唇刚与他的相触碰，眼睛一闭上，她就想到他对自己的欺瞒，过往的一切都变得别有用心，像梦魇一样缠了过来。她狠狠地将他推开，末了又忍不住伸出手将他抱住，怕他跑掉。

她脾气越来越差，时常毫无征兆地发脾气，发完脾气又后悔，唯唯诺诺地道歉。贝思远极少动怒，可越这样，她就越觉得他深不可测，捉摸不透。

“贝思远，你爱我吗？”她总是这样问。

“傻瓜。”

是啊，你是将我当成了傻瓜。陈初在心里冷笑，手却紧紧地抱着他。

那几个月过得很快，大三的课程在盛夏里结束了。

考试完那天，陈初得到了一颗“重磅炸弹”——贝思远复出了，并且加入了何婧担任副团长的星海乐团。

星海乐团是国内知名的世界级管弦乐团，名气大，制度也森严，从前何婧想将陈初带进乐团，却因陈初考核不过关而不了了之。多少人想进星海都被拒于门外，而贝思远只用了一曲《小夜曲》便被破格录用。这其中贝思远和何婧做了多少努力，陈初并不知。

这个消息来得太快，将陈初冲得晕头转向。

她不知道已经宣布放弃小提琴，说再也不拿琴弓的贝思远为何突然拾起旧梦，甚至就连他复出的消息，她都是从何婧口中得知的。

那日恰逢何婧生日，陈洪恩在酒店设宴为爱妻庆生，陈初下了课便匆匆赶去。

何婧虽声名远扬，但向来不爱搞排场这些东西，往年生日大多是一家人一起在家吃个饭，这一年却与往常不同，不仅在五星酒店设宴，还请了不少贵客，有何婧的好友、同事，还有陈洪恩的同事。在场的不是演奏家就是歌唱家，要么就是南泽大学的领导。

甫一入场，陈初便觉得奇怪。

那日的何婧太过反常，当然反常的不是她一如既往端正华丽的衣裙，更不是那精致的妆容，而是她由内而发快乐的笑容。陈初在人群中看见了贝思远，他穿着干净的衬衫与西裤，站在何婧身边，比她一身牛仔裤加T恤更加得体。

这两年，贝思远虽放弃了小提琴，但与陈家的联系没有减少，逢年过节，他的问候与礼物总是最先到达的，更何况他是何婧唯一的弟子，恩师生日，他的出现合情合理，再正常不过。

但这一切看起来太不正常了。

何婧从不喝酒，过量的酒精对音乐家和外科医生都有着致命的影响，她对陈初严厉，对自己亦自律到苛刻，影响工作和健康的事情从不做，可这一夜，她喝了不少酒。

陈初知道有事发生。

果然，酒席过半，何婧便拉着贝思远上台宣布——她的爱徒贝思远加入星海乐团，并且在八月份开始的星海巡演中，贝思远有好几场独奏。

贝思远就站在何婧身边，带着腼腆却得体的笑容。陈初坐在台下，抑制不住自己的兴奋与激动，因为这些年因为陈未去世郁郁寡欢，又因为爱徒突然弃琴而愤懑不已的何婧终于真正地开心起来。她甚至松了一口气，因为不用再逼迫自己去做一件自己根本不擅长也做不好的事情。

可这种快乐并没有持续多久。

她看着台上的贝思远，忽然觉得自己又离他远了一些。

他三年前退赛，她追问、逼迫了他三年都得不到原因，现在他又突然复出，甚至已通过了星海乐团的招募，她仍旧是最后一个得知消息的。

明明三天前他们还一起吃饭，她还明里暗里地表示希望他能够继续拉琴，他当时却不接茬，像听不懂，她只能作罢。

陈初忽然觉得自己像个跳梁小丑。

那个夜晚，陈初也喝了许多酒。

全场的焦点都在何婧与贝思远身上，没人在意著名小提琴家和南泽大学副校长那个不学无术的女儿躲在了哪个角落沉默而寂寥地独自饮酒，她的耳边都是笑声与恭维声。

陈初是该高兴的，这不是她一直以来所希望发生的事情吗？可是她一点都笑不出来。

她在洗手间吐了两回，想要去外面散散一身复杂的气味，走到走廊深处，却望见贝思远。他的衬衣有些乱，扣子也松开了，面色酡红，倚着窗像站了好一会儿。

陈初没与他打招呼，越过他，刚与他错开两步的距离便被他拉入怀中。

“贝思远你别碰我！”

“你在生气。”

她觉得好笑：“我有什么好生气的？”

贝思远紧紧地抱着她，下巴抵在她的额上：“别动好吗？我喝了酒，有点晕。”

他不胜酒力，她是知道的，他的呼吸沉重，带着酒气，却不像自己这般气味难闻。她被他抱着，心里的气还没消，身体却没有再挣扎了，因为他看起来实在很疲倦，身体沉重地靠着她。

“陈初。”

“陈初。”

“陈初。”

他一声一声地唤着她，但她咬着唇，一言不发。

（2）

“对不起，我没有告诉你，也是我让老师不要告诉你的，因为我想给你一个惊喜。我知道，你一直怪我当初放弃小提琴，现在我又拿起小提琴了，你开心吗？陈初，你回答我好不好？不要不说话，可以吗？”

贝思远灼热的呼吸喷洒在她的发上，二十四岁的男生发现她在颤抖后慌乱而急切地扯开她的身体想要看个究竟，她却用力地把头埋在他的胸膛上，听着来自他灵魂深处沉重有力的撞击声。

“你怎么哭了？别哭好不好？”

“陈初你说话啊……别哭。”

“对不起，都是我的错，我不应该不告诉你。”

贝思远万万没想到陈初会突然哭泣，胸前传来的濡湿感令他突然手足无措。

时间像是回到了许多年前的暑假，何婧有事外出，勒令他们要拉足三个小时的琴，结果何婧前脚走，陈初后脚便离开琴房，却被贝思远拉住：“练琴。”

“管我做什么？”她不服，“你自己练去。”

若不是老师交代他看着陈初，她拉不好，他也会受到责备，他才懒得管她：“练琴。”

他揪着她的衣领，明明才比她高半个头，劲儿却大得很，拎着她跟抓着小鸡仔似的。她手脚并用地挣扎，他仍不放手，最后她一气之下一巴掌拍在他脸上。

两人都怔住了，贝思远盯着她，眼神凶狠，像要将她吞掉。

那时她还小，一看他真的生气，铁青的脸色有些吓人，又怕他告诉何婧，没有控制住，抽抽搭搭哭出了声。

做错事的人竟然先哭了，贝思远板着脸好一会儿，见那人没有收敛的趋势，反而越哭越凶，只得哄她。

“你别哭了好吗？”

“别哭了，陈初。”

“你哭起来真丑，别哭了，我不告诉老师。”

……

一眨眼，如今距他们相识已过去了十年。

而今的贝思远依旧会因为她哭泣而手忙脚乱、焦急不安，他的安慰依旧苍白无力，最后他只能抱着她，任由她趴在自己怀里哭泣，虽然他依旧不知道她为什么哭。

或许是喝了酒，向来寡言的人的话变得多了一些，他摩挲着陈初毛茸茸的脑袋，像在对她承诺，又像是对自己：“无论以后怎样，都不能轻易放弃。”

陈初知道他说的是小提琴，但在这一刻，她决定原谅他了。

——想到往后陪在我身边的不是你，恨不得时间永远定格在此时，没有期待，没有未来。

她不想追寻答案，也不想刨根问底，只要现在他还在她身边。

也是在那日之后，陈初才知道贝思远早辞掉了工作，专心致志地准备八月份的演出。这几年何婧四处飞，不是演出就是参加各式各样的活动，陈初已习惯十天半个月与母亲不能相见，但为了贝思远，何婧推掉了工作，专心致志在家授课。

正值暑假，陈初无所事事，每天清晨便被何婧揪到琴房。何婧和贝思远上课，她便独自在旁边练琴，因为内心松懈，也不像前些天那样认真了，时而抖音，时而乱弦，时常拉到一半便被何婧赶出去：“陈初你自己听听你拉的是什么东西，简直是魔音入耳！别在这里吵我们上课，去阳台上拉。”

陈初乐得偷懒，抱着琴在阳台上吹风，没一会儿，贝思远也出来了：“老师让我监督你。”他目光灼灼地看着她，她只好不情不愿地拿起琴弓。

陈家坐落在郊区的别墅群，周围住的不是社会上有名望的人便是有钱人，陈初不想丢人现眼，只得打起十二分精神，专心致志地拉琴。贝思远就站在不远处，低头翻看琴谱，偶尔指点几句：“腕部不要太僵硬。”“身体保持直挺。”“过弦太生硬。”“跳弓不够短促。”

这样的场景，许多年前也曾出现，那时陈初是不服气的——她跟着何婧学了这么多年，哪里轮得到贝思远这个新手来指指点点。可现在，她不得不承认，贝思远是天生的小提琴手，两年多没拿琴，他拉起来还是如行云流水般流畅，一点都不陌生、僵硬。他对音乐的敏感程度也超出了所有人的预料，有时候连何婧都听不出她错了一个音符，他却能一针见血地点出她的错误和缺陷。

有时候她觉得这样也挺好的。

在这偌大的空间里，他们除了小提琴，就只剩下彼此了。

陈初也试图好好练琴，不再阳奉阴违，三天打鱼，两天晒网。但最后她沮丧地发现，无论她多么专心致志，多么勤奋，都难以弥补没有天分所落后于贝思远的那部分。

有天分并不可怕，可怕的是有天分且努力。

贝思远每日清晨便到陈家，直至深夜才披着夜色离去。南泽的夏天伴随着滂沱的大雨，但这从未阻挡贝思远的脚步，每天清晨七点，他总会准时出现在陈家的大门外。

起先陈初觉得他这样是因为热爱。

若非热爱，他怎会突然放弃一切，孤注一掷？若非热爱，他怎会夜以继日，专注于此？

许久之后，她才知道，他并非热爱，只是清楚地知道自己想要的是什么。他想要，并要得到，至于这中间的道路多么崎岖、坎坷，他要付出多少努力和心血，甚至对待自己多么苛刻、残忍，他都不在乎。

他清醒冷静，而她感情用事。

这便是她与他的不同。

（3）

八月份的演出来得很快。

可惜天公并不作美，临近演出那几日一直是阴天，厚重的云层像床巨大的棉被盖住了整个南泽城，天气闷热得令人烦躁。到了演出当天傍晚，积聚了好几日的乌云终于下了一场倾盆大雨，铺天盖地席卷了南泽每个角落。

但这场暴雨并没有浇灭大家对星海乐团的热情，早在一周前，演出门票已销售一空，南泽最大的剧院南泽之声傍晚五点已挤满了人。来看演出的多是管弦乐的爱好者与星海乐团的粉丝，大多是从不同城市千里迢迢赶来，奔赴这场万众期待的演出。

作为著名小提琴演奏家何婧老师的女儿——陈初其实极少观看演出，一来她对音乐的热爱程度不高，二是只要何婧在家，她随时可以听见何婧独奏，何必到剧场来挤呢？而这场演出，她少见地和何婧要了好几张VIP票，分别送给了室友，又送了几张到唐家。

现在唐信出门已经不能像从前那样随心所欲，明星躲狗仔必备的墨镜和帽子将他的脸盖住了大半，见陈初似笑非笑地打量自己，他非常不自在："我姐找不到人换班。"

唐乐并未出现，陈初不知道应该开心还是难过，心里始终空落落的。

见她不开心，唐信急忙说："我姐说她下班早一些就赶来，找我们吃夜宵。"

陈初"嗯"了一声，唐信见她没有聊天的兴致，也就不说话了，静静地坐在她身边，看着专心致志地看着台上的海报的她，灯光打在她脸上，仿佛带着金色的光圈。

陈初低落的情绪并未持续很久，因为贝思远上场了。

许久之后，陈初依旧记得这日贝思远的装束，他穿了一身剪裁合身的白色西装，内里搭配了一件粉色的衬衫，是何婧为他挑选的衣服，舞台上明亮的镁光灯将他衬得面色如玉，甫一上场，便赢得了许多尖叫声。

他是何婧唯一的弟子，台下有不少等待看笑话的好事者，然而他令他们失望了。他独奏的是迪尼库的《云雀》，这著名的小提琴名曲其实极少有人会将其定位为演出曲目，就连何婧也极少尝试，因为它需要极其扎实的快弓功底才能将颤音表现得淋漓尽致，稍不留神便会弄巧成拙。

贝思远当日的表现好得令人意外，陈初纵然听过千百次《云雀》，也不得不感叹他高超的颤音技术将山林中云雀欢腾争鸣的景象完美诠释。

在雷鸣般的掌声里，贝思远远远地朝她望了过来。

两人目光交接的那一刻，陈初发现自己的视线有些模糊。

但贝思远没有再看她，鞠躬退场。

这场音乐盛典隔日成了南泽所有媒体的头条。

著名的小提琴演奏家何婧老师的亲传弟子以一曲《云雀》震惊了乐团，一夜之间声名大噪，家喻户晓。而更令人意外的是，何婧老师在当夜的演出中宣布，此次巡演之后，她将退出舞台，隐匿幕后，所以此次也是她的告别演出。

那个夜晚，何婧穿了一袭白色的嵌满珍珠的连衣裙，雍容华丽地站在台上，虽身材发福，却掩盖不住她的锋芒，一点都不像临近五十岁的中年妇女。何婧说话的时候，陈初就坐在台下，觉得此时的母亲很是陌生。母亲的眼中有泪光闪动，脸上却一直带着笑容，而台下已经有女孩子跟着小声啜泣。

陈初知道，那是真正热爱音乐的女孩儿，真心为何婧感到悲伤、遗憾。

不像她，赶鸭子上架，永远浑浑噩噩，得过且过。

陈初在后台找到母亲的时候，她正在吃药，白开水送服一大把白色的药丸，似乎没料到会有人突然推门而入，手一抖，药丸撒了一地。

虽然早就知道母亲生病了，但陈初还是问了一句："妈妈，你吃什么药？你生病了吗？"

何婧看起来有些慌乱，去整理桌上的药瓶，话里带着苛责，语气却不重："我没教你进门前要敲门吗？女孩子家怎么这么莽撞？"

"妈妈，你吃什么药？"

她又问了一次，何婧慌乱地藏起手中的药瓶，她便伸手去抢。她比何婧高，力气也大，轻轻松松地从何婧手中拿过药瓶。

何婧眼神闪躲："看什么看，我就是这几天精神有些紧张，肠胃不好，吃些胃药。"

"胃不好，怎么可能吃这么一大把药？而且这明明不是胃药，是甲状腺制剂。你到现在还要瞒着我吗？你是不是觉得我很差劲，所以连生病也不愿告诉我？我连你生病也没有机会知道吗？妈，我是你的女儿啊！"陈初看着母亲，声音拔高了不少，"你以为我不知道你生病吗？你以为把病历藏在陈未的房间，我就不知道吗？我不问你，只是想看看你要瞒我瞒到几时，到现在你还不愿和我说吗？"

或许是因为陈初从未如此大声和自己说话，或许是因为陈初脸上忽然滑落的泪，何婧一下子愣住了，向来强势的人对着女儿竟然有些结巴："我只是不想你担心，不想你有压力。"

陈初问："你这样瞒着我，我就不担心吗？"

何婧说："又不是什么大病。"

"不是大病，不是大病，你为什么要退居幕后？"

何婧的脸上闪过一丝痛苦："甲状腺功能减退本就不是什么大病，好好吃药就不会有大问题。但我的记忆力越来越差，我记不住乐谱，反应越来越迟钝，排练的时候总出错，甚至不能稳健地拿着琴弓了，与其有天在台上闹笑话，还不如现在退场。如果不是你发现，我永远不会告诉你这件事。"

是啊，她是那么骄傲的人，肯定不愿别人知道她连琴弓都拿不稳了。

纵然这一刻她是狼狈的，她也在努力维持着优雅。

"妈妈，你是不是在怪我没用？"陈初第一次如此坦诚地问母亲，"你是不是觉得我是你的耻辱，比不过陈未，比不过贝思远，没法成为你的骄傲，是一个没有用的废物？"

陈初从未用这样的语气同何婧说过话，一时间，何婧有些惊讶，良久之后她才道：

“没有。”

“我是个小提琴家，我希望我的儿女都能像我一样热爱小提琴，所以在你很小的时候我就让你学琴。你不乐意，却也不明说，咬着唇埋头练琴，可我一走，你就把琴一扔。那时候我觉得没关系，你不喜欢，就练着玩，我也不逼迫你，反正还有陈未喜欢，那就让陈未学好了。你肯定也怨恨过我，觉得我关心陈未多过你，可是陈初，你要理解，妈妈一辈子的心血都在这里，我真的不希望自己后继无人。”说到这里，她顿了一下，笑得有些愁苦和讽刺，“谁知道，谁知道后来会发生那样的事。陈未走后，你虽然很认真在讨我欢心，但我知道你的心思根本不在小提琴上。你总说自己没有天赋，其实你是有天分的，只是没有感情而已，所以后来贝思远拜师，犹豫了许久后，我还是决定收下他。”

“我收下贝思远，有一部分原因是他像陈未，对待小提琴的态度真诚而专注，这是你没有的。你可能觉得奇怪，为什么有了贝思远，我还要对你那么严格。那是因为你是我的女儿，我希望你有一技傍身，以后出了社会也不至于举步维艰。我也有私心，说不定有一天，你突然就爱上了呢？陈未最初也不是那么喜欢小提琴，后来不也热爱了吗？”

这十几年来，陈未这个名字向来是她们的死穴，偶尔不小心提及都会拼命地掩盖过去，而现在，何婧如此轻描淡写地提起它：“而且我那样管束你，希望你一举一动都在我的掌控中，并非我有控制欲，而是我害怕有一天你会离开我，像陈未一样离开我。陈初，妈妈害怕。”

曾经的一幕幕又在眼前浮现，陈初忽然就克制不住自己的眼泪。

何婧臃肿的面孔在她面前变得模糊，声音像是从很远的地方传来的：“陈初，我知道你是怨恨我的，怨恨我对你严厉，觉得我只爱小提琴和舞台，并不爱你。你错了陈初，哪个妈妈不爱自己的儿女？我只是太过惶恐，太过急切，特别是在陈未走后。但这几年，我也意识到了自己的问题，慢慢放松对你的管教。你不愿意学小提琴，对我阳奉阴违，我也睁一只眼闭一只眼，没有逼迫你。你和贝思远偷偷在一起，我也不曾反对。我每日对你查岗只是因为我内心不安，毕竟我就只剩下你了。”

陈初握着药瓶，觉得震惊，原来她这些年来的伪装在母亲看来不过是一场小把戏。可她又觉得理所应当，她是何婧的女儿，何婧怎么看不穿她的把戏呢？她不过仗着有点小聪明，就以为可以将所有人玩弄于掌心。

其实最大的傻子是她自己。

陈初咬着唇，悲伤一阵阵袭来，让她忽然不敢直视自己的母亲：“妈妈，你知道我和贝思远的事情？”

“先前思远不愿再拉琴，我也很担心，担心后继无人，担心他庸庸碌碌，给不了你好的生活。这些年我虽然算不上一个好母亲，但怎么说，我和你爸爸也给了你优越的生活。你自小娇生惯养，我还真担心你和他在一起以后会受苦。好在现在思远回来了，我也可以放心了。”

陈初深深地吸了一口气，却没把眼泪憋回去，反而让它们肆无忌惮地砸落下来：“妈妈，我不喜欢你这样说话，你这样让我感觉很不安。”

“有什么好不安，有什么好哭的？这病又不会死人，就是记忆力变差、人变丑而已，只要按时吃药，压根死不了。”何婧的语气有些无奈，想要像往常一样严肃地勒令女儿别哭，却凶不起来，只能无奈地叹气，“我的女儿永远不会是废物，她只是暂时迷路了而已。我知道，总有一天她会闪亮，会发光。”

陈初不知道自己为什么会哭，或许是因为何婧的病，或许是因为这些年自己对母亲的误解，更或许是因为今夜演出的成功。

前台掌声雷动，后台的陈初伸出手抱住了何婧略微发福的身体，在心里小声地说了句对不起——

对不起，我误解了你。

对不起，我让你一次次失望。

对不起，我总是要你为我操心。

对不起，我没能成为让你骄傲的人。

妈妈，对不起。

也谢谢，谢谢你从来不曾放弃我。

（4）

也就是在那一天之后，陈初忽然想为自己做一些事情，然后她沮丧地发现，这些年来，她从未为自己做过什么。

她学小提琴是为了让何婧满意和安心，拼了命考南泽大学是为了与贝思远在一起，选择戏剧文学是因为老师觉得她有潜力。她的确喜欢写作，喜欢文学，但从未坚持，作品大多是为了应付作业而匆匆赶做的。现在回顾过去的那些年月，她好似真的浑浑噩噩，一事无成。

从前她并未觉得这样有什么不好，她胸无大志，且有人庇护，她恨不得这样的日子永远不要结束。

可何婧的这一场病，将她硬生生从理想国扯回现实生活。

她慌乱地发现，陈洪恩不知什么时候有了白发，而何婧也一点不似她印象中那般强大，总有一天，他们再也守护不了她，而她必须在那一天到来之前让自己稳稳地站立，为他们挡风遮雨。

或许，这就是所谓的一夜长大。

南泽的演出之后，贝思远和何婧带着星海乐团开始了全国的巡演，还有好几场海外演出。从前何婧也是这样马不停蹄地全世界飞着，陈初从未觉得有什么不妥，但这一次，她的心境不同以往。每日发信息叮嘱何婧吃药成了她的首要任务，但何婧对她的所作所为大惊小怪："又不是什么绝症，你能不要这么烦吗？"

陈初"呸"了两声，大概也觉得自己反应过度，但查岗行为依旧没落下。

那一边他们四处奔波，这一边陈初假期也已结束，正式步入大四生活。大四的课程并不多，陈初把所有时间放在了毕业作品上。当时选择戏剧文学只是心血来潮，而今有了不能得过且过的心思后，她开始正视自己的学习——她的毕业作品是一个电影剧本。

这是陈初第一次决定认真做一件事。

由于上课没有认真听，基础功底不扎实，陈初连剧本的格式都没搞清。那段时间，她重新捧起了课本，每日出没于图书馆，比高考还要认真。

起初，她只是决心做好这件事，渐渐地，她发现自己似乎挺喜欢写作这件事：在文字里，那些永远无法表露的情绪，她可以酣畅淋漓地倾诉；那些在现实生活中不能完成的事情，她可以让另外的人来替自己完成。

她喜欢且享受这样的忙碌，文字里有她在别的事物里永不能得到的快乐。

陈初向来不是精力充沛的人，一旦忙碌起来便显得离群索居，若不是唐乐到学校找她，她几乎想不起两人已有好长一段时间没有见面。

当时是傍晚，她刚从图书馆出来，肩膀便被人搭了一把，她下意识反手去推，却被躲开。

"呀，身手敏捷。"唐乐戴着鸭舌帽，又穿了黑T恤，路灯还未亮，天灰蒙蒙的一片，若不是她熟悉的声音带着笑意，陈初几乎认不出她来。

她似乎瘦了一些，站在晚霞里，眼睛却明亮至极。

陈初听见唐乐问自己："你最近怎么也不来找我，电话也少，在忙什么？"

她"嗯"了一声，还没想好要怎么回答，唐乐却拿起她手中的书，贴心替她做了回答："学习很忙吗？认识你这么多年，也没见过你去几次图书馆，这次怎么就认真了？"

"这不是要毕业了吗？"

"那也是，认真学习总归是件好事。"

唐乐说完，陈初又不知道该回应什么了。她们之间甚少有这样冷场的时刻，此时她觉得尴尬极了。路灯在这个时候突然亮起，唐乐个子高，她是仰着头和唐乐说话的。路灯亮起来的那一霎，唐乐下意识伸出手替她挡住了光。

这可是唐乐呀，自小陪着她一起长大的唐乐，连一点刺目的光照着她都不舍得的唐乐。

这样简单的一个动作让她忽然觉得心酸和内疚，但她掩饰得很好，唐乐并未发觉。

她问唐乐："你吃饭了吗？"

"没有，找你吃饭呢。"

"你想吃什么？"

两人停顿了片刻，忽然异口同声道：“牛肉面。”

她们好像回到了从前陈初刚上大学那会儿，她课多，抽不开身，唐乐便穿越大半个城市来找她。大学城附近小吃一条街的小吃应有尽有，但每每唐乐来找她，两人都会左拐右拐去吃牛肉面。那家店的面一点都不筋道，汤水也不如安置区那家苍蝇小馆的浓郁，两人去一次便要吐槽一次，但下一次还是会光临。

她们心无旁骛地聊着天，就好像那件事从未发生过一样。

饭后，唐乐送陈初回去，她也不上楼，就在寝室楼下远远地看着陈初走，殊不知自己吸引了多少女孩爱慕的目光。

陈初往下望的时候，她还站在那里，薄薄的影子像被风一吹就会散。

相比唐乐，这段时间陈初见得更多的人是唐信。

先前在唐家遭到唐信拒绝的陆淼淼并未因此打消积极性，反而越发热情。自从知道陈初与唐信相识且关系不错后，她便对陈初进行了一系列的轰炸，送礼物，送甜点，帮忙借书、跑腿这些对陈初来说还是小儿科，陈初最受不了的是，每天清晨睁开眼就看到床头趴着一个戴着粉红发夹的卷发女生，瞪着大眼睛看自己，长长的睫毛还一颤一颤，一副泫然欲泣的模样：“陈初，你就答应我，帮我要几张唐信的签名照吧！”

一次两次陈初能狠下心拒绝，但陆淼淼同学最擅长死缠烂打，陈初不想每日早晨醒来都受到惊吓，就答应帮她要几张签名照。

照理说，陆淼淼的小叔叔陆寻是盛娱的大Boss、唐信的老板，她要几张签名照并不难，但她不愿意：“如果我找我小叔叔要，他肯定会为难Aaron。如果说Aaron和我是梁山伯与祝英台，那他就是那恶毒的祝员外。”

看，先前她还小叔叔长小叔叔短，现在直接喊祝员外了。

陈初不知道该同情陆寻，还是该同情自己。

（5）

唐信正处于事业上升期，又因家里负债，将自己当成了钢铁人，广告和宣传轮番上阵。唐乐说起弟弟，总是摇头叹气：“忙，每天都很忙，有时候忙起来，好几天也没见着人，这才几个月，好像瘦了一圈。”

好几次陈初给唐信打电话都无人接听，要么是助理接听。

但很快，他便回了电话过来，解释自己之前是在忙，不是在化妆就是在拍照，要么就是在采访和走秀，或者就是在练功房。不得不说，盛娱对他还真是大手笔，请了知名形体老师为他培训。

所以，她想说的话当即就卡在了喉咙里。

还是他问：“怎么了？有事吗？我今天刚好不是非常忙，要不我们一起吃饭吧，我们吃饭时说。”

此时，陈初看着面带惊喜的唐信，心里交织着内疚和后悔。

事情是这样的，在两个小时之前，陆淼淼捧了一个蛋糕突然出现在寝室，要陈初帮自己送去给唐信。

“你自己为什么不去？”

“Aaron肯定不会见我呀，而且我不能出现在盛娱。”

她可怜兮兮地看着陈初，陈初没把持住，心软了。

自从陈初答应帮陆淼淼要几张唐信的签名照后，陆淼淼每隔几天就会依瓢画葫芦要她帮一点小忙，发展到现在，直接捧着蛋糕理所应当地塞给她，她拒绝不了，加上有空，便打电话约了唐信。

她原本只是想将东西送到就走，两人约了在新时代碰面。

唐信成名后，无论是广告硬照还是街拍，总给人冷峻、优雅的形象，当他全副武装出现的时候，陈初觉得他是陌生的，可他看到她，微微一笑，露出虎牙，一副很是高兴的样子。

“你怎么知道今天是我生日？”他看着陈初，眼里盈满了光亮，“我姐姐都忘记了，没想到你还记得。”

陈初想说这是陆淼淼让她送来的，话到了嘴边却又怎么都说不出。她支支吾吾想解释，却被他一拉：“我们先找个地儿吃饭。”

唐信高大帅气，拎着蛋糕站在露天广场已经引人注目，何况今时不同往日，怕是再站一会儿便会被人认出。

陈初鬼鬼祟祟地跟在他身后，连说话声音也压低了不少：“那里人太多，我们去人少的地方吃。”

“人少的生意差，生意差肯定不好吃。”唐信答。

“总好过你被人认出来，那我们连吃都不用吃了。”自唐信在学校遭到围攻后，陈初变得草木皆兵，见电梯人多，一下子就警惕起来，“我们走楼梯。”

“没事吧，不用这样紧张。”

“你可别说，你这么高，又戴着鸭舌帽，鬼鬼祟祟的，别人难免多看几眼，一下子就会被认出来。”陈初低声恐吓他，“你看，那边年轻女孩子多，肯定有大半是你的粉丝。”

唐信见她神神道道、嘀嘀咕咕的样子很有趣，也不与她争辩，跟着她往楼梯间走。

唐信腿长，走了几步便越过陈初，陈初不甘心，加快步伐，走到三楼转角处时，唐信却突然停下，她没注意，一头撞在他的后背上：“你杵着干吗？还不走。”

他慌乱地回头，拉着陈初就想走：“我想起一楼有一家特别好吃的料理店……人好像也不多，我们去那儿吧。”

但陈初没有动。

虽然他极力遮掩，但她仍然看到了。

那是贝思远和唐乐。

原本该在千里之外演出的人此时却置身南泽，前一夜他还给陈初打电话，说再过一周他就能够回南泽一趟，现在他却就在距离她只有十米的地方，和她最好的朋友。

若说在医院的争执只是在陈初心里埋下了一枚小炸弹，此时纠缠在一起的身影便是那根导火线，引燃了炸弹，将陈初炸得鲜血淋漓。

她的男朋友，和她最好的朋友在这空旷的楼梯间接吻，与其说是接吻，不如说是撕咬，一个追逐，一个挣扎。

最后，唐乐终于将贝思远推开："贝思远，你够了！"

"不够！你知道我要的是什么！"

"我知道，那又如何？"

"我为了你做了那么多，你所要求的我都做到了，你还想怎样？难道说你对我说的都是骗我……"他的声音戛然而止，因为他看见了站在不远处的陈初与唐信。他看着陈初，陈初也在看他。

这样漫长的沉默，像一把利剑，狠狠地刺入她的心脏。

她想像上次一样逃窜躲避，可脚像灌了铅一般，如何都抬不起来。直到唐乐发现不对劲，转过身来，脸上的震惊和慌乱隔着不到三米的空气在她面前无限放大。

这下好了，躲也躲不开了。她悲伤又恶毒地想着：现在轮到你们慌乱、痛苦了，我终于不用再戴着面具了。

这样也好，该来的总算来了。

从在医院遇见他们在一起的那天起，陈初已经有了预感。最初怀疑贝思远和唐乐有不可告人的秘密的时候，她有很长一段时间都怀着负罪感：自己怎么能够用这样肮脏的思想去揣度他们呢？她不停地催眠自己，不会是这样的，自己不能这样想。

可眼前的事实有些残酷。

这一刻，陈初几乎是麻木的。

她没有感觉到疼痛，也听不到任何声音，眼前的一切就像默剧，无声地上演着。

她看见唐信不知所措地站在那里，眼眶微红，不知道是愤怒还是着急。

她看见唐乐慌慌张张地推开贝思远，想要过来拉她，却不小心跌了一跤，狼狈不堪地摔倒在地上。

她看见贝思远绝望、木然地靠着墙壁一动不动，看她的眼神充满了愧疚与不安。

但这些，都不是她所要的。

今日发生的一切，像一只横空出现的手，恶劣地撕开她细心装填的美梦，让她从云端坠落到地狱，无法再装聋作哑。

唐乐冰冷的手触碰到她的那一刻，像是触碰到某个开关，那些被隔绝在外的声音终于突破了防线，铺天盖地地朝她涌来。

"陈初……"

她已经许多年没有看见过唐乐的眼泪，上一次是因为唐信辍学，现在，它们从唐乐的眼眶里争先恐后地跳出，让那张英气的脸变得可笑。

“唐乐，已经不是第一次了对不对？”

陈初以为她会说些什么，但是她没有，她只是一声一声地叫着“陈初”。

陈初觉得失望，又觉得庆幸。

——唐乐，还好你没有和我解释，否则我还真怕自己找不到理由恨你、恨贝思远。

陈初掰开那只抓着自己的手，唐乐用了很大的力气，在她手臂上留下几道红色印记，可她仍旧没有觉得疼痛。

她脚步虚浮地往外走，连包掉了也没去捡，唐信急匆匆从后面跟来，却被她一句话喝退：“唐信，你别跟来，除非你希望以后再也看不到我！”

男生的脸霎时间变得惨白，他终究没再追来。

她眼睛的余光看到贝思远，他仍然站在那儿一动不动，没有追来，只静静地看着她往外走。

她最后的一点希望，终于破灭。

——贝思远，你之所以能伤害我，不过是因为我爱你。

陈初觉得自己变成了一具行尸走肉，没有一点儿意识。

她不知道自己要去哪里，也不知道接下来该做什么，就这样毫无目的地走着。

这个场景像在梦中发生过一般，她觉得熟悉，就连突如其来的暴风雨也是如此的相似。

或许这才是梦？

陈初听见尖锐的汽车喇叭声，雨水与强光逼得她无法睁开眼，她站在马路中央，听到一个急躁的男声粗俗不堪地骂着自己：“神经病啊！找死也不要拖累人，滚远点！”

车子擦着她的身体飞驰而过，溅了她满身的泥水。

陈初后退几步回到路边，却听到有人在轻笑。

雨幕中，那张脸她看不清楚，却觉得是熟悉的。那人撑着一把黑色大伞，身上有酒气混合雨水的味道，他走近，看了她一眼：“还真是你啊，怎么，想不开要自杀吗？”

他看到她走到了路中央，却没有制止。

他就这样冷眼旁观着，看着她沦陷，就像唐乐与贝思远。

陈初觉得愤怒，先前被刻意压抑的情绪忽然涌上来，又想起每次遇到这个人都没有好事发生，看到他也就带了点厌恶，恶狠狠道：“滚开！”

“哭什么？失恋了？”

他这么一说，陈初才知道自己已经哭了，往脸上一摸，湿漉漉的。

“是雨水。”

“哭了。”

陆寻嘲讽的口气让陈初突然失控，她猛地蹿起来，将他狠狠一推：“我就是哭了怎么的？关你屁事！你给我滚开呀！”

许是没料到她会突然出手袭击，陆寻没防备，被这么一推，倒退了几步，但很快就稳住了，正想发火，却看见推了他一把的人蹲回原先的位置，像朵可怜的蘑菇。

陆寻又气又恼，还束手无策，蹲在地上的人却越哭越大声，最后几乎是嘶吼号啕。雨夜过往的路人匆匆，但仍旧不住地往这边赶。陆寻活了二十八年，除了陆淼淼，第一次有人让他感到棘手。

他深深觉得自己活该。

若不是想吹吹风醒酒，若不是觉得站在雨中的人有些熟悉，他绝对不会靠近。多管闲事向来不是他的风格，可他刚想走，不知怎么想起在山上的那个夜里，她搀着他一步步往山洞走去的情景，于是他下意识地朝她靠近。

他不过说了两句，便被袭击，末了“恶人”反倒先哭起来，搞得像他欺负人一样。他瞪着那个可恶的女人，发现她哭得真够难看的，五官都挤在一块了。

他正想走人，却见司机老王犹犹豫豫地问：“陆先生，要走吗？”

“不走还留着过圣诞？”

“但她好像是小姐的朋友，这样放她一人不好吧？”

“那留下来给人打？”他冷笑。

老王也不知道说什么，只能为他撑伞赔笑。

陆寻暗骂自己，转身往车上走。

车门刚打开，衣服却被人扯住了。

那双眼睛又红又肿，似乎才认出他来。她抓着他的衣服，手上还有泥水，可怜兮兮的，全然忘记自己刚刚的恶行。

“不要走。”她说。

“别碰我。”他答，又伸出手去掰，却掰不开。

陈初紧紧地抓着陆寻的西装，仿佛用尽了这一生的力气。

“不要走，求你了。”

6
Chapter

灰烬

向来未得到的都是最美好的，但凡已失去，终归最重要。

（1）

陈初是在半夜忽然醒来的。

雨水敲打着窗台，将她从噩梦中推醒。

她在松软的床上坐了好一会儿才辨认出黑暗中陌生的环境并非寝室，也不是家里，这里是陆家的客房。那些琐碎的记忆一点点地回归，几个小时前的那一幕终于又清晰地浮现，沉甸甸地压在胸口，压得她几乎喘不过气来。

不知是因为淋了雨还是哭太久了，她眼睛疼得厉害，喉咙亦像火烧一般，灼热、干渴。从门缝中透进来的光在黑暗中显得刺目，让她觉得慌乱、不安。她想要闭上眼再睡一觉，却怎么也睡不着了。

她光着脚走出房间，顺着光源走到客厅，那里却空无一人，只有灯和电视机还亮着，电视里表情夸张、滑稽的电视购物主持人无声地呐喊。除了雨声，屋里寂静得可怕。

陈初觉得渴，尽管知道不礼貌，还是忍不住摸向了厨房。她没有开灯，双脚踩在木地板上并不觉得冷。厨房光洁如新，什么东西都没有，连开水瓶都空空如也，冰箱里倒是满满当当的，各式各样的酒和蒸馏水整齐地排列着。

陈初小心翼翼地抽了一瓶水，冰凉的液体滑过喉咙，让她有种痛快的满足感，但仅仅隔了几秒，她的胃便开始强烈地抗议。若不是此时尖锐的疼痛提醒，她根本想不起自己午餐后到现在还未吃过东西。

冰箱里只有水，并不能拯救她的胃。她关了冰箱门，正准备回房，却看见门口晃荡着两个朦胧的巨大影子。她吓得倒退两步，不小心踢到地上的垃圾桶，“当啷”一声在夜里尤为明显，伴随着两声狗叫。

“甜甜。”

陆寻的身影随着灯光忽然显现，他穿着浅蓝色的条纹家居服，亦没穿鞋，手中拿着红酒杯，头发乱糟糟的，看起来不像往常那般冷漠，身后还跟着一只及他膝盖的咖啡色边牧，此时它正对着他欢快地摇尾巴。

“你走路怎么没有声音？”陈初说完之后才觉得自己逾矩了。这里是他的家，他想什么时候出现就什么时候出现，想怎么出现就怎么出现，现在她寄人篱下，有什么资格发出抗议。

陆寻却似没听到，眯着眼睛打量了她好一会儿，然后轻哼了一声，越过她去开冰箱，往红酒杯里放了两颗冰块。他的狗亦步亦趋地跟在他身后，尾巴从她脚面上扫过，毛茸茸的。

陈初尴尬地站在原地，看着陆寻拿着杯子走出厨房，顺手“咔嗒”关了灯，留下她与一地昏暗。

陈初知道，陆寻在生气，生她的气。

她的记忆已渐渐恢复，几个小时前做过的事情让她后悔莫及。她将陆寻臭骂了一顿，还对他动手，他不还手已让她感激涕零，更别说他还将她带回家，给了她一个栖身之地。

为什么会跟陆寻回家，陈初也说不清。

看到唐乐与贝思远亲吻的那一刻，陈初觉得自己的世界轰然坍塌。若说她在医院看到两人纠缠在一起的那一幕还能自我催眠，那么这一次的伤害已将她燃成灰烬。她脑子是混沌的，压根不知道自己走到了哪里、做了些什么，发狂去咬陆寻的手也是不理智地宣泄着自己的怒气。好在，他虽发怒了，但也不至于揍她。看到他要走，她不知道自己出于什么心理拉住了他，或许是因为在陌生的地方有些恐惧，或许是不想被人找到，也或许是害怕一个人孤独地待着，索性拉住了他，像扯住救命稻草那样。

陆寻是想一走了之的，后悔自己去撩了她，但准备走人时被扯住了，试了几次都没掰开她的手。夜已深，丢下她一人怕她出事，左右权衡后，他只好将她领回家。

陈初没想到陆寻会这么做，正如她没有想到家大业大的陆先生并不住在寸土寸金的市中心，也不住在奢华的高级别墅群，而是住在郊区的临海公寓。

这里并不大，三房二厅，干净简洁，应该每日都有专人打扫，却没有看见保姆，连钟点工也没有。司机老王将他们送到后便离去，只剩下她与陆寻，不，还有那只叫甜甜的边牧。

以前陆淼淼将甜甜养在寝室的时候，它还没有枕头大，现在它已有四五十厘米高。陆寻刚脱好鞋子，它已经朝他扑了过去，又抱又舔。

“陆甜甜，坐下。”对着狗和颜悦色的人一看到她，脸色就变了，嫌弃与厌恶赤裸裸地爬上眉头，“你去洗澡，别弄脏我的地方，也别杵在我跟前，客房在最里面。”

陈初刚往洗手间走，又被喊住：“算了，你还是睡陆淼淼的房间，在倒数第二间，那里有她的衣服。我告诉你，天亮就走，要不是……要不是……”他似乎也想不通自己为什么会将她带到这里来，手捏了捏眉心，自暴自弃地将自己扔进沙发，陆甜甜随即兴奋地蹦到他身上。

陈初想问他为什么将自己带回家，但看到他脸色不豫，又将话咽了下去。

洗澡后，陈初仍旧换上自己的衣服，因为她不喜欢穿别人的衣物，而且陆淼淼满柜子的粉红色也将她击退了。

她以为自己会失眠，但躺到陆淼淼那个挤满了毛绒玩偶的床上后，意外地入睡得很快。只是，这一觉睡得并不踏实，她做了许多毫无逻辑的、混乱的梦，然后被惊醒。

外面一直很安静，她以为陆寻应该睡了，只是忘记关灯，却不想已是凌晨三点他还未眠，这下总算明白他脸上为什么常年挂着影响形象的黑眼圈。

连他的狗也陪着他不睡觉。

此时，一人一狗都坐在客厅的沙发上，陆寻像看默剧一般看着电视购物节目，目光呆滞，一只手拿着酒杯，一只手摸着陆甜甜的下巴，它则舒服地蹭着陆寻的手心，看起来极其享受。

夜晚的陆寻看起来特别温和，十分无害。

想起原先的作为，她有点内疚："不好意思，还有，谢谢你。"

她也不知道要谢他什么，小声地说了一句，但他还是听见了。

他微微侧过脸看她，脸上似乎还带了一点笑容，嘴角微微上挑，说出来的话却刻薄得很："不用谢，甜甜有时候也会乱发脾气，还咬人，难道我还要和它计较？"话音刚落，狗就活泼地吠了一声，然后卖乖似的又蹭了蹭他的手。

陈初不得不承认，陆寻便是有这样的特异功能，每每开口，总能一句话就将人气得跳脚。刚刚的一切都是她的错觉，陆寻还是那个恶意满满的陆寻。

陈初气呼呼地回到房间，外面的灯仍旧亮着，她看着那晃动的光，迷迷糊糊又睡去了。

只是，她没有再做梦了。

（2）

次日陈初是被陆甜甜舔醒的。

睡前她关了门，也不知道它是如何进来的，粗糙、湿热的舌扫过她的脸，一下又一下，直至她睁开眼睛，仍不肯放过她。

"够了，我醒了。"

"陆甜甜，别舔了！"

"你的口水好臭啊，刷牙了吗？我说我醒了……"

陈初狼狈地用手捂住脸，还是免不了受到口水的洗礼，她裹着被子滚到地上，眼见陆甜甜就要扑过来，急忙用被子包住头。

但它没有扑上来，因为有人喝住了它。

"甜甜，停下！"

她掀开被子，一双浅蓝条纹家居鞋映入眼帘，陆寻居高临下地望着她，陆甜甜正绕着他撒欢。他面无表情地盯着她，经过一夜，黑眼圈更为慑人。她尴尬地从地上爬起，他却不以为意："我送你回校。"

陈初回头看了一眼墙上的钟，还不到六点，而陆寻已经换好了衣服，衣冠楚楚，精神抖擞，如果不是那醒目的眼袋，全然看不出他一夜未眠，似乎他早就习惯这样的作息。

她和陆寻出门的时候，司机已到楼下，陆甜甜也想跟着，被陆寻勒令回去，可怜巴巴地扒着门框，看得她于心不忍，正想开口，陆寻已猛地关了门。

临海公寓距离南泽大学有段距离，时间尚早，公路上只有零星的车辆与晨跑的人。

陆寻上车后便在看文件，陈初百无聊赖地盯着已经没电的手机，屏幕上映出自己难看的脸色。

在这漫长的行程中，陈初与陆寻说了三句话。

“陆……谢谢你。”她道谢。

“不用谢，反正没有以后。”他冷笑。

“让你一夜没睡好，抱歉。”她努力维持着笑容。

“不用抱歉，我晚上本来就不睡觉。”他依旧是冷淡的。

“你是不是……”

她想问陆寻是不是失眠，他却似乎不愿提及这个话题，匆忙地打断她：“还有事？没事别吵我看文件。”

至此，对话结束。

陈初想，陆寻的衣物一定带有特殊功能，夜晚披着温柔无害的家居服，到了白天又换上冷淡的西装，高贵冷艳，不可接近。每每遇到陆寻，陈初不是跳脚便是碰壁，可这一刻她也感谢他。若不是他，她一定还沉溺在悲伤与痛苦里，无法自拔。

接下来两人都未说话，陈初看着路边穿梭而过的风景，竟觉得困倦，眼睛刚闭上，却被恶狠狠地推醒，陆寻瞧着有些凶：“别睡，别在车里睡觉！”

“还没到学校。”

“总之，别在车里睡觉。”他低声重复了一遍，放在膝盖上的手微微握紧，“要睡回去睡。”

恍惚间，她想起自己那天半夜陪着他绕了大半个南泽找陆淼淼，她累极闭上眼，他亦是执着地一次次将她弄醒。

陆寻被笼罩在阳光淡淡的光晕里，越发显得冷漠、神秘。

回到学校是半个小时后的事。

陈初刚从车上下来，还没来得及和陆寻道谢告别，已有人冲出来，抓住了她的手：“你去哪里了？我们找了你一个晚上！”

是唐信，他还穿着昨日的衣服，也不知这一夜去了什么地方，衬衫脏且皱地挂在身上，面色看起来也很糟糕，一点都不像那个光鲜亮丽的少女偶像，不难想象他昨晚经历了怎样的兵荒马乱。

但陈初不领情。

她不留痕迹地挣开他的手，动作虽小，但他仍旧敏感地察觉到她的生疏，看向她的目光有些受伤。

陈初忽然有些不忍，整件事唐信并没有什么错，她完全是迁怒于他。还好有个活泼的声音打断了她的尴尬：“陈初你怎么从我小叔叔的车上下来？你们昨晚在一起吗？”

陆淼淼睡眼蒙眬地打量陈初，又望向车里她的小叔叔，后者没有回答她的问题，反问道：“现在还不到七点钟，你大清早在这里做什么？”

“陈初不见了，我担心。”陆淼淼咬着唇狡辩。

“我看你不是担心，是醉翁之意不在酒吧！我和你说过什么不记得是吧，那需要我重复一次……”

话未说完，陆淼淼已经哇哇叫着跑远了：“小叔叔你别说，我不是陆淼淼，陆淼淼还在楼上睡着呢，你别说了！”她跑到楼梯口又恋恋不舍地回头，可惜唐信并没有看她，他的目光只停留在面前的人身上，即便那人已经和他拉开了大段距离。

陆淼淼上楼了，陆寻的车也开走了，时间尚早，离早课还有一个多小时，校园里的行人并不多。

“你昨晚去哪里了？”他又问了一次，相比着急，这次多了小心翼翼，“我姐她……”

“别说了！”听到唐乐的名字，陈初刚平复的情绪一下子又变得激动起来。他的话像一根针，轻轻一下便挑破鼓鼓囊囊的伤口，脓汁争先恐后往外涌。

“我去哪里关你什么事？是不是我去哪里还要和你报告？唐信，你是我什么人？朋友的弟弟？以前是，现在怕是算不上了吧！”她就像一颗炸弹，一开口便满是弹药味儿。

陈初知道那件事并不是唐信的错，所有的事与他无关，但她就是忍不住朝他发火，因为他是唐乐的弟弟，他见证了她的恐慌和狼狈，此时她站在他面前，犹如赤身裸体，曾经的粉饰太平更衬得她如跳梁小丑，矫揉造作。

可唐信并不介意，像听不出她话里的刺。

“你手机关机了，也没有回家，外面还下着大雨，我只好到学校来找你。你室友……嗯，陆淼淼说你没有回来……”他没有再说下去，虽只是轻描淡写的几句，没有任何的形容和修饰，甚至刻意掩盖了自己的情绪，但陈初知道，他这一夜一定是着急了，否则不会连避之不及的陆淼淼都找上了。

可越这样，她的心越冷。

若站在这里的人是唐乐，或者是贝思远，她会好受一些。可是偏偏不是，他是唐信。

“那你现在看到我了，我没事了，好手好脚的，你可以走了吧？”她语气冷淡，比对待陌生人还不如，说完转身就走。

“她一整晚都在找你，但她知道你不想见她，所以没有来。”唐信像看破她的心思一般，“她说错了就是错了，不想要你原谅，但还是想和你说对不起。”

陈初只是脚步稍顿，没有回头。

她不想让唐信看见自己的眼泪。

虽然已经如此难堪，但她还是想维持最后的体面。

“对不起”是陈初这天听到最多的一句话。

可她一点都不想听。

（3）

唐乐说：对不起，陈初。

贝思远说：对不起，我想当面说，可是我是晚上十点的飞机，明天还有彩排和演出。

在她撞见了两人的苟且之后，他们完全可以找借口和理由为自己开脱，可是谁也没有，坦荡地承认了自己的错误，完全不管这样会将她置于如此境地。

她的手机上有几百个未接来电和上百条短信，她仅仅看了几条便清空了。

没有解释，只有道歉。

事情已发生，伤害已造成，再多的愧疚与道歉也无法挽回什么，更像在伤口上撒盐。

说来奇怪，她以为自己会执着于答案，比如贝思远和唐乐是从什么时候开始的，比如他们俩之间是否有什么不为人知的过往，又或者他们是如何搅和在一起的片段与细枝末节，但事实是没有，她并不想知道，一点都不想。

逃避有时候只是人的一种自我保护，当伤害值达到一定程度的时候，保护功能会自动开启。先前在医院那一幕已在她心里埋下炸弹，那一个吻不过引燃了弹药，证实了她的猜想而已。

许是早有心理准备，这一次陈初并没有消沉多久。

她在寝室睡了一觉，往肚子里填了一点东西后又带上电脑去图书馆，忙碌是驱散悲伤的最好方式。陆淼淼见她要出门，饭吃到一半都扔了，兴冲冲地跟着她，怕自己跟得太过明显，又带上Kindle，想了想又带上平板电脑，等她走到楼梯口，又折返回去背了电脑。

陆小公主拎着大包小包的东西跟着陈初去图书馆，占了位却没有学习的意思，只是目不转睛地盯着陈初。陈初原本就心不在焉，被她这样热切的目光盯得有点发毛，合上了电脑，低声道：“有事？”

陆淼淼手托着腮帮子，欲言又止：“陈初，我能不能问你件事……你和我小叔叔，是不是在谈恋爱？可是不对，你不是有男朋友吗？”

“现在没有了。”陈初说。

陆淼淼同学永远抓不住重点：“那就是说你和我小叔叔在谈恋爱咯？”

陈初看着她越靠越近，整张脸几乎贴到自己脸上，一手将她推开：“我说你小小年纪，脑子里想的都是什么东西！”

“看吧，看吧，你现在说话都跟我小叔叔一模一样了！你年纪又很大吗？不就比我大三四岁。”陆淼淼控诉着，“你肯定和我小叔叔有什么猫腻。我就说了，怎么之前就那么巧都去登山了，一个受伤，一个生病，还住同一个医院！昨晚你一夜不归，大清早又和我小叔叔一起出现！我年纪小，你可别想骗我……”

图书馆向来安静，陆淼淼一开始和陈初说话就有人望过来，这会儿她猛地拔高声音，大半个图书馆的人都朝她投来谴责的目光，可她仍旧毫无知觉。

“这是在图书馆，陆淼淼同学。”陈初压低声音，默默和她拉开一段距离，却甩不开这块橡皮糖，一整个下午都被追问着到底和陆寻有什么关系，被逼着一遍遍解释两人之间的交集。

陈初被她缠得没办法，怕影响到别人，只好收拾了东西回寝室，没走几步，她又跟上来，叽叽喳喳在耳边说个不停。就在陈初要伸手去捂住她嘴的时候，她嚷嚷起来了：“陈初，Aaron的姐姐！”

陈初怔了一下，以为她在开玩笑，那个熟悉的声音却突然在背后响起。

“陈初。”

好像这些年来都是这样，无论发生什么事，唐乐都这么淡定、冷静，似乎任何的变故都无法撼动她的情绪。前一夜的眼泪和慌乱此时在她身上已毫无踪迹，她笔直地站在夕阳里，像公路边的白杨。

这一次，陈初没有允许自己逃离，而是在她面前站定。

“有事？”陈初问。

她从未想过自己会用这么漠然的语气与唐乐说话，就像她未曾想到自己能够如此冷静。明明才过去一天，一天而已，那些事情却久远得好像上个世纪发生的。

“我想和你聊聊。”

“有什么好聊的？”

“对……”

“要和我说对不起吗？不必要。无论是道歉还是解释，我都不需要。你也别和我追忆往昔，说以前我们有多么要好。唐乐，你曾经是我最好的朋友，但以后不是了，从你背着我和贝思远在一起的那一刻起就不是了。你知道我一直是这样不理智、无理取闹的人。”陈初又低声说了一遍，不知说给谁听，“你知道我的，无论是什么理由，我都不会接受。从你背叛我的那一刻起，我就不会原谅你。”

唐乐那只伸出来要拉她的手在她话音落地的那一刻顿住了，硬生生停在半空中。

“她没有跟上来。”

“她好像哭了，蹲在地上。”

“陈初，你和Aaron的姐姐说了什么？为什么她看起来很伤心的样子？你们不是很好的朋友吗？”

陆淼淼跟在陈初身后，五步一回头，为她做实时报道。

而自始至终，陈初都不敢回头看一眼，唯恐多看一眼，防线便会崩塌。

天暗得很快，她们走到寝室门口时，路灯还未亮起，唐乐的身影小得几乎看不见。

陈初听见陆淼淼在低声埋怨自己：“你们不是朋友吗？你到底说了什么让她那么伤心难过？我才不会让我的朋友那么受伤，你太过分了。”

陈初猛地回头，几乎咬牙切齿：“你什么都不知道，凭什么来评论我？！你不是问我和我男朋友什么时候分手的吗？就在昨天！你的偶像Aaron唐信的姐姐唐乐和我那个在出差的男朋友背着我在一起，而且不止一次了。两个月前，就是我住院那时候，我已经撞见过他们在一起，不过那个时候他们是在吵架，昨天是在接吻。一个是我最好的朋友，一个是我喜欢好多年的人，他们就这样背着我在一起！到底是谁过分？谁过分？！”

她的话音刚落，走廊的灯恰好次第亮起，于是她看见陆淼淼瞳孔里映出自己狰狞的面容，以及满脸的泪。

原来，她不是不愤怒，不是不伤心，只是始终不敢表露，唯恐撕开一个小缺口，情绪会排山倒海般涌来，无法阻挡。

忽然间，陈初觉得控制不住自己的情绪和眼泪，她声嘶力竭地哭着，将自己的委屈和愤怒倾倒而出：“那是我最好的朋友啊！我们十多年的感情，她怎么能够这样！如果她喜欢贝思远，贝思远也喜欢她，那为什么不早点告诉我？他们就在一起好了啊！要我大方祝福是不可能，但至少我不会像现在这样，我就像个傻子你知道吗……”

“你根本不知道被人背叛是什么感觉，还是被自己最亲近的人背叛！你根本什么都不懂，你凭什么说我过分？！过分的人不是我……我多希望她告诉我，事情不是我看到的那样，她和贝思远不是我想象的那样，可她没有，她和我说对不起，她连撒谎都不屑！”

陆淼淼望着她，犹豫道：“我不知道现在告诉你这些会不会让你更难过。说到医院，我才想起那次去看望你，我便见过他们在一起，只是那时我还不知道她是Aaron的姐姐，后来想和你说又忘记了。”

“没关系，反正再坏的都来了，这又算得了什么。”陈初这样说，可心越来越冷，整个世界似乎在这一刻完全崩塌。

陆淼淼像做错事一般，手足无措地看着她，不知该安慰她还是和她一起痛斥那对狗男女。可怜陆淼淼才十七岁，自小泡在蜜罐里长大，也全无恋爱经验，即使智商超群，也解决不了这道难题，最后只能打电话求助自己的小叔叔。

可她刚说了陈初的名字，小叔叔便将电话挂了。

这可是从来没有的事情。

于是，陆淼淼更坚定地认为，小叔叔与陈初之间一定有不可告人的秘密。

（4）

陈初不知道自己哭了多久，只知她的哭声响彻寝室楼。在女生寝室，号啕大哭是常有的现象，失恋的人、考研失败的人、被孤立的人都会号啕大哭，但极少有人像她这样哭得撕心裂肺、声嘶力竭。她没有唐乐那般坚强，红眼睛是常有的事情，但自长大以来，她从未这样放肆地哭过。

最后，她是被陆淼淼拖进寝室的。

小姑娘急得眼睛都红了，不知怎么安慰她、怎么劝解她，只能一声又一声地说“你别哭了”，说着说着，自己也哭了。

陈初心情还未平静，看到陆淼淼可怜兮兮地坐在旁边抹眼泪，既震惊又想笑：“我哭，你跟着哭什么？”

“不知道，看你哭，我觉得难过，我也想哭。”她抽抽搭搭，哭得十分难看。

这么一来，陈初倒是冷静了，哭也哭够了，骂也骂够了，还能怎样呢？

再多的眼泪和悲伤也改变不了已发生的事，发泄了一场，她也该清醒了。

陈初站在阳台上往下望，唐乐已经走了。

自那天之后，唐乐再也没有出现。

至于贝思远，那天之后，两人始终没有联系，因为她的手机一直处于关机状态。

唐信估计是打不通陈初的电话，通过陆淼淼找过她两次，陆小公主兴奋地举着手机，面带羞涩地问她：“Aaron的电话，陈初你听吗？”

见她摇头，陆淼淼便露出一脸纠结的表情：“我希望你听电话，因为我不想Aaron失望。我又不想你听电话，因为你听了之后，他就不会再打给我了。”唐信有没有失望陈初不知道，倒是陆淼淼失望了，因为他没有再打电话来。

当天晚上，陈初下课回寝室，意外地看到了唐信。

他站在寝室楼下，因为天色已晚，没有戴墨镜和帽子，伫立在树下，影影绰绰，看不清面容，但傲人的身高让陈初肯定，那便是他。

她还在犹豫要不要靠近的时候，唐信已经看见了她，却没有走近，站在原地，似乎松了一口气。

“有事吗？”陈初主动问他。

他摇头，说没事，很快又补充：“真的没事。你不接电话，我有些担心你，只是过来看看你。你没事就好，没事就好。”

陈初原本紧绷着神经，听到他这么说，莫名其妙心一软：“你等了多久？如果我没有下楼，或者没有经过呢？”

“没有如果，你不是在这里吗？”

就在这时，他的手机忽然响起，电话那头似乎是个女人在咆哮。唐信任由她说完才应了一声知道了，然后挂了电话：“我要走了，要去工作。你快上去吧。”说完，他便走了，像他出现一样寂静无声。

她觉得自己很好，但所有人都觉得她并不好。

何婧现在也不像往常那样每日查勤，但多年来的习惯还是保留着，夜晚总会打寝室电话找她，或许也发现了不对劲：“你最近怎么每日恹恹的？没练琴吗？贝思远这几天也不知道怎么回事，排练老是出差错，幸好昨天有惊无险，那可是最后一场演出，好在完美收官。你是和他吵架了吗？”

陈初不想与何婧多谈论贝思远，说了句要去做作业便要挂电话，何婧知道她情绪不高，倒是没有再逼迫她。

陈初无法再提起贝思远这个名字，他就像一根卡在喉咙里的刺，吞之不下，吐之不出，硬生生地卡在那里，一开口就疼痛难当。

她的生活发生了翻天覆地的变化，生命里重要的两个人忽然被硬生生剥离，除去悲伤，还有不习惯和孤独。

好在她还有陆淼淼。

或许是因为那天将陈初惹哭，陆淼淼对陈初总怀着莫名的愧疚感，每日都像跟屁虫一样跟着她，图书馆、食堂、操场，陆淼淼一惊一乍的声音无处不在：“陈初你走慢点啊！”“我跑不动了。”“图书馆好无聊，我们回去好不好？我请你看电影。”

陈初不搭理陆淼淼，兀自埋头写作，陆淼淼也不生气，趴在旁边盯着她在键盘上敲字。

后来陈初才明白为什么有那么多人热爱写作。

那些无法表露出来的情绪，那些难以释怀的过往，那些痛苦、压抑的阴暗面，在文字里，她可以随心所欲地表达，没有束缚，毫无顾忌。

星海乐团为期三个月的全国巡演在夏天的末尾宣告结束。

何婧要回来的事情陈初早就收到消息，但她并没有去接机，因为她知道乐团有庆功宴，届时贝思远一定会去参加，她不想看见他。

那天她早早回了家，却不料推开家门，沙发上坐着熟悉的身影。

说熟悉，却也感觉有些陌生。

有段时间没见，他的头发剪短了一些，看起来干净利落，坐在那里低头看着手机，安静得像一棵树。陈初想要退出去，他却已经看见她，从沙发上起身，犹豫着没有走近。

陈初清晰地在他眼里看见了痛苦，就是那么一点细微的情绪将她定格在原地，使她错失最后逃逸的机会。

“陈初，你还杵在门口干吗？来厨房帮你爸打下手。”何婧的声音忽然响起。

陈初拖着麻木的步伐往厨房走，贝思远却越过她：“我也帮忙。”

他去厨房了，她就进房间，也不管何婧在身后喊自己，直到吃饭时间才从楼上下来。如果不是不想扫兴，她连饭都不想吃。只是，这餐饭终究没能好好吃完。

按照惯例，贝思远坐在她的对面，她一上桌便埋头吃饭，对于这一桌的欢声笑语充耳不闻。何婧实在心情好，没有顾得上搭理她。她想着把饭吃完就可以走了，对面却突然伸过来一双筷子，往她的小碗里放了一块糖醋排骨。

这是她最喜欢吃的菜，可这一刻，愤怒油然而生。

她将排骨扔到吐骨头的小碟子里，动作不小。

“陈初，你干什么？！思远给你夹菜，你有没有礼貌？！”这次开口的是陈洪恩，他向来脾气好，这会儿听得出动怒了，“你从回来到现在是什么态度？我就是这样教你的？”

她猛地撂了筷子：“我就是没礼貌！我连饭都不想吃了！”

椅子与地面摩擦发出刺耳的声响，陈初发现自己已经掩饰不下去，她无法再粉饰太平，愤然离席。

陈初自小听话，虽烂泥扶不上墙，但极少让父母操心，更别说这样大发脾气。但女儿终归是自己生的，秉性如何自己清楚得很，对于她平时的小心思，何婧都是睁一只眼闭一只眼，不去揭穿她的小聪明。向来打乖乖牌的女儿突然大爆发，何婧和陈洪恩都被吓了一跳。何婧看着女儿摔门而去，第一反应不是生气，而是担心。她正想追出去，却被贝思远拉住了。

“老师，我去找她就好。”

“你们吵架了？”她问。

一个是自己的女儿，一个是自己的得意门生，起初发现他们偷偷摸摸恋爱时，何婧是有些生气，但陈洪恩说，这样也挺好，不用担心自家的好白菜被猪拱了，更何况陈初也不是什么好白菜，好歹贝思远还知根知底。

陈副校长将自己女儿比成了白菜，何婧也不想承认自己的学生是猪。不过，陈洪恩的话不无道理，即便她现在还没把自己的学生看清。

他已经不是当初那个因为她说不收就在门口站一天，又为了她一句退步就不吃不睡拉上十几个小时琴的少年。他突然摈弃自己曾经的梦想，又不发一言地拾起，夜以继日地勤加练习，毫不生疏，轰动乐团，为她赢得不少脸面。她不得不承认他的天赋与勤奋世间少有，也不得不承认，她越来越看不清他的内心。

贝思远没看她，他垂下的眼睑掩盖了他所有的情绪。

“对不起，老师。”

“你们小孩子的事我也不想理了。”何婧有些疲惫地揉了揉眉心，“但是思远，我只有陈初这个女儿。”

她仅有这么一句，但该说的、不该说的都包含其间。

（5）

有时候陈初觉得自己的人生乏善可陈，生命中所有的际遇，拼凑起来不过几个关键词：南泽、小提琴、陈洪恩、何婧、贝思远和唐乐。

她生命中的大事、小事都与贝思远和唐乐有关，骤然间要将他们从自己的生命中剥离很是困难，而比这困难的，是改变长年累月养成的习惯。

比如，她不开心的时候会去的地方无非两个，隐匿在安置小区小巷子里的牛肉面馆，还有郊区江边废弃的铁皮屋。

贝思远推门而入的那一刻，陈初毫不意外，也没有生气，甚至笑了：看，陈初，他多么了解你，连你在哪里都可以毫不费心就猜到，也难怪至今你还被他拿捏在手、玩弄于掌心。

她吹了许久的江风，情绪早已稳定，这一次对上贝思远暗沉的眸子时，没有歇斯底里，也没有崩溃哭泣，只是她不允许他离自己太近。

“你不要过来。”

“陈初，江边冷，有话我们回去说。”

陈初冷笑了一声：“回去说？难道你真希望我们在我爸妈面前谈论你背着我和唐乐搞在一起的事情？”她知道自己说话难听，可话说出口后，她觉得畅快淋漓，“你们是什么时候开始的？”

贝思远摇头：“没有开始，从来就没有。”

“你现在还要对我撒谎吗？”

“不管你相不相信，从来都是我一厢情愿，自始至终唐乐都未给我回应。所以，你要恨就恨我好了，不要恨她。”

看，这个她爱了这么多年的人，现在就像个情圣一样表白，只是对象不是她。

贝思远和唐乐的故事陈初在脑海中构建过许多次，但纵然她发散思维，也绝对想象不出，故事竟然是那样开始的。

在那个故事里，陈初更像一个闯入者。

贝思远认识唐乐那一年是七岁还是八岁，他记不清了。

那一年，父亲单位裁员，父亲下岗了，原本就不富裕的家庭因此陷入窘境，当然父母不会在他面前提到这些事。他天资聪颖，自小便是家庭的骄傲，父母倾尽所有让他读南泽最好的学校，恨不得将世界上最好的给他，又怎么舍得让他知道家里的状况。

父亲依旧每天踩着点出门，却不是去上班，而是去外面找工作、打零工。原本不上班的母亲为此也出去上班，至于做什么，贝思远并不清楚。

他们小心翼翼地瞒着他，他便假装不知道，接受他们善意的谎言。

直到有一天，母亲哭着回到家，当夜便和父亲吵了架。当时他年纪小，却也听懂了母亲在抱怨生活的不公，抱怨父亲的无能，抱怨现在的一切。父亲只是沉默，老实地任她骂着。

可哭了一场后，第二天母亲还是出门了。

贝思远跟着她，到了南泽有名的富人区，看见母亲换了衣服在除草，才知道母亲是在做钟点工。他小心翼翼地躲在那座豪华别墅的后面往里望，唯恐被母亲发现，却有人轻轻地拍了拍他的肩膀：“你在这里干吗？”

他回头，看见一个个头和自己差不多高的女孩儿背着书包看着他，一时间有些局促。

“哦，你是那个阿姨的儿子？”

“嗯，我妈不知道我来，你别告诉她。”

女孩一本正经地点点头，然后转身进了院子。贝思远胆战心惊地看着她与母亲说话，心里骂她怎么出尔反尔，但母亲没有往这边望来。

他独自回了家，有些不开心，又说不出到底为什么。

又隔了几日，母亲小心翼翼地告诉他，父亲下岗了，现在换了一份工作，她也出去工作了，或许他们要换个住的地方。说到最后，母亲哭了：“思远，妈妈对不起你，没能给你好的生活。”

他想说，这样已经很好了，不读名校也没关系，可话怎么也说不出口。

再然后，他们全家就一起搬到那座大别墅去了，他的父亲成了唐家的司机，母亲则是专职保姆。唐家给了他家不错的待遇，就连他也分到一个挺大的房间，比原先在家里的都大，可他依旧不开心。

他知道她叫唐乐，还有个弟弟叫唐信。

贝思远在唐家住了六年，可他与唐乐说过的话寥寥无几。

她住的那层楼他从未去过，她有专职的司机接送，起初她遇到他还会点头微笑，到后来，她连话也不和他说，对着他的母亲也极少有好脸色。那时，贝思远讨厌透了这个女孩，讨厌她的骄傲、冷漠，讨厌她不自觉流露出的高人一等和盛气凌人的眼神。

这种厌恶一直保持到他们被赶走。

他已经不是什么都不懂的少年了，唐乐的妈妈没有像泼妇一样扯着母亲的头发让她滚，但眼睛里的嫉妒与恨他看得清清楚楚。母亲哭着喊冤枉，说自己和唐先生没有关系，十多年前是有过一段情，但现在什么也没有。她哭着不走，贝思远便扯着她离开，那是他最后的尊严。

从那座别墅离开时，他一点都没有留恋。不知出于什么心情，他回头看了一眼。他看见了唐乐，她站在自己母亲身边，紧紧地握着母亲的手，依旧没有看他，一个眼神也没有。

在车上，母亲抓着他的手问：“思远，你相信妈妈吗？”

他相信。

唐乐父亲膀大腰粗，出身贫困，即便现在成了南泽有名的企业家也还是洗不掉一身的粗俗和油腻，母亲那时候便是嫌弃他才会与父亲结婚，现在又怎么可能和他发生什么？她只是利用他对她的那点不甘和怀念，在他身上骗得她想要的东西：父亲的工作、儿子的重点初中名额，以及后来儿子与何婧的认识都是他牵的线。

贝思远清楚地知道，因为他和她是那么的相像。

离开唐家后，靠着唐先生牵线，他拜了何婧为师。也就是那一年，父亲像变了个人，开始酗酒。每每回到家，他都看到父亲醉醺醺地躺在沙发里，喝醉了便骂人、砸酒瓶，而母亲总是任由父亲发脾气，从不忤逆。偶尔他看不下去，对父亲发火，皆被母亲阻拦：“不要怪你爸，他心里也苦。”

贝思远看着母亲眼角的皱纹，拳头握紧了又松开。

那两年，他只见过唐乐一次。

南泽并不大，可也奇怪，他竟从未和她有过交集，唯一一次还是因为陈初。当时是暑假，她带着唐乐回家，他才知道，原来她们是朋友。那天他在琴房练琴，陈初和她在客厅看电视，叽叽喳喳，吵得要命，他却没听见她的声音。他借着去洗手间看了一眼，她高了不少，穿着简单的白T恤，像一朵芬芳迷人的栀子花。

她也看到了他，但很快又别开脸。

他已经不再是保姆的儿子，他已经是何婧的得意门生，可她依旧没有看他，犹如他还是那个站在墙角小心张望的男生。

贝思远觉得愤怒，却忍不住去看她，一眼又一眼。

后来听说唐家破产了，唐先生跑路了，他去找过她一次，却发现大别墅已经贴了封条，谁也不知道他们搬到哪里去了。她的消息还是陈初透露的，陈初回家红着眼睛哭了两次，告诉他她一家的境遇。

他想问他们去了哪里，却问不出，被陈初哭得心烦意乱，便拿纸巾帮她擦了擦脸。

再后来，再后来他便和陈初在一起了。

陈初是何婧的女儿，陈初喜欢他，相比于唐乐对他的视而不见，陈初的眼睛无时无刻不在注视他，专注而深情。

这再好不过了，虽然他仍旧觉得不开心。

谁也不知道会发生后来的事。那天他刚从陈家出来，坐车回家，也不知道为什么鬼迷心窍走了另一条路，或许是因为他从陈初的碎碎念中得知她的住址。

可就是这般碰巧，他遇见了她，同时还有那几个男人。他们拿着管制刀具，拖着她往小货车里塞，他也不知道怎么回事，明明讨厌她，却追了过去。

“哟，你的朋友啊？”

“男朋友吗？”

“那一起走吧。”

双手难敌众拳，他虽高却瘦削，被几个男人推搡着，毫无还手之力，挣扎反抗只换回拳头和巴掌，他觉得自己真没用。

他们一起被关到一间废弃的工厂。对方起初只是关着他们，不停地恐吓和谩骂，后来看到他的小提琴，无聊之下就起了逗弄之心：“哟，你还会拉小提琴啊？来，给哥们拉一段，好听就放你走。”

他信以为真，却没想到他们只是恶意逗弄他。整整十个小时，他拉得手抽筋，几近昏厥，他们仍旧不肯放过他。他最后的意识是她抱着他哭，跪着求他们：“不要折磨他了，我错了，我再也不敢了，利息马上还……”

被放走之后，他再也拿不起琴了，可他恨不了她。

他满脑子都是她的眼泪，和她那双冰冷的手。

向来未得到的都是最美好的，但凡已失去，终归最重要。

贝思远知道自己栽了，他爱她。

但于她来讲，他什么都不是。他们从那个废弃的厂房离开时，她叫住了他。他有些欣喜，却听见她说："你不要告诉陈初，这些事，你一个字也不要和陈初吐露。我不想让她担心。"

那一刻，贝思远竟然有些嫉妒陈初，他为了她落到如此境地，她却只惦记着陈初。

可他无法拒绝，只要她开口，他就不可能拒绝。

一如多年以后，他对她声嘶力竭，对她歇斯底里，希望她换份工作，不要那样折腾自己，可无论他说什么，她都无动于衷，但她可以为了陈初去找他："你知道何老师生病的事情吗？陈初这段时间吃不好、睡不好，估计要把自己逼疯了。你还能拉琴吗？算我求求你，再试一次，可以吗？"

他面上云淡风轻，心里却翻江倒海："你以为你是谁？我为什么要听你的？"

唐乐愣了一下，很快便道："这不是为了我，是为了陈初，为了何老师。"

——可我是为了你呀。

当然，这句话他永远不会对唐乐说。

最初强迫自己重新拿起小提琴，他接连做了一周的噩梦，不停地梦见在那个宽敞的厂房，他不停地拉着琴，稍一停顿便有鞭子抽在他身上。他的眼睛被蒙上了黑布，音节错乱也没人发现，耳边除了咿咿呀呀的琴声、恶意满满的笑声，便是唐乐低低的啜泣声。

每次噩梦惊醒，都是一身的汗，可他仍旧逼迫自己拿起了琴。

但这一些，唐乐永远不知道，也不会在乎。

那一天他结束演出后特别特别想见她，千里迢迢赶过去，她却说："你不要来找我，我不希望陈初误会。"

贝思远一口气差点没提上来，他扼住她的手腕，问她："你爱过我吗？"

可是，他没有听到她的回答。

……

"那你爱过我吗？"陈初听见自己颤抖的声音。

天已经黑了，她看不清楚贝思远的表情，只听见他沉重的呼吸声。

他没有回答，她却听见了他的答案，像悲怆的挽歌，撞击在她的心上。

"她从未接受我，在她心里，我永远比不上你。即便我为了她失去一切，即便我为了让她过得更好而战胜自己拿起小提琴，她也不会多看我一眼，无论是从前还是现在。所以，陈初，你要恨就恨我，不要恨她。"

他低沉的声音像一把烈火，将她燃烧，将她燃成灰烬。

7
Chapter

留白

起初她觉得背叛是最不可饶恕的，可现在，比起背叛，不爱这两个字更沉重，像枷锁，牢牢地桎梏着她。

纵然你爱他这么多年，他也仍然不爱你啊。

（1）

陈初回到家已是深夜。

这天是周三，陈洪恩要回校值班，何婧此次告别演出折腾了好几个月，又转了几次机，陈初以为她会早早休息，却不想刚在客厅坐下，房门随即被打开，她像一直在等待陈初。

客厅没有开灯，薄薄的纱帘透出微微的夜色和路灯的光，陈初发现向来保养得当的母亲面容憔悴，身材微肿，一点都不像那个精致优雅的何老师。她站在自己面前，像所有等待晚归女儿的母亲，生气又担忧："你去哪里了？怎么这么晚才回来？手机也关机了！陈初你知道不知道别人会为你担心？！"

见她缄默不语，垂头丧气，何婧原想发火，却看到她微红的眼眶，急了："怎么回事？哭了？贝思远呢？他不是说去找你吗？他欺负你了！"

何婧向来严厉，大约是想将陈初培养得如自己那般雷厉风行，从她小时候摔伤到长大生病，都极少在她面前露出着急、担忧的表情，就怕养成她娇惯的性子，但今日她太过反常，何婧一下子按捺不住，火急火燎就要去拿手机给贝思远打电话问问是怎么回事，却被她拉住了。

"妈，我没事。"

"你看起来不像没事，我给思远打电话。"

陈初却死死地拉着她睡衣的袖子："不要给他打电话，不要打。"

何婧也是这个年纪过来的，看陈初红了眼，又想起在餐桌上两人的互动，多少明白了些，一时间无法形容自己的心情，拂开了女儿的手："你们的事情我管不着，我也不想知道你们为什么吵架，但是陈初，你们认识这么多年了，贝思远对你怎样你也清楚，女孩子耍耍小脾气没有关系，但不能太过，别寒了别人的心。"

有那么一瞬间，陈初想狠狠地朝母亲咆哮，说：不是这样的，你看到的都是假的，他对我好不过是因为你，因为你是何婧，而我是何婧的女儿。

可是，她说不出口。

这些年何婧已经受了太多的苦，好不容易拨开云雾见青天，这番话对何婧来讲，无疑会将她从天堂拉到地狱，所以，陈初只能沉默地垂下了头。

房门"咔嗒"一声，客厅重新归于寂静，清冷的月光从窗外透进来，洒在她的脚下，摇晃的树影像在嘲笑她的懦弱、她的愚蠢。

是的，她一直这么愚蠢，否则怎么会像个傻子一样可怜兮兮地追问着贝思远，自取其辱："难道你自始至终都没有喜欢过我？"这一句话，她是带着哭腔嘶吼而出的。

可站在她面前的人依旧那么平静，她的悲伤、愤怒和歇斯底里并不能撼动他分毫，他完美得像雕塑，还能轻轻拭去她的眼泪，即便他擦干了又有泪涌出。

“陈初，对不起。”

“你不要和我说对不起，你有没有喜欢过我？”

“对不起。”

他像个复读机一样重复着，可越是这样，她就越愤怒。她拍打他的身体，咬他替她擦泪的手，对着他拳打脚踢，可他始终只有那一句——对不起。

对不起，我骗了你。

对不起，我不爱你。

陈初啊，真是对不起。

可是这三个字对她来讲并非救赎，而是深渊，让她痛苦不堪、生不如死。

起初她觉得背叛是最不可饶恕的，可现在比起背叛，不爱这两个字更沉重，像枷锁牢牢地桎梏着她。

纵然你爱他这么多年，他也不爱你啊。

“不爱我，不爱我，你为什么要和我在一起？不爱我，你为什么要对我好？贝思远，你别拉小提琴了，你去当演员吧！你的演技这么好，金马影帝、奥斯卡都是你的！”

她像个疯子一样往外冲，却被贝思远拉住：“天这么黑，你要去哪里？”

“你管我去哪里！别碰我！我觉得你脏，你虚伪，你恶心！”他的手缩了一下，却没有放。陈初力气不如他，只能拼命挣扎，无意间手背触上他的脸，发出清脆的一声“啪”。

两人似乎回到了十年前，那时他们第一次产生冲突，她也是不经意地打了他一巴掌。

历史与现实竟是惊人的相似，但这一次，陈初没有手忙脚乱地哭。

她用力地咬着唇，过了许久才稳住自己发颤的手：“贝思远，这是你欠我的。这一巴掌，是你欠我的。”

贝思远没有动，维持着原先的姿势，手还抓着她的衣袖。

“你可能觉得我卑鄙，我和你在一起的确别有所求，最初是因为你是老师的女儿，也因为我想借着你忘掉她。我一度想要向你坦白，可我没有勇气说出口，我怕你难过。”

“陈初，我知道我说什么你都不会相信，但我还是想说。虽然我是带着目的接近你的，但我从未想过伤害你。在我心里，我一直把你当妹妹，老师也永远是我的老师。”

“你把我当成妹妹，我可谢谢你！可我没有哥哥，我哥哥早死了。” 她觉得可笑极了，却怎么都笑不出来，“陈未从来没有让我哭，一次也没有。”许是她提到陈未，贝思远竟一下子松了手。她跌跌撞撞往外冲，贝思远也没有拦住她。

走出铁皮屋的时候，陈初不知出于什么心理回头望了一眼，只见贝思远站在那里，神情落寞、悲伤。有一瞬间，她竟觉得他有些可怜。

她不敢再看下去，急匆匆地跑，可他那双悲伤的眼一直停留在她的脑海中，怎么也抹不掉。

一直到深夜，她的眼睛一闭上，又见他悲伤地望着她。

陈初心烦意乱地起身去厨房灌了一大杯冰水，但仍旧觉得烦躁不堪。家中静悄悄的，她却怎么也睡不着，便蹑手蹑脚出了门。

入夜后的空气微凉，街上只有零星的车和人，她走了好长的路才从家里走到城市主干道，也不知道去哪儿，就在路边坐着。

偶尔有拉客的车停下来，车里的人搭讪了几句，见她不理不睬便疾驰而去，紧接着又来了车。陈初坐了一会儿，被烦得不行，见巷子里熙熙攘攘，开了不少酒吧，索性随便挑了一间比较顺眼的往里钻。

无论外面多寂静、冷清，夜晚的酒吧永远热闹非凡，陈初独自坐在角落，点了酒水后才发现，自己走得匆忙，忘记带钱包了，而现在什么年代了，这酒吧竟然还不能移动支付。

更加遗憾的是，从前在危急时为她排忧解难的两个人，此时她一个也不想找。

（2）

陈初没想到，陆淼淼会来得这么快。

起初她也只是抱着试试看的心态，毕竟两人交情不算深，还没达到可以借钱的地步，更何况还要对方亲自送来。接到电话的陆淼淼明显已经入睡，声音混沌，神志不清，听她阐明原因后却一下子兴奋起来：“你在酒吧啊？等我，我马上就到！”

“已经到门禁时间了，你出得来吗？”

那边的陆淼淼神秘兮兮地压低声音：“我在小叔叔家里呢，他还在书房加班，我偷偷溜出去。”还不等陈初说话，那边已挂断电话。

陆小公主来得很快，一条粉色连衣裙在夜里的酒吧特别显眼，她整个人洋溢着不同寻常的兴奋：“陈初你怎么一个人跑来喝酒，也不叫我？我从来没来过酒吧呢！”见陈初神色不豫，声音的热度慢慢降下来，“你不开心呀？不要不开心咯，我陪你喝酒。”

自从知道她失恋之后，小姑娘便总是用这样怜悯的目光看着她，小心翼翼地对她好，唯恐伤到她。她想要说“我一点都不可怜，不需要你的同情”，可话怎么也说不出口，只好拿起酒杯大口大口地灌酒。冰凉的液体顺着喉咙流下，却浇不灭她的心烦意乱。

别人喝了酒后话会变多，而她喝了酒越发沉闷，一句话也不说，兀自喝闷酒。

陆淼淼点了一桌子五颜六色的鸡尾酒，一杯尝一点，先是用舌头舔，再一点点地抿，难喝便皱眉吐舌头，好喝便眉开眼笑，多喝两口，像小孩子喝到了新奇的饮料。

一开始，陈初没将此放在心上，待到发觉不对劲，陆淼淼已经将桌上的酒喝得七七八八。鸡尾酒入口清爽但后劲大，她喝醉了也不哭不闹，乖乖地坐在椅子上，若不是陈初发现她眼神迷茫，和她说话也没有得到回应，还真没发现她醉了。

陈初自己也有些醉了，走路轻飘飘的，扶了好几次都没把陆淼淼从桌上扶起来。

酒吧里龙蛇混杂，陈初知道两个喝醉的女孩在这里有多危险，想着还是给陆寻那个侄女控打个电话为妙。

她翻出陆淼淼的手机打电话，电话一接通，她还没来得及说话，那边已经严厉质问："怎么这么吵？淼淼，你没在房间睡觉？怎么不说话？喂！"

陈初沉默了一会儿，还是决定老实交代："你好，陆……陆先生，我是陈初，对，就是那个陈初。你现在能来酒吧接陆淼淼吗？她喝醉了。"

电话那头很安静，安静到只能听到陆寻的呼吸声，似乎过了一个世纪那么久，陈初才听见他平静的问句："你们在哪里？"

等待陆寻来的时间，陈初心里是平静的，没有乱七八糟的事情，她唯一想的一件事是：陆寻来了，该怎么和他交代？

这等待的时间漫长得很，陈初已经遣散第三拨搭讪的人，可陆寻还没有来，她再次给他打电话。

"你们在哪里？我没有找到你说的那家酒吧。"

"在巷子里，进入西街后左拐。"

"我找不到，你出来接我。"陆寻说完就挂了电话。

陆淼淼在桌子上睡得沉，陈初叫不醒她，又搬不动，只好委托酒保帮自己照看一会儿，然后急匆匆出去寻陆寻。

这个时间，西街依旧熙攘热闹，灯红酒绿，男男女女，陆寻独自一人站在路中间，一身西裤与白衬衣显得突兀，与这里糜烂的氛围格格不入。

"陆寻。"她听见自己叫他，这个名字就这样自然地脱口而出。

他原本是背对着她的，听到声音随即转过头，一眼就望到了巷子尽头的她。

陈初穿着黑色的连衣裙，脚上却是人字拖，明明看着他，陆寻却觉得她的眼神迷茫，似隔着一层厚重的雾。他大步朝她走去，也不知道自己为什么走这么快，只是觉得如果慢一些，她就会这样消失不见。

这个念头刚浮现，陆寻就被自己吓到了，他瞪着陈初发顶的小旋，觉得有些糟心，对她说话的口气突然恶劣起来："陆淼淼呢？"

"她在哪里？"

陈初也不知道，为什么原本好好在这里睡着的人，现在竟然不知所踪，而她出去才几分钟。她酒醒了大半，抓住旁边吊儿郎当的酒保："我朋友呢？我不是麻烦你帮我看好她吗？我就出去一下下，怎么回来她就不见了？"

“哎哟姐姐，我怎么知道？我是答应你帮忙看着她，可我也有工作啊，没办法守着她啊！而且她一个成年人能跑到哪去，要么在酒吧里，要么出去了，你找找就是咯。”说着他随着音乐一晃一晃走了。

陈初这句“她才十七岁”就这样尴尬地卡在喉咙里。

“她在哪儿？”陆寻又问了一次，语气听似平常，表情看似平常，但陈初知道，他在着急，或者说是生气，他将袖子撸高，目光在酒吧里搜寻，“陈初，我问你，陆淼淼在哪里？”

“我不知道，我刚刚出去找你的时候，她还在这里……她的包也在。”

“你就这样把她丢在酒吧里？如果我没猜错，也是你将她带到酒吧来的吧！”

陈初知道自己错了，但慌乱和恐惧在酒精的作用下让她想为自己辩解：“是，是我叫陆淼淼来的，但是她刚刚喝醉了，你又找不到路，我就让酒保帮我看一下她，就这么一会儿，我不知道她怎么就不见了……”

“她才多大，你就唆使她半夜逃家来酒吧！要是她一个小女孩喝醉了，又被坏人带走了怎么办？这里这么乱，你以为有人会站出来帮忙吗？不会！压根没有人会理会别人的事！你就这样把她托付给一个陌生人……”他深吸了一口气，努力压制自己的怒气，“陈初，我现在……我现在真是……”

陈初觉得害怕，见他要去找那个酒保，怕出什么事，急忙上前拉他。他比陈初高一个头，手正抬高要去拉酒保，不料她站在他身后，他的手肘狠狠地撞到了她的鼻子。

陆寻估计也没料到自己会撞到陈初，回头一看她鼻子里有血渗出就愣住了。而她用手捂着鼻子，还在安慰他：“陆淼淼不会有事的，她不会有事的，一定还在酒吧，你不要生气，我们找找好吗？”

话音刚落，他们便听到一声尖叫：“陈初，你怎么流血了！”

那不是陆淼淼是谁！她醉眼迷蒙地站在桌子边，头发有些乱：“小叔叔，你怎么也来了？”

“你去哪里了？”向来温柔的小叔叔却没回答她，反倒质问道，“谁叫你乱跑的？”

她委屈得很：“我上厕所去了啊！小叔叔，我头晕，你别吼我了，我头好晕。陈初你为什么流血？谁打你了吗？”

陆淼淼摇摇晃晃要去拉陈初，却被陆寻一把捞住：“别动，站好。你没事吧，疼不疼？快把头仰起来。”后面的话却不是对陆淼淼说的，陆寻抓了一大把纸巾往陈初的鼻子上按，却被拂开。

陈初拿纸巾按住了鼻子，慢慢地往外走：“陆淼淼没事，没有被坏人抓走，你可以放心了吧？”

虽然她有错在先，但一确认陆淼淼平安无事，她的委屈和怨怼便随之滋生。虽然他是不小心伤了她，但她不想再去看那张令人生气的脸，兀自推开人群往外走。可她鼻子有些疼，头也晕晕乎乎的，每一步都走得异常艰难。

有那么一刻，陈初是嫉妒陆淼淼的。

陆淼淼才消失那么一会儿，便有人为了她差点拆了整个酒吧。而她呢，此时除了自己，再也没有另一个人可以依靠。

如果陈未在就好了。

他一定不会让她孤零零的。

（3）

出了酒吧，陈初死活不肯上陆寻的车。

“我自己回去就好。”

陈初身上有未散的酒气，陆寻不想与醉鬼争执，想干脆拖走她，又想到自己刚刚推了她一把，难得耐心地和她解释：“现在很晚，你打不到车，你还没钱。”

“我可以走回去。”

“那你应该要走到天亮。”

陈初没再说话，只是瞪着他，她也不知道自己为什么生气，只知道现在讨厌极了眼前的人，不想和他说一句话。

最后还是陆淼淼打破了这诡异的气氛，她的声音在夜里显得特别尖锐：“陈初，刚刚止住的鼻血又流了！”

陈初果然感到鼻腔一热，还没来得及堵住，已经有只手将她的头抬高，另一只手用纸巾帮她止血：“这样不行，去医院看看。”

之前在酒吧，灯光昏暗，他只看见她流了鼻血，此时路灯一照，她满脸凝固的血，看起来触目惊心。他小心翼翼地给她止血，只是轻轻一下，原本还乖乖站着的人突然用力挣扎起来：“疼，你能轻一点吗？”

陆寻只好放轻动作，扶着她头的那只手却没有放下来：“别乱动。”

“你别碰我。”陈初嚷嚷着，身体却不敢乱动。

鼻血止住了，但陈初的鼻梁还有些红肿，看得陆寻有些内疚：“我要和你道歉，不小心伤到你，现在可以上车了吗？”

“我不要坐你的车，不顺路。”

陆寻懒得与醉鬼讲道理，直接打开车门，将她塞进去。

陈初抗争了一会儿，觉得无效就乖乖坐在后座。她知道自己没大碍，只是鼻子被撞了一下，这会儿满脸血污回去，估计会吓到何婧。

“我不回家。”陈初边说边挣开陆淼淼，可原本还醉醺醺的人此时如临大敌般地钳着她的手臂，怕她会突然消失一般。

“我送你去医院。”

“我也不去医院，不就流鼻血吗，止住就好了。”她嘟囔了一句，头沉得厉害，靠着椅背闭上了眼，陆寻还说了什么她听不大清了，迷迷糊糊间倒是听见他的一声冷喝：“不要在车上睡觉。”

她眼睛睁不开，反驳道：“你自己晚上不睡觉就算了，还不让人睡觉，怪不得你失眠，心肠太坏了。”

恍惚间，她感觉有人在用力地晃动她，可是她的意识越来越模糊。

陈初第二次从这个房间醒来，谈不上熟悉，也不陌生，第一次是被狗舔醒的，这一次是被压醒的。

她一动弹，压在胸口那沉甸甸的重量随即消失。她对上陆淼淼同样蒙眬的睡眼，还没来得及说话，对方便像连珠炮一般发问：“你脑袋还疼吗？有没有感觉不舒服？想吐吗？要不要去医院？”

陈初摸了摸自己的鼻子，上面贴了一小块纱布，她却没有一点印象：“我为什么会在这里？”她顺势接过陆淼淼递过来的镜子，发现鼻子上的纱布还被剪成蝴蝶结，看起来有些可爱，又有些蠢。

陆淼淼先举起了双手否认：“这不关我的事，是我小叔叔帮你敷药的，再敷两次，瘀青就会散的。以前要是我受伤，我叔叔帮我包扎，我就要求系蝴蝶结，他连纱布都剪成蝴蝶结，多可爱。你昨天说不想回家，又不想去医院，我小叔叔就把你带到这里来了呀。我也记不清楚了，我就记得你在车上晕了，吓得我要死，不过我小叔叔说你是睡着了……”

陈初忽然想起一个问题：“为什么你小叔叔不让我在车上睡觉？上次是，这次也是，好像我睡着了是什么大逆不道的事。”

话一出口，陈初就觉得不对劲，原本还笑着的女孩突然默不作声，这种沉重的气氛在她们之间蔓延了许久，陈初才听见陆淼淼缓缓吐出一口气，似笑非笑，那种悲痛又带着嘲讽的表情陈初从未在她脸上看到过，但稍纵即逝。

“你说我小叔叔为什么不让你在车上睡觉？因为十年前，我小叔叔和爸妈一起去官塘参加晚宴回来，夜里很晚，又起了雾，小叔叔开的车，不知怎么出了车祸，当时我爸妈都睡着了。若不是他们太疲倦睡着了，或许车祸来临的时候还能够防备，可是他们睡着了。车里三人，只有我小叔叔一人生还。”

陆淼淼说这些话的时候，并没有看着陈初，而是盯着床单上的褶皱。

陈初不懂得如何安慰人，只是轻轻地握住了她的手：“对不起。”

“有什么好对不起的，那场车祸又不是你造成的。后来不停有人问我恨不恨我小叔叔，是他造成了我父母的死亡。陈初，你相信吗？我一点都不恨，因为小叔叔是我唯一的亲人。他自我有记忆起就陪着我，比我父母陪着我的时间都要多，况且那场车祸后，最痛苦的人就是我的小叔叔，他在那天之后就再也没睡过一个好觉。不停地有人在我耳边说他的坏话，可我谁也不信，我只相信他。因为他们都觊觎我手中盛娱的股份，只有小叔叔，他才是我唯一的亲人，真心实意对我好的，只有他。”

少女的目光坚定而执着，她对陆寻有着几乎崇拜的信任。

也就是在这一刻，陈初对陆寻的所有偏见烟消云散，甚至有一丝莫名其妙的感动与同情，但她不敢说出来，因为她知道，他并不需要。

他骄傲，敏感，固执，自我，蛮横。

可这一刻，她一点也不觉得他讨厌。

（4）

许是这个话题太过沉重，就连向来没心没肺的陆淼淼也不想继续。她忽然想起了什么：“原来陈初你有个哥哥啊？”

陈初心里一凛：“对，有个哥哥。你怎么知道？”

“你昨晚做噩梦啦，一直哭着叫哥哥别走，哭得稀里哗啦的，怎么叫都叫不醒。我怎么从来没听你提起过你哥哥？他来过学校不？”

“他已经过世了。”陈初顿了一下，“病逝。”

看来两人都不怎么会聊天，轻而易举便触碰到对方的痛点。陆淼淼僵硬地、干巴巴地又一次扯开话题：“你昨晚肯定没睡好，再睡一会儿。陆甜甜好像又在乱咬东西，我出去看看！”

陈初想和她说没关系，事情已经过去这么多年了，但她已经落荒而逃。

时间已接近中午，陈初走出卧室的时候，意外地看见沙发上的陆寻——那个会在早晨六七点去上班的重度失眠患者。

此时他正西装革履地坐在沙发，一只手翻文件，一只手给趴在他身上的陆甜甜挠痒痒。

一人一狗，异常和谐。

见陈初出来，陆寻微微抬头，目光刚与她接触便收回，继续看文件。昨夜两人的争执让此时的气氛有些尴尬，陈初局促地站在门口，进也不是，退也不是，只能干咳了两声：“昨天晚上麻烦你了。”

“鼻子还疼吗？”他问她。

“哦，没事。”她答。

无趣的问答之后又是沉默，陆甜甜倒是很喜欢她的样子，从沙发上跳到她脚边，不停地舔她的脚，她躲，它便追，以为她在与它做游戏。

陆寻好整以暇地坐在沙发上无动于衷，直到陆淼淼嚷嚷着“头疼死了”从洗手间出来，才解救了被扑倒在地的陈初。

“小小年纪，喝什么酒！”

“小叔叔，你怎么这么啰唆？我成年了。”

“陆淼淼小同学，你今年十七岁。去弄点姜茶喝，听说能解酒。”

“我不会，钟阿姨没来，你给我煮吗？”

叔侄俩一前一后进了厨房，狗亦步亦趋地跟着，陈初像突然被隔绝开来，这么融洽的氛围完全与她无关。她走也不是，留也不是，索性在沙发上坐下来，却发现手边陆寻刚刚在看的那份文件异常熟悉，拿过来一看，果不其然，是她的毕设作品——一个写了三分之一的青春故事剧本，先前她打印出来后放在了包里，这会儿不知怎么落在了陆寻手上。

“陆寻，为什么我的文件会在你那里？”

面对她气势汹汹的质问，陆寻显得很淡定：“昨天你的包没拉好，掉了出来，我顺手捡起来，忘记放回去，早上看到它放在桌子上，还以为是我自己的文件，就随便翻看了一下。”

他坐在那里一动不动看了那么久，却和她说“随便翻看了一下”？

陈初并非生气，只是有些羞恼，像小学生写的日记被父母翻到了，那些本属于自己一个人的美好和阴暗一下子暴露在阳光下，让她不知所措。

但陆寻显然没有窥人隐私后的内疚，反倒一板一眼地点评：“人物对白不够生活化、口语化，忽略了人物肢体语言的表达，主要人物和次要人物的戏份不平衡……”

他不说还好，一说，陈初几乎无地自容。

没有人喜欢被批评，更何况他的点评这么犀利，一针见血。

就在陈初想将本子甩在他脸上，对他吼“不好看就别看了，还看那么认真，为的就是羞辱我吗”的时候，他话锋一转：“但故事还算不错，有爆点，能引起共鸣。你愿不愿意和盛娱合作，把版权卖给盛娱，把它当作一个项目好好做？”

“啊？”她一时间还未反应过来。

“你不用现在给我答复，好好考虑一下。”

他表情认真，并不像在说笑。

可陈初仍觉得难以置信，狐疑地盯着他：“你有什么阴谋？”

陆寻这一刻真想将她的脑袋拆开，看看里面装的是脑浆还是糨糊，可又想到让她受伤的是自己，只好劝告自己要忍耐。

“下半年盛娱有个青春电影的项目，一直没有找到合适的剧本，恰好你的本子合适。”他这样说。

那是一个很普通的中午，陈初记得很清楚。

她的脑袋还因为前一夜的强烈撞击而疼痛，她的情绪还停留在被否定的沮丧中，而陆寻的话像一把钥匙为她打开了一扇新的大门。

前方是花园还是荆棘，陈初不得而知，但她义无反顾地推开了那扇门。

那个草率的决定改变了她后来的生活，将她从原来的世界拉到另外一个截然不同的世界。

很久很久以后，陆寻问陈初："后悔吗？"

"不。"

她坚定的语气，和当初说"好"时一模一样。

她只有一个要求："能保留这个名字吗？"

"听说我们不曾落泪。"他沉思了一会儿，然后说可以。

陈初离开陆家的时候，陆寻问她："你为什么要写这么一个剧本？后面呢？会有什么样的发展？"

陈初想了很久，最终摇头，回答不上。

最初她只是想写一个微电影剧本作为自己的毕业作品，而后爱情与友情的背叛让她将它当成了宣泄口，也融入了自己对命运的希冀。

听说我们不曾落泪，因为你不曾体会过我的伤悲。

回去的车经过星海乐团总部，陈初坐在车上，望见门口张贴的巨幅海报不知何时换成了贝思远的，他站在明亮的舞台上，挺拔的身姿像一棵骄傲的树。

陈初从兜里掏出手机，发了最后一条短信，然后将贝思远的名字拉入了黑名单。

她的短信只有五个字——我们分手吧。

至于贝思远有没有回复，又回复了什么，于她来讲已经不重要了。

闹过、哭过、醉过后，一切要翻开新的篇章，虽然心有不甘，但她永远不会让自己变成一个笑话。

她是陈初，她也有自己的骄傲。

唯一的遗憾是，她把自己未完成的剧本卖出版权这个好消息，没有人能与她分享，只有陆淼淼知道之后一遍一遍追问："故事里的人应该都有原型吧？你把我写成了怎样的？女主角那个很漂亮的室友，很受欢迎那个就是我吗？"

陈初不忍心告诉她，那个每日追星的脑残粉才是她。

看在她这么可爱的分上，陈初决定最后要给那个人物一个好的结局。

（5）

接下来的事情快得陈初措手不及，先是签约，密密麻麻的条款让她看昏了头，而后是开会，在一个巨大的、封闭的会议室里，她坐在角落里听着投资方、制片人、导演逐一发言，没有人注意到她，她唯一要做的事情便是听着他们五花八门的意见和建议，将那个剧本改成他们想要看到的。

《听说我们不曾落泪》虽然是她的作品，但她并非总编剧，作为初出茅庐的新人，她能够署个名已经了不得了。

起初她也试图争取，为某些角色和情节，但她的意见得不到任何人的认同。

"这个人物的存在只是一个笑柄。"

"这种东西市场完全不需要！"

“谁要花钱看这像狗屎一样的情节？”

制片人和总编剧并没有因为她是女孩子而口下留情，三言两语就否定了她的所有努力，相比之下，那天陆寻的挑剔显得温柔太多。最后她是哭着离开会议室的，接着她直接冲进陆寻的办公室：“既然我的东西那么差劲，那为什么还要拍？我不干了！”

陆寻直接将合同甩在她面前：“不干可以，请支付违约金。”

那笔钱于陆寻来讲并不多，于陈初而言却是庞大的数字。她怔住了：“这不是霸王条款吗？”

“可合同是你签的。陈初，你是成年人，既然做了决定就要对自己负责，反悔总要付出代价的。我知道要接受否定很难，但社会就是如此，只有强大了，你才有资格说话。”

他说的并没有错。

再多的道理都比不上一次碰壁学得多。

第一次她固执己见，第二次她沉默对抗，第三次、第四次她已经可以咬牙接受并且埋头修改。

开会这东西，说是各抒己见，但每个人更多的是坚持自己的想法，谁也不愿意被否定，因为一个角色、一个场景而起争执也不是没有。陈初看着他们争得面红耳赤，却插不上话，那些从她笔下走出去的人物也变得陌生。

她在这偌大的会议室里显得孤立无援，唯一认识的人只有陆寻，遇到问题时总会下意识朝他看去。说来也怪，几乎每一次她看向他的时候，他都会恰到好处地转过头来，虽然眼神停留的时间并不久，但像给她打了一针强心剂。

明明他不是非常熟悉的人，明明前段时间她还对他怀着偏见，现在她却将他当成了救命稻草，可惜他并不是经常出现。他是决策者，这样的项目会议他并不是每场都参加。

最长的一场会议长达六个小时，离开会议室时已是深夜，整栋大楼静悄悄的，只有零星几个窗口亮着。陈初有些犯晕，原本只是精神疲倦加低血糖，却不料从电梯里出来后越来越晕，险些栽倒在地，幸好有人从背后拉住她的手臂，她才不至于以头抢地。

“哪里不舒服？你一直捏鼻子，是又疼了吗？”

陆寻的西装搭在肩头，衬衫的扣子解开了好几个，眼中都是血丝，眼下一块青色衬得他有一种迷人的颓废感，看起来也是刚结束高强度的工作。原先她只知道他热爱上班，没想到他还热爱加班。

见陈初没说话，陆寻又问了一次：“是不是还疼？”

“啊？”陈初过了好一会儿才明白他问的是上次他不小心撞到她导致受伤的鼻梁，下意识又摸了摸，“没事，只是小伤，已经好了很久，一点都不疼。就是有点累，就捏捏放松一下。”

然后两人又都不说话了。

似乎在那一夜之后，他们就没有再针锋相对，更多的是诡异的尴尬。

纵然在商场和娱乐圈浸淫这么些年，陆寻对陈初亦束手无策。她是他侄女的同学，虽然她们年纪相差不多，在他看来，她也只是个小女孩，但每每遇到她，总会有突发事故，让他一次次在她面前失控。

那天出手伤了她之后，他一直有些内疚，所以多多少少想补偿她。

今日她背了一个巨大的双肩包，也不知道里面装了什么东西，鼓鼓囊囊的，沉甸甸地压着她，让她看起来可怜巴巴的。

“你去哪里？”

“啊？哦，我回学校。”她似乎在神游太空，看起来不在状态。

“送你吧。”

陈初想拒绝，可陆寻已经出了盛娱大楼，他的车早就等在门外了。这会儿已经没有回校的班车，出租车也少得可怜，比起漫天要价的黑车，陆先生的豪车明显舒适得多，况且他也不像以前那般难相处了。

盛娱与南泽大学之间的距离并不短，陈初困得要命，但坐在陆寻边上不敢睡，生怕又被他弄醒。这些日子与他接触多了，陈初越来越觉得他是个精力十足的人，早晨早早上班，晚上加班到深夜，这会儿上了车，又打开电脑开始办公。

“你是不是真的不用睡觉？”

问完她就后悔了，觉得这个问题很蠢，果然，陆寻毫不客气地朝她翻了个白眼：“你以为坐在你面前的是吸血鬼吗？”

“那你到底要不要睡觉？”她又问。

陆寻觉得每次面对她，精神都是崩溃的，不老老实实回答她的问题，她是不会罢休的，于是回道：“要睡觉，有时候白天会在办公室小憩。一天睡三四个小时吧，多的时候四五个小时。”

“那你为什么看起来一点都不累，永远精力十足，像个钢铁人？”

她的声音很轻，几近呢喃，陆寻一直没回答，她以为他没有听到，直到车停在了南泽大学女生寝室楼下，她的手触碰到门把才听见他说：“永远不要把自己脆弱的一面呈现在别人面前，那除了让你死得更快，没有别的好处。”

陈初愣了一下，才反应过来这是他对她之前问题的回答。

这应该也是他对她的忠告。

一直以来，她活在别人的庇护中，浑浑噩噩，得过且过，直到受到伤害与冲击，明白并不是所有人都会陪伴在身边才开始想要独自闯荡，像手无缚鸡之力的书生忽然被推上战场，孤立无援，束手无策。

她与父母讲起自己的剧本签约了盛娱的事，他们都当她在闹着玩，何婧甚至有些生气：“大把的时间不去练琴，弄那些有的没的做什么？当初也不知道怎么想的，报了这个专业，简直是鸡肋。过段时间没课了，要么我在星海给你找个文职，要么看看能不能让你爸爸给你安排留校。”自贝思远复出后，何婧不再逼迫陈初练琴，但对她的掌控仍旧不松懈，“听我的没错，陈初。”

“我不要，我都签约了，我想做自己喜欢的事。”这是陈初第一次大声地反驳母亲，“妈，我都二十多岁了，我不可能永远活在你的庇护下，我想做自己擅长且喜欢的事。”

“以前也没听你说喜欢写作，都多大了。”何婧依旧不认同，“你做什么事都是三分钟热度，我还不知道你。”

“妈，我会向你证明我的能力，我能靠自己赚到钱。”

她在父母面前大放厥词，实施起来才发现，一切是那么难。

在社会里，没有人会因为你年纪小而宽容你，更不会有人因为你的眼泪而给予你怜悯。一如陆寻所说，将脆弱暴露在阳光下没有任何好处，只会给人攻击你的机会。

失眠了好几日的陈初，这个夜晚意外地好眠。

将睡未睡之际，她忽然想到了陆寻，不知道他是不是又失眠了。

8

Chapter

信仰

伤害这东西，并不都是突如其来、猝不及防的，它更像温水煮青蛙，在不知不觉中将你毁灭。

（1）

这段时间，在陈初刻意的忙碌中，那些糟心的事情终于翻过去了。

贝思远没再找过她，唐乐倒是给她打了好几个电话，被她拒接后发了很多短信，没有什么内容，大多是问她最近好不好，再者便是告诉她换季了，照顾好自己。

她记得最清楚的一条是唐乐在一个深夜发来的语音，背景是酒吧震耳欲聋的音乐声，她听见唐乐小声地嘱咐："这几天天气不好，你注意别着凉，这个季节容易犯鼻炎。"顿了一下，又说，"陈初，你是我唯一的朋友，我不想失去你。"

认识这么些年，陈初偶尔心血来潮会对她撒娇，而她感情内敛，这样的表白从未有过。无数次陈初缠着她问，"我是不是你最好的朋友"，皆被她一巴掌推开，而现在，她沙哑的声音响起，击中她心底最柔软的那一块。

陈初几乎被打动，可闭上眼，楼梯间那一幕又浮现了。

她一股脑将语音全部删除。

唐信也给她发了不少信息。他从不问她好不好，也没再提及那些不开心的过去，只是每每在网上看到什么不错的文章便一键分享给她，还来了一次学校，给她买了一大罐姜茶，说是天冷了，预防感冒。

陈初不讨厌唐信，却有些害怕和他见面，因为他总会让她想到唐乐，姐弟俩太过相像，无论是说话方式还是性格，很容易让人联想到对方。

陈初拒绝，唐信也不紧紧相逼，还是偶尔会发一些不痛不痒的文章给她。

陈初在盛娱遇到唐信，已经是很多天后的事情。

这段时间她虽奔波在盛娱与学校之间，但每次来都是关在会议室里，对盛娱内部并不熟悉。遇见唐信是在一个下午，她要去七楼的某个办公室找制片人，却按错了电梯楼层键，莽撞地闯到八楼，还在纳闷制片人的办公室怎么会凭空消失，然后就看到了唐信。他估计刚从摄影棚回来，站在走廊上与人说话，脸上的妆还未卸，看起来甚是陌生。

两人这段时间虽然断断续续地联系，但陈初不曾告诉他自己的事，此时碰见他忽然有些做贼心虚。她正准备走，他却已看见她，有些兴奋地叫住了她："你怎么在这里？来找我？"说完他就知道不对，因为曾经有狂热的粉丝闯入盛娱偷拍艺人，早在好几年前，盛娱的电梯里就加了刷卡装置。

陈初进也不是，退也不是，简明扼要地将自己出现的原因说了一下，唐信显然很惊喜："你真棒！那以后岂不是会经常遇见你？可惜我这段时间去外地参加活动，不然一定能早些知道这个好消息。"

唐信的坦然让她更加觉得自己心眼小："已经签约好长一段时间了，我就是一时想不到，没和你说。”

“没事，现在不就知道了吗？”唐信倒是从容许多，问她，“休息室有个小阳台，要不我们去那里坐坐？”

她还没来得及告诉他自己有事，刚才和他说话的女人打断道：“Aaron，你三点钟要去拍宣传照，现在已经两点四十了，该准备准备了。”

唐信的好兴致并没有被打断，他甚至不曾看那女人一眼，兀自对陈初说：“我们很长时间没见，好好聊聊。”

“可是你有事。”

“没关系。”

“不，我也有事，你去忙吧。”

在这里，他不是唐信，他是Aaron。

才几个月时间，两人便以截然不同的身份和立场面对面。陈初怕制片人久等，匆匆与他道别，他似乎还要说什么，但身后经纪人模样的女人已经将他拉走：“Aaron，你忘记自己答应过我什么了？”

她还在原地，唐信仍与黄苏子在纠缠，眉间有着蓄势待发的烦躁，但终究压抑下来。他频频回望，像有话要讲，但她等了许久，也没听他说什么，他只是朝她挥挥手，被经纪人半拉半哄带进办公室。

从前懵懂、自我的少年，而今也能独当一面了。

而她呢，就算到了现在，还是没能做成一件大事。

陈初站在午后洒满阳光的走廊上，看着忙碌穿行的人，忽然觉得自己与这里格格不入。她有些不明白，自己不过二十二岁，为什么突然会有迟暮老人悲凉的心境。

她拍拍脑袋，把这个念头甩出脑子，正准备往楼梯间走，却看见一行人匆匆从高层的独立电梯出来，陆寻就走在最前面，旁边的秘书正在和他说话，高跟鞋嗒嗒嗒地敲打着地面。

她下意识侧身让开，盛娱不乏美女，像她这样学生打扮、其貌不扬的实习生更是数不胜数，没有人注意到她。可就在她往电梯里走的时候，走在最前头的陆寻突然回过头来，越过层层叠叠的人头朝她望了过来。

只是一眼，很快他就随着人群消失在走廊尽头。

可就是那平平静静的一眼，让陈初一整个下午都心神不宁。她不停地在内心揣测，陆寻那一眼是否别有深意，是不是什么警告或者提醒，否则他怎么一眼就盯住了她，以至于制片人和她说话的时候，她走神了好几次。

“什么？”

“我和你说话呢，你到底在想什么东西？这场戏要重写，说了好几遍，怎么就写出这种东西？”

那天，陈初直到天暗下来才从制片人办公室离开。

下班高峰期已过，盛娱大厦没了喧嚣，寂静冷清，只有零星的几间办公室还亮着光。陈初刚被导演削了一顿，心情沮丧，收拾了东西准备离开，却突然听到手机响，只是一下。

她手中拎着电脑，又以为是骚扰电话，就没有掏出手机来回拨过去，进了电梯发现是本地号码，想拨回去却没有信号，索性没有理会。

从电梯间到门口只有两三百米的距离，她向来走路很快，可那天不知是什么原因，她走得很慢，也说不清为什么，她总觉得有事要发生。果然，她走到大堂，有人在背后叫住了她："陈小姐，麻烦稍等。"

那个是个三十来岁的男人，面容严肃，西装革履。大堂的灯亮得刺目，让她有些恍惚，一时间竟认不出他是谁。

"我叫顾珏宇，大家都叫我小顾，陆先生让我来找你。"

陈初这时才想起，眼前的人是陆寻的特助，她见过他好几次，只是每一次他都是沉默地跟在陆寻身后，像个隐形人，存在感极低。她听到陆寻的名字，又想起下午他那若有若无的眼神，不知怎么竟有些紧张，下意识地站直了身子。

顾珏宇的年纪看起来比陆寻还要大一些，让她叫小顾是不可能的，一时间她也不知怎么称呼他，只是点了点头："请问有什么事？"

或许她这如临大敌的样子太可笑，他笑了笑，想要她轻松一些："没什么事，是陆先生想要你陪他参加一个晚宴，让我来接你。"

陈初向来不怎么化妆，因为出门急促，此时身上就穿着衬衫裙和牛仔外套，脚上一双帆布鞋，顾珏宇的话让她更加慌乱："参加晚宴？现在吗？我穿成这样……"

"衣服的事情不用担心，陆先生已经安排好了。"

陈初想不通，以陆寻的身份和地位，想做他女伴的人数不胜数，他会来找她让她觉得奇怪。她虽没说，但顾珏宇看出了她的疑惑："陆先生向来不爱应酬，偶尔有推不开的场合也都是陆小姐陪着，但这几天陆小姐生病不舒服。"他虽没有点破，但陈初听懂了，陆寻从不带女星参加宴会，平时带的女伴都是自己的侄女，此次来找她，是因为陆淼淼病了。

至于他为什么找自己，陈初不得而知。

她在盛娱这段时间，基本没听过陆寻的绯闻，越接触，越觉得他颠覆了自己最初的认知。

起初她觉得他是个无所事事、不学无术的公子哥，对他印象极差，接触下来才知道他是个恐怖的工作狂，每天上班都是早到晚退，加班也是常有的事。她之前在医院见过不同的女生帮他推轮椅，打从心底觉得他是个风流的花花公子，现在却发现他并不是，他的温柔只留给他唯一的侄女。

有时候她也觉得奇怪，有的人一开始给你美好的印象，越相处却越发现不过尔尔；

有的人第一眼你觉得不顺眼，越接触却越惊喜。

后来她像开玩笑一样同陆寻提起这个，他的话她一直记得清楚。

“人就像一颗颗五彩斑斓的糖果，不剥开包装纸，不尝到味道，你永远不知道它是不是你喜欢的味道。”

她想问他，他喜欢什么味道，却好几次都没问出口，就怕一开口，听到的不是自己想要的答案。

（2）

陈初和顾珏宇回到盛娱，已是两个多小时后。

在这说长不长、说短不短的时间里，她被顾珏宇带到了南京路的某奢侈品店，像人偶公仔一样由着店员摆弄。

她换了一身黑色的小礼服，化了妆，披肩的头发也被盘成了简单的公主头，就连她脱下的衣服都被叠得整整齐齐装在纸袋里。

她坐在陆寻的车上，他拉开车门那一霎似乎愣了一下，很快又恢复正常的神色。她理解，她换好衣服出来看自己也觉得陌生，就像另外一个人。

陆寻上了车，两人也没打招呼，陈初向来讨厌这样尴尬的气氛，只好主动开口：“听说陆淼淼病了？”

陆寻面色凝重地点头。

陈初被他吓了一跳，声音提高了不少：“很严重吗？前几天看见她，不是还好好的？”

“很严重。”

“什么病？”

“脑残。”陆寻揉了揉眉心，“因为我说了她几句，她一赌气就好几天不说话。我真想知道，像你们这个年龄的小女生脑子里装的都是什么东西。”

陈初下意识反驳：“我和她不是一个年龄层，我比她大好几岁呢！”

“不都一样？”

“不一样。”陈初不知道自己为什么这么坚持。

“哪里不一样？一模一样地执拗，真让人头疼，不知如何是好。”

他就像一个苦恼的父亲，对处于青春叛逆期的孩子束手无策。

陈初一时无言以对，只好转移话题：“我们要去哪里？”

“去参加一个晚宴。”

“很重要？”

“普通晚宴，但不知是哪个无聊的人规定一定要带女伴。”他的脸色并不好看，眼下的青痕似乎比上次更深了，也不知道多久没有睡觉，整个人显得疲倦又烦躁，可纵然这样，他依旧不肯闭上眼睛休息，清澈的眸子在昏暗的车厢里特别明亮。

“为什么看我？”他突然问。

“你不看我，怎么知道我在看你？”

“我知道。”他声音很轻，却有些得意。

陈初想起，在陆淼淼生日那次，她才走近他，她才碰到他，已经被他狠狠推开。这个人，好像任何时刻都披着冰冷、僵硬的盔甲，防备心十足。

到了目的地，陈初才知道，陆寻所说的“普通”与自己想象的有着巨大的差别。

陈初的家境在同龄人中向来算不错，虽算不上大富大贵，但自幼物质条件都算不错，她从未觉得自己与陆寻有太大的差距。

但当她站在女装店里看着店员的眼神从原先的不屑转换到谄媚的时候，当她看到身上晚礼服的价格的时候，当她与陆寻一起站在那艘豪华游轮上的时候，她清清楚楚地感觉到她与他之间的差距。

那种差距并非来自金钱，而是来自阶层，是从一个阶层到另一个阶层的跨越。

那艘游轮就停靠在海边，明亮的灯饰，豪华的装饰，看起来就像一座辉煌而梦幻的海上城堡。港口往来的都是豪车，堪比车展，通往游轮的通道还铺上了红地毯，男男女女无一不是盛装打扮。

饶是见惯了大场面，此时陈初还是有些紧张，连陆寻伸出手都没反应过来，还是他提醒，她才轻轻挽住他的臂弯。

踏上了游轮，陈初才知道为什么陆寻要让她陪着他参加晚宴，因为每个出席晚宴的男嘉宾都带着女伴，或歌手，或明星，或模特，甚至有她在八卦杂志上见过的名媛。至于他为什么不找女星陪着他，她便不得而知了。

陈初问陆寻：“你是不是怕被人拍照传绯闻呀？”

陆寻朝不远处努了努嘴，陈初恰好看见被保镖围住的男人。此次活动的主办方没有邀请记者，但还是有漏网之鱼偷偷潜入，不过很快便被拦住了，甚至相机都被砸坏了。

“收走内存卡就可以，何必砸相机？那可是别人生存的工具。”

陆寻不以为然：“都声明拒绝记者了，还是有人冒死吃河豚。既然做了，就要付出代价。”

话是如此，但陈初仍旧觉得不舒服，以至于接下来始终心不在焉。

她挽着陆寻的臂弯，随着他在这座豪华“堡垒”上游走，它大得像个迷宫，除去舞厅、剧院、餐馆和酒吧等等，还有篮球场和水上游乐园。她不想表现得没见识，始终保持着镇定，但其实陆寻压根没机会注意她。

从宴会大厅到甲板，无论他走到哪里，都有认识的人。他就像一颗陀螺，从这里转到那里，又从那边转到这边，酒杯拿起又放下。

她从未见过这样子的陆寻，谈吐大方，彬彬有礼，完全找不出从前对她咆哮和恶言相向的影子。他们谈论股票、房地产甚至石油等经济发展，无一不是她听不懂的。

而她，只是他带来的女伴，与这游轮上争奇斗艳的女孩一样，只有附属价值，看着他们谈天论地，推杯换盏，除了微笑，还是微笑。时不时有目光落在她身上，或探究，或不屑，仿佛她是陈列在货架上的商品，自始至终都没人与她搭话。

虽然感觉不自在，但陈初并没有觉得难堪，因为她本身就不属于这个地方，或许今日之后，她也不会再来。

她就这样跟在陆寻身后，不是站着就是走，到最后穿着高跟鞋的脚几乎在发颤，每走一步都像踩在棉花上。下楼梯的时候，她不小心崴了一下，幸好陆寻搀住了她："没事吧？"

他靠得很近，一开口，酒气扑面而来。

这短短的一个多小时，陆寻并没有吃什么东西，酒倒是喝了不少，一杯接一杯。陈初以为他酒量好，这会儿才发现并非如此，他的眼神已经不甚清明，反应也慢了许多，说话慢吞吞的，像是一个字一个字往外蹦。

"你喝醉了？"陈初问。

"没有。"他说，语速依旧很慢。

陈初觉得他喝醉的样子特别好玩，便伸出三根手指逗他："这是多少？"

酒会的灯光是暖黄色的，衬得陆寻面部轮廓柔和了不少。他没有喝醉，陈初却像逗弄小孩一样和他说话，偏生表情还特别认真，他一时间也不知该作何反应，就这样盯着陈初看，专注又暧昧。她被他看得不自在，明明没喝酒，面部却微微发烫。她急忙收回手，却被陆寻拉住："你手上有茧子。"

她不好意思："哦，练琴弄出来的。"

她以为他会问下去，或者放开她的手，可是他并没有，而是这样拉着她的手在角落的桌子边坐下来，微微阖上眼，睫毛又密又长。

"你喝醉了。"陈初笃定道。

"没醉，就是有点上头。"他淡淡地说完，没再开口，呼吸平稳，像睡着了一般。

陈初百无聊赖，这个喧闹、豪华的宴会与她毫无干系，顾珏宇只送他们到港口，唯一认识的陆寻却在这里睡着了。她肚子有些饿，想去自助餐区取些东西吃，陆寻却将她的手紧紧地拽着。

她觉得他是故意的，不然睡着的人怎么会有这么大的力气？

下一秒，陆寻亲自验证了她的猜测，因为刚有人走近，刚叫了一声"陆二"，他已经睁开了眼。

那是个年轻的男人，身形削瘦，长相帅气，一身黑色西装衬得他英姿勃发，眸子黑得发亮，犹如黑色便是他的代名词。

陆寻一见来人，也不起身，懒散地瘫坐着。

"有事？"

"没事就不能叫你了？你这是什么态度，喝酒了？"

“我对你就这态度。”陆寻话语僵硬，口气却轻松自然，与之前应酬的态度截然不同，两人一看便关系匪浅，“对你这种没良心的人，我就是这样的态度。”

男人也不恼，顺势坐在了陆寻旁边的椅子上，又不住地打量着陈初：“淼淼那小丫头呢？你不是只带她参加晚宴吗，说女人都如狼似虎，特别可怕，心机还深，还大言不惭地嘲笑我，现在呢，怎么自己咬自己舌头了？”他说话的时候丝毫不避讳陈初，反倒一副看好戏的样子。

“我和你不同，别将我和你混为一谈。”陆寻说完不再理会他，又闭上眼睛假寐，留下陈初与男人面面相觑。

还是那个男人先伸出手：“傅亚斯，算是陆寻的发小吧。”

陈初手刚伸出去，就挨了陆寻一下：“不要和这家伙说话，招蜂引蝶，狼心狗肺。我说傅亚斯，这是陆淼淼的同学，你们差着辈分呢。”

“你不也和人差着辈分？”傅亚斯笑道。

“什么？”陆寻没听清。

他没听清，陈初却听到了，想解释，又想人家说不定没那个意思呢，自己一解释更像自作多情。

她这边纠结着，那边傅亚斯已经将酒杯递给陆寻：“还生我气呢，这都多少年了，比女孩子还小气。”

被他这么一说，陆寻当即沉下脸来：“你才小气。”

“那不小气，不记仇，喝酒吧。”

“他喝醉了。”陈初下意识解释。

“我知道，但凭什么他和别人喝到醉了，却不和我喝？”

敢情这也不是个好说话的主。

见陈初急了，傅亚斯倒是笑了：“他喝醉了，不喝，那你和我喝。”

“好。”

话音刚落，陈初便察觉两道目光同时落在自己身上。

戏谑的，是傅亚斯的。

深沉的，是陆寻的。

像悬挂在头顶的灯，照得她脸颊发烫。

（3）

陈初也想不通，那个晚上自己为什么要帮陆寻挡酒。

或许是因为傅亚斯的激将法。

或许是因为陆寻喝醉的样子看起来有些可怜。

又或许是因为她自己也想喝酒了。

总之，她接过了傅亚斯递来的酒杯，陆寻也没有阻拦，冷眼旁观。

好在他递过来的是香槟，味道很好，陈初抿了一小口，就干了。傅亚斯当下就乐了，说陆二喝酒从来没这么痛快，来，再来一杯，喝到第三杯，不喝了，目光也不知道飘向哪儿。陈初一看，远处有个女孩正看着这个方向，见她看过去，远远地朝她点头微笑致意。

女孩不是那种非常漂亮的长相，却有一种别样的吸引力，让陈初又忍不住朝那边望了望，即便这样感觉非常不礼貌。

傅亚斯朝那边打了个OK的手势，此时脸上的笑容比之前深了几分，临走时微微靠近陈初，低声道："这家伙估计还在生我气，我劝他不听，你让他少喝点。"

陈初觉得好笑，心想：刚刚劝酒的不就是你。

可她没说出来，因为人家已经走了，留下一个墨色的背影。她看着他朝那女人走近，两人身高有一点差距，他低着头和女人说话，末了伸出手在对方鼻尖轻轻刮了一下，很快收回。

平淡无奇的互动，陈初却看得专注，连陆寻叫她都没有听到。

陆寻顺着她的目光往傅亚斯的方向看，嘲讽道："人家结婚了，那边就是他的老婆谈夏昕，孩子都快生了。别看人长得帅就被勾了魂，他不会喜欢你的。"

"我哪有！"陈初疑惑，"傅亚斯不是你朋友吗，你怎么看起来好像很讨厌他？"

陆寻一副深恶痛绝的模样："不要再提他。"

陈初追问不休："为什么不能提？他叫你……他说你们是发小，你们……看起来应该是很好的朋友。"她其实想说：他叫你陆二，大家都叫你陆先生、陆总，这么亲密的称呼，一定是很好的朋友才叫的。

若是往常，面对这样喋喋不休的问题，陆寻一定不会搭理，但今晚他少见地解释道："傅亚斯是陆淼淼的初恋。陆淼淼才十二岁就死活要嫁给傅亚斯，闹得不可开交。那家伙估计也知道我容易上火，动不动就撩拨陆淼淼来惹我生气。不过，这都是好多年前的事了。"说完，他又习惯性去揉太阳穴，估计又想起和他闹别扭的陆淼淼了。

陈初觉得好笑："你何必这副如临大敌的样子？不就是小孩子吗，我以前还说要嫁给吴彦祖呢，我爸爸都没有这么紧张，你何必紧张，不过是戏言而已。陆寻，是你自己紧张过度，才给了别人戏弄你的把柄。就这样生了人家这么多年的气？"

"也不是。"

"那是为什么？"

陈初今晚少见地有求知欲，陆寻不堪其扰："那家伙自私得很，说是朋友，我们从小一起长大，他和他爸吵架被赶出来，还是我借钱给他开的酒吧，结果他老子落马出事了，他被别人奚落了几句，就和我们完全断绝来往。我当时在国外呢，什么都不知道，回国了去找他，吃了多少次闭门羹。就算他现在东山再起又怎样？有规定我一定要原谅他吗？"

关于傅亚斯的过往，陆寻说得很隐晦，陈初没有再追问，只是觉得陆寻语气愤恨得很：“都多少年的事情了，你还记着。”

陆寻冷冷地看了她一眼：“我朋友不多，就这么一两个，能不记得吗？”

陈初倒是对傅亚斯很有好感，忍不住为他说话：“现在他对你的态度不是挺好的吗？我觉得他还是把你当朋友的，这样算是低头了吧？”

“他低头示弱，我就要接受吗？他落魄时不找我，现在风光了回来找我，我就要接受吗？怎么也得让他受受气。”

他的语气就像在说一个负心汉，陈初不禁觉得好笑：“傅亚斯没说错，你可真记仇。”

陆寻摆摆手，没有再接话，只是说：“我们走吧。”

“现在就可以走吗？酒会才开始。”

“该见的人都见了，该谈的事都谈了，走吧。”话是这样说，他却一直没起身。

“你能走吗？”

这些年陆寻极少喝酒，因为酒会让人的警觉性降低，就算在一些无法躲避的场合，他也极为克制，极少喝醉。偶尔也会有喝醉的情况，但他喝醉的状态与往常区别不大，话不多，也不喧哗，步伐也稳健，甚至脸也不红，极少人能看出来。

今晚他是喝多了一些，现在有些上头。陈初那张微红的脸就这样突兀地扎进他的视线，带着一缕淡淡的蛋糕香，手在他面前晃动：“陆……你还好吗，还能走吗？”

他不知为何突然有些恼：“不能，又怎样！”

下一秒，她微微蹲下身子，将他的手放在她的肩膀上：“好吧，那我搀着你走吧。”

他虽瘦，但也是一米八的身高，毫无防备之际被她这样轻轻松松地架了起来，末了她还有些得意：“以前上学他们都叫我怪力少女！”

陆寻觉得头更疼了。

陈初搀着陆寻离开游轮，虽然他始终说他没醉，但是哪个喝醉的人会说自己醉了呢？

他们到了港口才发现，原本停满车辆的位置空荡荡的，这里凄凉清冷，与游轮的繁华喧闹形成鲜明的对比，从那短短的十几级阶梯上走下来，像从高高在上的云端走回现实。

不过这样陈初反倒觉得自在了。

可是，车到底去了哪里？没有车，他们怎么回去？

“那么多车停在港口会扰乱秩序，酒会有特定的停车地点，待到酒会结束，司机才会将车开来。”陆寻像是看出她的疑惑，“你不用看我，我不知道车停在哪里，我今天没有带手机。”

“你记得司机的手机号码吗？”她问。

陆寻没回头，只是反问：“你觉得我会记得吗？”

“那怎么办？”

她这一问，陆寻像是被问倒了，默然站了半晌才突然道：“走。”

“走？走去哪儿？”

海风吹得她的头隐隐作痛，她以为陆寻是在说笑，却见他迈开脚步往大路的方向走去，越往外走越冷清，车也没有，只有零星几个保镖模样的人。游轮上的音乐和灯光逐渐隐去，再往外走，已经完全听不见了，回头只见一片晕开的光亮，到了这会儿，她反倒觉得不真实了。

沿海公路空荡荡的，尽管远离了水，但还是能感觉海风的清凉。陈初穿着礼服，高跟鞋已经脱下拎在手上，风一吹，忍不住打了个哆嗦。

她的头发被风吹得乱糟糟的，走路很慢，缩着脖子的模样像只鸵鸟。

明明冷，她却不说，只是埋头走路，手上的鞋子一晃一晃。这一路两人都没说什么话，陆寻莫名觉得有些烦躁，他松了松领带，见她诧异地看着自己，索性将西装脱了扔给她：“帮我拿一下。”

“你不会自己拿吗？”话是这样说，但她还是拿着衣服，没有直接扔在地上。

陆寻觉得头疼，原先散去的酒精似乎又在这一刻蹿上了头，他盯着她手上的衣服，让她拿也不是，自己拿也不是，暗骂了一声见鬼，脑子被门夹了才担心她冷，将衣服脱给她穿。

陈初没有穿鞋，沿海公路上满是细砂石，可她走了这么长时间也没觉得疼痛，直到陆寻的司机赶往港口接人，正巧在半路碰到他们，上了车，她才觉得脚疼得厉害。

所以说，伤害这东西，并不都是突如其来、猝不及防的，它更像温水煮青蛙，在不知不觉中将你毁灭。

（4）

隔了几日，陈初到盛娱开会，发现得到的待遇大有不同。

以暴脾气闻名业内的制片人对她的态度和善了许多，有一幕戏她执意按照自己的想法写，他也没有大发雷霆；向来眼高于顶、姿态高冷的导演在电梯里遇见她，竟然主动和她打招呼，还和她闲聊了几句本地新闻和天气；往日总为难她的前台姑娘，少见地对她展露笑容，也没执意要她登记出入信息。

盛娱大厦依旧人来人往，每个人都步履匆匆，那些在荧幕上出现的美丽身影，那些令少男少女们迷恋、痴狂的偶像，在这里随处可见。

好像一切没什么不同，又好像一切变得不一样了。

她不自在得很，却不能随手抓个人来问“为什么你们突然对我这么好”，那样不被当成神经病，也要被扣上不识时务的帽子。

所以，一整天她都心不在焉。

谜底终于在当天晚上被揭开。

临近毕业，寝室里另外两个女孩都找到了实习单位，搬出了寝室，只剩陈初与陆淼淼。然而陆淼淼向来是学校里住一天，家里住两天，神出鬼没，所以大多时候寝室里只有陈初一人，纵然她喜欢安静，偶尔也会觉得冷清、寂寞。

回到寝室看见陆淼淼，陈初是有些开心的：“你怎么回来了？”

陆淼淼的态度很奇怪，说不上好，也说不上差，托着腮帮子盯着她看，看得她心里发毛：“你是不是有什么事瞒着我？”

“我有什么事？”

“我就是问你是不是有事瞒着我。”

“你不说什么事，我怎么知道？”

陆淼淼和陈初兜了一圈，原本打算兴师问罪的人倒是先沉不住气了：“我说陈初，你是不是和我小叔叔在一起了？”

“你从哪里听说的？”

“那我小叔叔怎么和你一起去参加中信地产的晚宴？他从来不和那些乱七八糟的女人出去，以前都是我陪着他的！”陆淼淼噘着嘴，说不清楚心里的滋味，“他怎么就找你了呢？”

“那不是因为你生病了吗？”

“我才没有生病，我是生气！陆寻那个法西斯，他凭什么停我的信用卡？”陆淼淼对自己小叔叔向来崇拜得很，这次竟然咬牙切齿地喊他大名，看来被气得不轻，“哎哎，不要转移话题，你告诉我，你和小叔叔是不是有什么猫腻？”

陈初恍然大悟，怪不得近日在盛娱大家对她的态度都很微妙，连陆淼淼都知道了，估计那天她陪陆寻参加酒会的事情已传遍盛娱，尽人皆知。

“是谁告诉你这事的？”

“你不知道盛娱有内部BBS和微信群吗？我潜伏已久，稍有风吹草动就知道。八卦这东西，传得比什么都快。”陆淼淼顿了一下，又说，“我小叔叔也在里面。”

“那他不管？”

“这有什么，又不是上八卦杂志，只是内部流传。再说了，这样的八卦多得是，更劲爆的都有，某某某导演潜规则某某女星我们都知道。快说，你和我小叔叔是不是有猫腻？”

“你自己去问他好了。”

“他出差了呀，就是他不出差，他也不会告诉我呀。”

陆淼淼旁的不关心，一旦牵扯到陆寻，她就变得紧张兮兮。

陈初并不是想吊陆淼淼胃口，眼下她也理不清自己与陆寻算什么关系，不过可以肯定的是，他们的关系没有传闻那么夸张，但要说一清二白，她自己也不相信，索性就卖了个关子，让陆淼淼自己纠结。

“那我也不告诉你。”

果然如陆淼淼所说，过了几日，关于陈初攀上陆总的绯闻就在男主角出差和女主角一如既往的装扮中逐渐平息，没有鲜花，没有名牌包包，没有独一无二的宠溺，没有飞上枝头变凤凰，制片人又开始对着她咆哮。

但这并没有什么不好。

她从未如此努力，从未如此想要以一种方式去证明自己，在她得知贝思远以连他和何婧都未曾想过的速度蹿红，在短短时间内闻名南泽之后。

贝思远少年时期已以著名小提琴家何婧之徒出名，当初放弃参加全国小提琴大赛又迅速隐匿还让不少人扼腕叹息，突然复出除了让人哗然外，更多的是准备看“伤仲永”的好戏，却不想贝思远让人大跌眼镜，俊秀的外表，高超的琴技，在舞台上的淡定和从容让他一夜间再次红遍南泽。

这个结果，就连何婧也不曾想到。

不过陈初对于此事并不意外，以贝思远的天赋与努力，他能得到这个结果也是意料之中的。

若是从前，她会欢欣喜悦，而现在，她无法真心祝福他。

她抱着一种莫名的执念：一定要比贝思远更优秀。至于为什么要比他优秀，这种优秀有没有意义，她不知道，也不愿意去想。

她就这样拼命地往前冲，不知前路在何方。

那些旧的情感，那个旧的自己，早被她摈弃。

想到贝思远，不可避免地又想起唐乐，陈初恍然发现，自己已有好长时间没有见到唐乐。自那次在寝室楼下不欢而散后，两人没有再见面，她偶尔会收到唐乐的短信，但一直没有回复。唐信好几次试探她，说一起吃饭，叫上姐姐，她都以沉默应对，再不然就直接质问他：“你不是工作很忙吗？经纪人每天都在催魂，我怎么见你总是有空？”

唐信有一瞬间的尴尬，但很快又面色如常：“人总要吃饭的呀。”

因为工作的关系，他们时不时会在盛娱遇见，几乎每一次，他的经纪人，那个叫黄苏子、被称为盛娱的王牌经纪人的女人都跟在他身后，虎视眈眈地盯着她，就像她会将他吃掉一般。

唐信不耐烦，多次要甩掉黄苏子和陈初说说话。起初陈初还无所顾忌，久了之后就以有事为借口先走。她不是看不出唐信的失落和尴尬，但现在他是Aaron，年少成名，意气风发，多少只眼睛盯着他看，她不想成为众矢之的，也不想自己让他为难，更不想和他传出什么让人误会的绯闻来。

他们唯一的一次见面是在某个傍晚，她难得地被导演表扬，早早结束了工作，出了办公室，在走廊里碰见了唐信，且只有他一个人。

见陈初左顾右盼，唐信疑惑："你在看什么？"

"哦，你的小尾巴呢，怎么没跟着，不怕你被我卖了？"

唐信被陈初调侃，难得红了脸，又不知道怎么解释："不是……她就是怕我传绯闻。她说我现在很红，不能谈恋爱，不能传绯闻，否则会让小女孩们伤心。"

"反正你年纪还小，谈什么恋爱。"

唐信不服："我年纪不小了！"

"好好好，你年纪不小了，十八岁了，可以娶媳妇了！"

唐信不是听不出她话语里的调侃，有些羞恼，但看到她脸上难得的笑容又不想辩解，就让她笑吧。

"最近我怎么总遇到你？"

唐信没有说他是特意在这里等，问："你吃饭了吗？要不我们一起吃饭？"

"吃饭可以，但现在你可是少女偶像。"

"难道偶像就不要吃饭了？"

她们说笑间，电梯门打开了，里面的人并不陌生，是陆寻。

只有陆寻。

游轮晚宴已过去大半个月，两人一直没碰面，此时遇到，陈初也没与他打招呼，见他面无表情，心想也不知谁惹他不高兴了，让他放着好好的专用电梯不坐，要和他们争电梯。

还是唐信先开口，态度不卑不亢："陆先生。"

不过陆寻不搭腔，就这样看着他们，直到陈初拉着唐信进了电梯，门快要关上，他才用手按住了门。陈初以为他要出去，却不想他盯着她，语气刻薄："陈初，Aaron是我们公司的签约艺人，盛娱禁止艺人谈恋爱，你不要随便染指。"

陈初看着他施施然离开的背影，突然怒不可遏。

所以她没看见，唐信正看着她若有所思。

（5）

陈初和唐信终究没吃成晚餐，下了楼，唐信的电话就响了。他抱歉地看着陈初："我临时有个通告，饭可能要等下次再吃。"

陈初倒是无所谓："工作要紧。"

与唐信分开后，陈初回了一趟家。

自剧本签约盛娱后，陈初已许久没回家吃饭，偶尔的几次也是匆匆吃完就走，为此何婧也有怨言："也不知道你每天都在忙什么，成天见不到人。小提琴多久没拉了？你和思远吵架了？上次闹别扭还没有好吗？两人总是一前一后出现。"

何婧絮絮叨叨，陈初埋头吃饭，随口敷衍了几句："没什么，忙嘛，要毕业了，事情很多。"

自生病之后，何婧的敏锐程度大不如前，陈初随便糊弄两句也就过去了。陈初没有和她说自己已经同贝思远分手，否则依照她的个性，她肯定要刨根问底，最后的结果肯定是两败俱伤。

何婧又突然想起了什么："这周六是不是二十四号，平安夜？陈初你生日对吧？"

何婧没有再提及贝思远，陈初也有心情开个无伤大雅的玩笑："连我妈都不确定，我也不确定到底是不是我生日。"

"周六、周日在首都有两场演出，不知道有没有班机。"何婧已经宣布告别舞台，但作为星海乐团副团长，她的时间并没有因此而变多，反倒有越来越忙的趋势。陈洪恩与陈初最初也劝过她干脆辞职，在家休息，却因此引发一场家庭大战，此后，无论是老陈还是小陈，谁都不敢提让她退休的事。

"妈，只是生日，每年都有一次，你不用特意飞来飞去，多累。"

"好吧，我也只是说说而已。"

往年陈初生日，都是唐乐陪着过上半场，打台球、玩电玩、K歌，下半场与贝思远一起，逛街、吃晚餐、看电影，中间抽出时间回家吃饭。何婧手艺不错，但极少下厨，也只有在她心情好的时候或节日才会显露一手。

但这一年的生日，陈初是在工作中度过的。

剧本处于收尾阶段，陈初几乎每日埋首于电脑前，若不是南泽遍地都挂上彩灯，若不是整个学校都在狂欢，她几乎忘记这天是平安夜，是自己的生日。

而她也没想到，第一个给她发来祝福的仍旧是贝思远。他的信息在零点抵达，她却直到中午才看见。他的祝福很简短，只有八个字：生日快乐，平安无虞。

这短短的一条短信像无约而至的海潮，将陈初心底那一点点怨恨卷起又冲走，她心里百转千回，拿起手机又放下，最终还是给贝思远回了短信，带着不甘：我祝你鹏程万里，心想事成。

只有贝思远知道，她的这句话包含了多大的委屈。

只是，那一切都过去了。

她无法怨恨他，却也无法原谅他。

贝思远这个名字成了她心上的疤，不再疼痛，却永远存在，提醒她曾经被他伤害过。

无独有偶。

在看见唐乐的那一刻，她的脑海里不由自主浮现出了这个成语。

平安夜已过去大半，陈初匆匆在食堂买了晚餐，准备冲向图书馆，一头扎进电脑，突然想起忘带大纲文件，又回寝室，结果刚到寝室楼下就见到那个熟悉的身影。

高挑削瘦的背影，精致秀气的侧脸，加上短发和中性的打扮，唐乐被宿管阿姨阻拦在了寝室门外，或许是因为羞涩，或许是因为紧张，她的脸微微红了，正低声和阿姨说什么，陈初离得不够近，只听到只言片语：“……女孩……放下就走……转交……”

她的姿态放得很低，几乎是请求的态度，可阿姨仍旧铁面无私，就是不肯放她进去。

唐乐有些沮丧地离开，陈初这才发现，她的怀里抱了一个硕大的牛皮纸箱，挡在她的胸前，让她看起来更像一个不折不扣的男孩。

陈初仓皇地后退，可来不及了，唐乐已经看见她，也看见她后退的步伐。

陈初不知道自己为什么要逃。

对于唐乐，她心中有尴尬，有庆幸，有嫉妒，却绝没有怨恨。

她爱了贝思远这么多年，而贝思远爱了唐乐更多的岁月；她没有得到贝思远，贝思远也没有得到唐乐。

利用、欺骗自己的人是贝思远，不是唐乐，陈初是知道的，可她仍旧控制不住自己对唐乐说了那番难听的话，并且在心里单方面与对方绝交。

直到这一刻，她才终于承认，自己对唐乐那种微妙的情感叫作妒忌。

她痛苦的根源不仅仅是自己最好的朋友与自己的男朋友走到了一起，更多的是自己的男朋友深深地爱着自己的好友，而自己的好友不屑一顾，甚至为了她而放低姿态。

唐乐自始至终不曾想过伤害陈初，却不知道自以为是地为陈初好就如同将陈初狠狠地推下悬崖，让陈初的骄傲与自尊在她面前都摔得粉碎。

唐乐感觉到陈初低落的情绪，可还是朝她迈步，抱着那个大得可笑的纸箱递给她：“我知道你不想见我，我本来也没打算出现在你面前，但阿姨不让我上去，也不肯代我转交……生日快乐。”

纸箱就在她手中，沉甸甸的。

唐乐将纸箱递给她之后，只是深深看了她一眼，见她自始至终是近乎漠然的冷静脸，似乎有些失望，可唐乐什么也没说，只是重复了一次：“生日快乐。”

原本陈初还能维持着冷漠，可在她打开箱子的那一刻，她震惊了。

她忍了许久才忍住自己的眼泪。

在那个巨大的箱子里，层层叠叠地放了上百个软陶，虽谈不上精致，但栩栩如生，表情生动，最上面的一层是唐僧师徒五人，还有太上老君、如来佛和观音。

陈初从五岁开始便痴迷于《西游记》，只是何婧管得极严，看电视只能偷偷摸摸，《西游记》却被她翻来覆去看了二十几遍，里面有多少妖怪、背景如何她都如数家珍，她最大的愿望就是拥有一套《西游记》全部人物的手办。

事情已过去这么多年，她早忘记自己那幼稚的愿望，可唐乐还记得。

在她们相识的第二十年，唐乐亲手捏了一套《西游记》的软陶作为她的生日礼物，也算作自己对她拙劣的道歉。

虽然，唐乐本来就没有什么错。

她最大的错误便是隐瞒，隐瞒了贝思远对她的爱，以为这样能够给陈初缔造一个天长地久、美满的谎言。

陈初在这一刻才发现，做错的人并非唐乐，而是自己。

为了一个不爱自己的人，她狠狠地伤害了那个爱自己的人。

此时，那个爱她的人就站在她面前，虽努力克制着平静，但她还是看见了对方眼中的泪。

“对不起。”

这是她们同时说出口的话。

有风从她们脸上拂过，陈初伸手抱住了唐乐。

在半个小时前，贝思远给陈初发来生日祝福短信后，又发来了长长的一段话。

——陈初，或许你觉得我卑鄙、可耻，但我从来没有想过伤害你。当初放弃拉琴，辜负了老师，伤害你，无论你相不相信，我一直耿耿于怀。后来我真的不相信自己能够再次拿起小提琴，是唐乐来找我，是她求我，让我再试一次。我没想到，我真的成功了。你可以恨我，但不要为了我这个烂人失去你最好的朋友。最后，再次祝你生日快乐，我亲爱的小师妹。

陈初紧紧地抱着唐乐，她的委屈和悲伤在这一刻通通宣泄了出来。

唐乐不知道她为什么哭，只能轻轻地拍着她的后背，一遍一遍地道歉：“对不起。”

这一刻，唐乐才发现自己脸上亦有泪，风一吹，有些凉。

9 Chapter 断点

他下楼的时候，路灯恰好亮起，像一颗忽然从他背后升起的明亮的星。

（1）

每年到了这个时候，整个南泽的商厦都张灯结彩，到处挂上了促销打折的广告牌，街上往来的都是成群结队的年轻男女。

往年陈初也是这狂欢人群中的一员，无忧无虑，恣意轻狂，但今年，她与唐乐仅匆匆吃了一餐饭便分开了。

两人已经有好长时间没有这样面对面吃饭，但往常说不完的话在今日都变成了不自在的寒暄，好像说什么都不对。两人都默契地避开某些话题，最后说着说着，终于冷场了。

还是唐乐的一个电话拯救了她们，挂了电话后，她内疚地告诉陈初："我要先走了，晚上还有工作。"

"哦，对，今晚是平安夜，酒吧应该有节目，会很忙。"陈初也不知道自己为什么松了一口气，低头却发现唐乐大衣的衣襟有些脏，那些污渍像颜料。

唐乐顺着她的目光往下看，无所谓地笑了笑："给幼儿园画壁画时弄脏的。"

"你什么时候又找了这份工作？"陈初自知失言，两人已经这么长时间没在一起了，她愕然的语气听起来太像质问。

不过唐乐没有在意："最近的事情。天气冷了，酒吧生意不是很好，我下午也没什么事，就接了一些新的活。"她的笑容看起来有些苦涩，"他又在外头借了钱又走了，我们可走不掉。"

"他"当然是指唐乐父亲。

陈初在心里骂老浑蛋，但那终归是唐乐的父亲，再恨也只能烂在心底。

两个人在广场分别，她们坐的是不同方向的车，陈初看着唐乐越来越远的背影，忽然想起一件事："唐乐，你等等。我写了个剧本，和盛娱签约了，之前拿到一笔预付款，我还没有用上，如果你需要，就和我开口。这是我自己的钱，不是我爸妈的。"

唐乐没有说话，只是深深地凝视着陈初。

"我和你说话呢，你听到没有？"

"我以为你不会原谅我，我以为你再也不会和我说话了。陈初，我真的以为你永远不会理我了。"那么高的唐乐，此时却像个手足无措的小孩，她将手盖在眼睛上，却盖不住她的哭腔，"我真的以为，你不要我了。"

曾经我也这样以为，但是终究放不下，就像这么多年过去，你依旧记得我儿时开玩笑的一句话。陈初心想。

但唐乐依旧没有接受她的善意："你把钱留着，那也是你辛苦赚来的。我们还能撑住，盛娱给阿信的待遇还不错，我们没有问题的。"

其实唐乐说了谎。

这些年，唐乐母亲一直偷偷联系那个丢下他们一走了之的男人，弟弟签约盛娱的卖身钱还了家里的大半债务，母亲便偷偷告诉他，债务快还清了，他很快可以回家了，谁知他却异想天开，觉得咸鱼即将翻身，拿着母亲给的钱去放手一搏，又欠下了一大笔钱，又一次一走了之。

这些，她都没有告诉陈初。

她并非没有将陈初当成朋友，只是那是属于自己的压力，她不会强加到任何人身上，纵然对方心甘情愿，就像那次她为了陈初去求贝思远重新拿起小提琴，又偶然撞见要债的人，贝思远复出后第一件事便是帮助她，她也不愿意接受。被陈初撞见那一次，正是他约她出来，想要把演出费用借给她还债，她没有接受。

那是命运给予她的，无论好或坏，她都不会让别人来为自己承担。

这是她唯一的骄傲。

“这是你的钱，我不要。”

“我不是给你，我只是借你。”

“可我不要。”

或许是她的冷淡惹恼了贝思远，那么温柔的人竟对她发了火：“唐乐，你有心吗？我这样做还不够吗？你到底有没有心？！”

“我当然有心，不过我的心永远不会放在你身上，你也不用在我这里浪费时间和精力。我不会爱你。”

她说得斩钉截铁，却惹恼了他。那个吻压下来的时候，她是带着偿还的心态的，想着这样就还清了吧。

可谁也没想到，这一幕竟会被陈初撞见。

唐乐没有解释，也没有请求陈初原谅，因为在贝思远吻下来的那一刻，她听见自己心动的声音。

那声音像一个巴掌，狠狠地拍在她的脸上。

与唐乐分开后，陈初独自回了学校。

剧本处于收尾阶段，这些天她把所有的时间花在了这之上，若不是因为唐乐的到来，她会匆匆吃完那份简单的晚餐，然后在图书馆待到闭馆，再回到寝室继续工作，直到累了才会上床歇息。

这些日子，她都是这样过来的。

但她并不觉得疲倦。

小时候她被何婧逼迫着学琴，每一分钟对她来说都是煎熬，贝思远却可以长时间地重复拉一首曲子。

她问贝思远：“你不觉得无聊和痛苦吗？”

他当时的回答是："做自己喜欢的事，你永远不会觉得疲倦。"

那会儿她觉得不可思议，现在她终于也能体会那种感受。

唯一的遗憾是，每每工作到深夜，她要洗漱时，寝室的热水都快没了，剩下不冷不热的温水。在入冬的深夜，陈初每每踏进浴室都比上战场紧张，可她又有些享受这个过程。水落在身上的那一刻，她的脑子会异常清醒，那些想不通的事情在那一刻都变得清晰明朗。

这样的直接后果是，每天到了睡觉时间，她都异常清醒，脑子里有千百个念头在涌动，可等到她爬起来开电脑，灵感又烟消云散。如此反复了几次后，她终于断定，自己是失眠了。她晕乎乎地躺在床上，眼睛睁不开，感觉就像置身在漂泊于海面的扁舟之上，摇摇晃晃，天旋地转。

她在这个时候忽然有些同情陆寻。

连续几晚都没有睡好决定了她的精神状况不会太好，第二天开会时她已经有些犯困，会议进行到一半时，她已经开始打盹。好在她坐在角落里，手又保持着拿笔的姿势，还没有人发现她睡着，以致最后她连陆寻进了会议室也不知道，当然也不知道会议何时结束。

她听到椅子拖动的声响猛然惊醒时，会议室的人已走得七七八八，同她关系还不错的导演助理在虚空中给她做了个灭口的手势，她还未反应过来，坐在主席位上的人忽然站了起来，将她吓了一跳。

天色已晚，又逆着光，陈初并未看清那人的脸，恍然有种制片人突然间高了好多又暴瘦几十斤的错觉，定神一看，才发现那并不是制片人。

虽然她看不清他的脸，但他的气场不容忽视。

"开会开着开着睡着了，这样的编剧我还是第一次见。"

话带刁难之意，语气却充满调侃，陈初一时也不生气，反问他："我们这种无关紧要的小会议，陆总怎么来参加了？"

"怎么，我不能来？"

"没有，只是挺好奇的。"

陆寻也没有接话，看着她低头收拾东西，又跟着她一起走出会议室。下班的高峰已过，走廊上空荡荡的，只有零星几个匆匆而过的身影，她以为陆寻有话要和自己说，放慢了脚步，可等了一会儿也没听见回音，只好走到电梯口。

她下楼出电梯，唐信恰好发了语音来，约她吃饭。

她正准备回复，陆寻忽然按住她的手："晚上我约你吃饭。"

"可是……"

陆寻的手并未从她的手机屏幕上拿走，冰凉的手指触碰着她的皮肤，她心跳如擂鼓，一时间也忘记要说什么，脑中只有一个想法——他的手怎么这么凉？

或许连陆寻也察觉自己这个做法莫名其妙，他此地无银三百两般地补充："没有什么可是。陈初，我说了Aaron是我们的签约艺人，盛娱不允许艺人私下谈恋爱。”

他的手可真凉，与她沸腾了又冷却的心一个温度。

陈初轻轻拂开他的手，低头给唐信回信息说不去吃饭，自己有事，信息将将发出，便听到清脆的一声“噔”，好巧不巧，唐信正在前方。

他正低头看手机，似有察觉一般忽然顿住脚步，抬起头来，撞上陈初有些尴尬的目光。

“你不是……”

陈初还在想怎么解释，陆寻忽然开口：“陈初，还不快走，再不走迟了。”

她不知道陆寻卖什么关子，匆匆与唐信打了招呼便跟上陆寻的步伐，与唐信擦肩而过时，唐信轻轻地喊了她一声。

“我这会儿还有事，先走了。”她干巴巴地配合着陆寻的演出，做出忙乱的样子，不敢去看唐信，但也察觉到他的疑惑和失望。

那道目光，一直跟着她出大厅。

（2）

陆寻帮陈初解了围，可仔细想想，始作俑者也是他。

她出了盛娱大门，看到他的车已经等在门口。见她杵着不动，陆寻催促道：“你还站着干吗？”

“刚刚不是在唐信面前演戏？”

陆寻一脸“我为什么要演戏”的表情：“本来就是有事，你以为我没事要去听你们开会，看制片人和导演吵架吗？”

“那什么事？”

“陪我吃饭。”

陈初望着他，觉得今日的他特别反常，但还是跟他上了车。

车子左拐右拐开到一条狭窄的巷子，开到巷口进不去了。陆寻不像会为了吃大费周章的人，今日不知怎么这么有闲心，带着她曲曲折折走了一段路，进了一座古色古香的老宅子——没有名字，装修简单却有特色，一看就知道不好订位子。

两人进了门，有人来招呼：“陆先生来了？还是坐您常坐的水云间好吗？”

陈初跟着陆寻进了包厢，看他熟练地点菜，忍不住问：“这边不好订位吧？”

“不对外开放。老板之前是米其林三星主厨，后来自己开了这家菜馆，只对朋友和熟人开放。”

果然如此，菜只是普普通通的家常菜，味道与家里和外面餐厅的皆有很大区别。

他们吃到一半时，服务生推门进来，端了一碗素面，上面卧了一个肥肥胖胖的可爱荷包蛋。

“我没点。”

“是这位小姐麻烦厨房给陆先生做的，说今天是你的生日。”

陆寻盯着桌上那碗面，始终没有说话。陈初看着他的面色，不像开心，也不像不开心，当下有些忐忑。

是她自作聪明了。

因为陆寻今日的异样，陈初给陆淼淼发了微信，很快便得到了回复：今天是小叔叔生日。

她刚放下手机，陆淼淼的信息又过来了：也是我爸妈的忌日，所以小叔叔每到这一天都特别不开心，不过生日，也不回家。

陈初看着他削瘦的背影，不知怎么有一点难过，所以她去了厨房，央求主厨给他下碗面，没有别的要求，只要有鸡蛋。

她设想过千万种陆寻的反应，开心，恼怒，甚至发脾气骂她多管闲事，可偏偏没有一种和现在相符——他沉默地低着头吃那碗面，自始至终没和她说一句话。

直到晚餐结束，将她送回学校，陆寻亦没有开口和她说话。

陈初犟着一口气，也不理会他，暗骂自己自作聪明，下车时却听见他叫自己。

“陈初。”

“干吗？！”她的语气恶劣。

陆寻坐在车里，她看不大清他的表情，只听到他沉默了一下后说没事，嗓音清冽。

她觉得两人之间有什么变得不一样了，可又说不出是什么，这种异样在会议室就已经产生，并且越来越明显。

这个夜晚她没有对任何人提起，即使原本就什么也没发生。她回到寝室时，陆淼淼已经在等她：“你和我小叔叔出去了吗？他呢，回去了吗？”说完，趴到窗台上去看。

“回去了。”

“陈初，你和我小叔叔在一起了不？”

她被陆淼淼问得有些发闷，说没有。

陆淼淼却不信：“没有？没有他怎么找你庆生？往年这一天他会陪我去看爸爸妈妈，然后会消失一整天，直到第二天才回来，也不告诉我他去哪里，也不让我给他买生日蛋糕，今天却和你一起过了，肯定有猫腻。”

陈初折腾了一天，加上心里有事，也懒得去辩解，含糊应了两句就任由陆淼淼去脑补，且就算她说了，陆淼淼也不会相信。别人潜意识里认定的事，无论你怎么解释，都会被当成借口，欲盖弥彰。陆淼淼已经认为她和陆寻在一起了，对她的态度时好时坏，矛盾纠结，她无法扭转陆淼淼的思想，索性任由陆淼淼去猜想，反正对自己没有太大的影响。

只是，她尽量避免与陆寻碰面，每每去盛娱都步履匆匆，工作完成了便走，如此下来，整整一个月也没有遇见过陆寻一次。

他们原本就是两个世界的人，之前的交集像生活错位了，终究要回归正途。

她比任何人都明白这个道理。

后面的时间过得很快，剧本的收尾、修改到定稿所用的时间并不长，一切看起来很顺利。

接下来是选角。

陈初的工作算是告一段落，她反而每日每夜都辗转反侧。

《听说我们不曾落泪》是她的毕业作品，也是她证明自己的途径，更是她对未来的全部期许。她迫切地希望自己的作品能够尽快被拍成电影，另一方面又唯恐出来的效果不尽如人意，遭人诟病，所以她始终处于这种矛盾的心情中。

《听说我们不曾落泪》是盛娱投资的青春电影，选的演员多是盛娱的签约艺人，最后女主角定的是某档综艺节目的主持人冉书瑶。冉书瑶人靓声甜，模特出身，后成为节目主持人，又接了不少电影和电视剧，是南泽炙手可热的新星，但因作风大胆，成名后绯闻不断，先是被爆料曾是问题少女，还进过戒毒所，后又传出不少桃色新闻，说是靠关系上位，是一个富有争议性的话题女王。陈初看过她演的电影，无功无过，会找她出演女主让人意外。但这事她完全没有发声的权利，且不说她只是刚冒头，没有任何经验的小编剧，就说冉书瑶这两年当红，是盛娱当之无愧的一姐，若她提出反对，估计女主角还没换人，编剧已被踢走。

后来陈初才听说，冉书瑶出演女主，还是陆总钦定的。

陈初的愤怒来得毫无缘由，就连她自己也不明所以，可她没有改变陆寻决策的能力。偶尔在电梯间遇到陆寻，想起坊间的流言蜚语，她便火冒三丈，连招呼都不打。板着脸和他擦肩而过时，眼睛的余光看见他愕然的表情，她有些得意，可这突然衍生的快感并没有持续多久便烟消云散，然后她更觉得郁结。

唯一值得开心的事是，最后男主角定的是唐信，不，应该说是Aaron。原本男主角定的是另外的演员，出道好几年了，但因为Aaron最近大热，且他孤傲冷清的性格与男主角如出一辙，盛娱开了好几次会议后，冒险让他参演。

不到一年时间，唐信俨然成了少女偶像，红遍了整个中国。他越来越常出现在报纸、杂志和微博热搜上，随便一条毫无意义的微博都是几十万的转发量，每日盛娱都堆满了粉丝送来的礼物。陈初这才知道唐信已经搬出了安置小区，住在公司安排的豪华公寓里，而唐乐与母亲还待在原来的家里。

“为什么不搬去一起住？”陈初不理解。

“阿信也不止一次让我们过去，但这里住了这么多年，我和妈妈都习惯了，搬去半山公寓太远，交通又不方便，还不如住在这里。”唐乐这样说。

但陈初知道，唐乐是害怕给弟弟带来麻烦。

两人虽然重归于好，但相处时都显得小心翼翼，再也不能似以往那样无所顾忌，聊天偶尔也会有尴尬的冷场。

“何老师同意你继续写剧本了吗？”唐乐问。

“同意了。”

陈初的大学生活已逼近尾声，同学大多找到了工作或实习的单位，何婧为陈初不愿去星海乐团而大发雷霆，觉得她所谓的编剧不过是儿戏。虽然何婧已经知道要她接任自己是不可能的事情，但知道与接受完全是两码事，何婧内心还是希望她能够从事音乐工作，不求有建树，只求安稳。她选择了编剧，更像是选择了娱乐圈，走进一个何婧无法企及的世界。

在何婧心里，她仍旧觉得陈初是个小孩，若离开她，难免跌跌撞撞，容易摔跤。

失去陈未之后，何婧变得草木皆兵，害怕有一天陈初会离开自己，更害怕她受到伤害。

直到陈初将稿费与剧本合同都摆在何婧面前，她才真正地相信，向来浑浑噩噩、不学无术的陈初做了一件让所有人大跌眼镜的事。

陈初回想起那一天，妈妈对着存折上的数字沉默了许久，而后一言不发地进了房间，许久没有动静。陈初觉得不对劲，偷偷拧开了妈妈的房门，却见她在与父亲打电话，不知是开心还是激动，手还在抹泪。

陈初在房门口站了许久，却没有推门进去，只是在心里暗暗做了决定。

（3）

四月份，电影《听说我们不曾落泪》筹备完毕，顺利开机。

在开机会上，陈初又见到了陆寻。

说起来，两人已有好长一段时间没见面。

剧本已完成，这段时间陈初往盛娱跑的次数大大减少，偶尔几次去谈工作也是来去匆匆，陆总有专用电梯，加上她特意避开他的办公室所在，两人毫无交集。偶尔几次陆寻送陆淼淼回校，上了寝室楼，陈初不是去别的寝室借东西，便是躲到休息室去练琴，两人压根没有碰面的机会。

陈初在躲避陆寻，她没说，陆淼淼却有眼睛看：“你和我小叔叔吵架了？”

“我哪敢和陆总吵架，我还要靠着他吃饭。”

陆淼淼直截了当下了结论：“肯定是吵架，不然说话怎么这么酸？”

陆淼淼说得并没错，陈初在刻意避开陆寻。原本他们便不是一个世界的人，不应该有那么多的交集，且自从电影选角后，她每每想起他，总觉得有一股恶气顶在胸口，愤怒难当，但就连她自己也不知道她在生什么气。

别的场所可以躲开，开机会却避不开，《听说我们不曾落泪》是盛娱的大项目，陆总自然是要出席的。她作为一个初出茅庐的小编剧，被安排到角落的位置，主演、导演、监制、制片人、编导等众星捧月般地围着陆寻，自始至终，他都没有注意到她的存在。

作为男主角的唐信一直心不在焉，对着镜头的脸怎么看都显得漠然。还是冉书瑶轻飘飘一句话在记者面前为他解围："看到Aaron，我就像看到我们电影里的男主角，这个剧本就像为他量身打造的一般。"

不知道是不是陈初的错觉，当冉书瑶说到这里的时候，她看到陆寻远远地瞥了她一眼。

与此同时，唐信也远远地朝她点头示意，似是想越过人群往她这里走，但被记者绊住了脚步："Aaron要去哪里？问题还没问完。"他正想出声，却听陆寻警告性地叫了他一声。

唐信望着站在人群里的陈初，忽然觉得沮丧。

开机会结束后是庆功宴，从导演到演员无一不被围着敬酒。认识陈初的人并不多，加上她对攀关系和结交朋友并无兴趣，一个人端着盘子躲在角落里吃吃喝喝，乐得清闲。

陈初的酒量并不好，却偏好五颜六色的鸡尾酒，眼下见无人注意自己，便拿了好几种，这杯抿一口，那杯喝一点，像个没见过世面的乡下丫头。两杯酒刚下肚，有只手从她背后伸出来抢走了她的杯子："少喝点，你会醉。"

陈初看见唐信，乐了："你逃出来了？"

唐信今日穿了一身黑色的西装，比往常的休闲装扮多了一分成熟，如果他不是一脸烦躁地扯着领口的话。许是喝了酒，他的脸颊带着酡红，说话也微微大舌头："你……你去哪里了？我在找你。"

"找我？找我做什么？"

唐信低着头盯着手中的酒杯，也不知道在想什么："我不喜欢待在这里，要不我们走吧？"

"可是你是男主角，这样走了不好吧？"陈初忽然觉得，唐信还是唐信，不是Aaron，不是明星，还是那个喜欢跟在她和唐乐身后，却始终一言不发的倔强小男孩，带着一点点自我和任性，"你这样走了，不好和他们交代吧？"

"为什么要和他们交代？他们要我做的我都做了，不让我做的我就没做。难道我连自由都没有吗？"他看着陈初，眼神有些迷茫，估计是这几天在哪里受了气。

这会儿陈初可以确定，他是真的醉了。

她正头疼着是劝唐信留下还是和他一起任性地离开的时候，有道声音在背后响起："Aaron，导演在找你，要与你聊聊。"

明明那人叫的是唐信，陈初却感觉那道目光一直在她脸上徘徊，带着恶意，就像她做了什么大逆不道的事情一样。

陈初不用抬头，也知道那人是谁。

最后唐信是被他的经纪人黄苏子半拉半推带走的。

有的人喝醉了异常乖巧，有的人喝醉了则离经叛道、胡搅蛮缠。陈初和陆淼淼都属于前者，唐信则是后者。

对着自家Boss的命令，他竟掉转过脸：“我不去。”

陆寻的脸色精彩纷呈，估计他也没遇到过这样明目张胆的对抗，一时间觉得不可思议：“你不去？”

“不去！”唐信坚定得很，还微微仰起头，以示决心。

唐信此时就像一个与家长闹脾气的小孩，但除了对陆淼淼，陆寻从来不是好脾气的家长，他冷笑了两声，正要说话，陈初急忙推了推唐信：“你快去，导演找你。”

可唐信依旧不为所动：“我不想去。”

“为什么不去？”

“我不想去。”

陆寻冷眼看着他们循环而毫无意义的问答，耐心一点点消散，脸色越来越不好看，最后还是黄苏子过来将唐信带走：“我的祖宗，你在这里做什么？”她压低声音在唐信耳畔说了什么，他才一脸不甘愿地跟着她走，边走边回头朝陈初说：“你等我，我一会儿就回来。”

“不就是分开一会儿，搞得像生离死别。”旁边的人幽幽地出声。

陈初一听就恼火了，却不想与他争吵，端着酒杯避开他，径直往阳台走，他却不依不饶，从背后扯住了她的臂弯：“陈初，我和你说过，Aaron是我们公司的签约艺人、少女偶像，他的前途无可限量，你不要随便染指。”

陈初只觉得这人不可理喻：“知道了，你要重复多少次！还有，唐信是我弟弟，我和自己弟弟说话都不成？自己思想肮脏，就觉得全世界都该和你一样？”

“哦？我还不知道你什么时候有个那么大的弟弟。总之我奉劝你，离唐信远一些，这样对你自己、对他都好。”

“这是我的事情，与你无关。倒是陆先生你，有嘴说别人，怎么没嘴说自己？不准旗下艺人谈恋爱，自己倒是拎不清。”

陆寻越听越觉得这几句话不对味：“你这话是什么意思？”

“只许州官放火，不许百姓点灯，说的就是你，陆先生。”

陆寻只觉得她那句陆先生刺耳得很，皱了皱眉：“我什么时候放火了？”

“对，你当然没有放火。你是万花丛中过，片叶不沾身。谁不知道盛娱陆总洁身自好，从不和女艺人搞暧昧，至于私底下，谁知道呢……”陈初自知这样不好，祸从口出，却抑制不住自己，口不择言，“今天陆总钦点一个电影女主角，明天来一个电视剧主演，是不是和陆总关系好就可以演？那能不能也给我个角色？”

陆寻平时极少有架子，和手下几个主管关系都不错，今日他们合起伙来灌了他好些酒。若是往常，这几杯酒是没问题的，偏偏他好几夜没有睡好，加上连日来的忙碌让他头疼难当，好不容易逃脱了，见陈初与Aaron有说有笑只觉得郁闷难当。两人已有好些时间没见面，她故意躲着他，他知道，但只当她是与陆淼淼一样闹小女孩脾气，懒得计较，现在想好好和她说话，她却像机关枪一样噼里啪啦，说得他那么不堪，明显带着敌意。

陆寻越生气，表面越是不动声色："你也想要个角色？"

"是啊，你能给我？"

"你过来。"

陈初狐疑地看着他，但还是朝前迈了两步，却不料他大手一揽，将她狠狠地拉至他身前。

冰凉的嘴唇贴上自己的那一刻，陈初脑海里一片空白，只听见自己一声高过一声的心跳，一如那个黄昏的会议室，陆寻嘴角含笑，星眸皓齿。

直到有人拉开了阳台门，伴随着一声短促的尖叫，陈初才被放开。

陈初听见带着笑的耳语："你不是躲我吗，这下你倒是躲呀。"

她又羞又恼，恨不得刨个坑将自己埋了。

不，在埋了自己之前，她先得把陆寻埋了。

始作俑者坏事得逞，转了个身绕过她，飘飘然离去。

陈初觉得他的后背上写着大写的得意。

（4）

次日陈初起床，便见陆淼淼对着她贼笑："你和我小叔叔和好了？"

"我和你小叔叔没有任何关系，连雇佣关系都算不上，最多是合作关系，没有交恶，没有决裂，何来和好？"

"哦，那你昨天晚上怎么和我小叔叔接吻了？"

陈初震惊："你怎么知道？"

陆淼淼耸了耸肩，朝她晃了晃手机："我怎么不知道？盛娱的八卦群都震翻了。有个匿名的妹子爆料，昨晚在庆功宴上，看见陆总和那个叫陈初的小编剧在阳台接吻，还是女方主动的，干柴烈火，惊天动地。"

陈初伸手捂住了她的嘴："虽然我知道你是理科生，但是成语也不能这样乱用。"

"不是我说的，我只是翻译。"陆淼淼又陷入自我纠结中，"唉，那我以后叫你陈初还是小婶婶啊？我怎么感觉把你叫老了好多……我小叔叔真是老牛吃嫩草……"

"你前段时间不是让我帮你约Aaron吗？我昨天没来得及约，过几天电影开机了，也不知道他会不会很忙。"为了防止她继续说下去，陈初急忙扯开话题，"你不是有他的电话号码吗？要不你自己约他？"

谈到唐信，陆淼淼像个蔫了的茄子："我给他发了好多短信，他都没有回复，要不我也不会找你。陈初，你和我小叔叔终成眷属了，不要忘记我啊，我可是你们的红娘！

要是我和Aaron成了，我也不会忘记你的。”

陈初和陆淼淼说不清，因为就连她自己也搞不清自己和陆寻算什么关系。

那个吻似乎是他们之间的转折点，可一切又仿佛没有变化。

那夜之后，她与陆寻依旧忙碌于各自的生活，毫无交集。

电影《听说我们不曾落泪》顺利开拍，像给她吃了一颗定心丸，又像指明了前方的道路，她已决定开始创作新的故事。

至于陆寻，这些天，她和他并没有见面，倒是从娱乐八卦新闻中得知了他的消息：深夜送话题女王冉书瑶回家，令人浮想联翩。

陈初愤愤地关了网页，倒是陆淼淼十分纠结：“小叔叔和冉书瑶没有任何关系！陈初你相信我！”

“哦？”

“冉书瑶有男朋友啦，叫叶天，听说两人相爱相杀了好多年。叶天你不知道，盛娱死对头盛天你可知道吧？盛天少东家叶天，就是她男朋友。”陆淼淼道，“你说吧，我小叔叔怎么可能和冉书瑶有关系呢！”

“你下次骗人，故事编好一些，漏洞太大啦！”陈初明显不信，“她要是和盛天少东家谈恋爱，怎么会签约盛娱呢？”

陆淼淼有些急了：“我和你说，你不要告诉别人啊。冉书瑶和叶天相爱相杀啊，据说叶天为了得到冉书瑶，把冉书瑶初恋弄死了，还把冉书瑶弄到戒毒所，冉书瑶出来后还搜集了叶天的犯罪证据报了警，叶天为此还坐了两年牢。据说，叶天出来后没有报复冉书瑶，反倒给了她不错的资源，这两人的关系真的很微妙！这可是真的，我是谁，我可是有第一手资料。”

陈初觉得这个故事太荒诞，可陆淼淼向来不屑撒谎，她越解释，陈初就越烦躁，索性什么也不想，换了衣服下楼跑步。

因为没有带手机，所以陈初并不知道陆寻给她打了电话，跑完八千米，筋疲力尽、大汗淋漓地回到寝室，却发现陆寻在等她。

她有些开心，低头看见自己被汗打湿的衣衫又有些纠结。

“你怎么不接电话？”看到陈初，陆寻表情凝重，又带着狐疑。

“我去跑步了呀，没带手机。”

陆寻自上而下将她打量了一遍：“陆淼淼说你晕倒了，让我马上赶来。”

“啊？”

“不过到半路我就知道她在骗我，因为你的电话打不通，她的也打不通，估计是因为心虚。”陆寻说，“看到你，我更加确定她在撒谎。”

原本还愉悦的心情一下子跌落至谷底，陈初问：“那你还来做什么？”

陆寻站在寝室楼的过道里，也不知道他是怎么骗过宿管阿姨的。天色渐渐暗下来，路灯还未亮起，只有零星几间寝室透出的光亮。

可他的脸异常清晰。

他朝陈初迈近了两步，陈初却后退，贴着围墙，就怕他闻到她身上并不存在的汗水味道。

陆寻始终没有回答陈初的问题，只是这样看着她，直到她又焦躁地问了一遍："你还来做什么？你不是很忙吗？你来做什么？"

陈初听见他闷笑了一声："你知道我为什么来。"

"我不知道！你不说，我怎么可能知道！"

"你装傻。"他说。

陈初的确知道，可有的事情他不开口说，她便不敢去确定、去相信："我不知道。"

他又朝她逼近，她整个人被笼罩在他的阴影里，他身上有着好闻的淡淡的香水味，有点像夏天的味道。

像是过了好久，又像不过一瞬间，陈初听见他轻笑了一声："你这个胆小鬼。"

对，她的确是胆小鬼。

她花了将近十年的时间去爱一个人，到头来却发现所谓的天长地久只是镜花水月。

不久前她才受到感情重挫，此时伤口还未愈合，又身陷囹圄。那突如其来的怦然心动让她这几天一直活在自我厌弃里，这场感情来得太快，让她措手不及、难以置信。

如果说贝思远是她乏善可陈的青春，带了一点崇拜和执念，那么陆寻则是一场风暴，以迅雷不及掩耳之势袭击了她的心，她害怕他如狂风过境，更怕他不留痕迹。

她已不再是那个莽莽撞撞、带着一腔孤勇的小女孩，就算听到自己心动的声音，就算忍不住想要靠近，也能够在最后一刻遏制住自己，停留在原地。

"你说啊，你来做什么？"

陆寻低头看她，她就像一个百宝盒，初见时平淡无奇，打开了却给人无限惊喜。

此时她明明是紧张的，却还要装作一脸不在乎，就像陆甜甜，偷偷吃了肉干，以为毫无痕迹，殊不知嘴边带着的肉末已露了马脚。

"虽然知道是陆淼淼的谎言，但还是想来看看你。"

（5）

那个傍晚陆寻逗留的时间特别短，只在走廊里和她说了几句话便匆匆要走："我现在要去机场，出差，回来再找个时间聊聊吧。"他下楼的时候，路灯恰好亮起，像一颗忽然从他背后升起的明亮的星。

陈初喊他："陆寻。"

他回头，微微仰起头望向她，像在问有什么事。

陈初却突然忘记自己刚刚为什么叫住他，只朝他挥了挥手，算是告别。

他站在原地，静静地凝视着她，许久后才道：“其实，那天我很开心。只是我太久没过生日，一时间有些蒙。你上去吧，等我回来。”

他已上了车，她仍没有走，看着黑色宾利慢慢远去。

当时她并没想到，后来这一幕会被有心人士添油加醋放到网络上，形容得龌龊不堪。

这几年青春电影势头正盛，《听说我们不曾落泪》是盛娱斥巨资打造的青春电影，理所应当受到关注，陈初的名字在编剧一栏也受到了些许关注，虽然她并非总编剧。再后来，她在开机仪式上的一小张照片被南泽大学的学生认了出来：“这不是我们学校的师姐？我们副校长陈洪恩和小提琴家何婧的女儿啊，在学校挺低调的，没想到竟然是编剧……”

很快有人提出了质疑：“不是吧，还是个学生？这电影能好看吗？”“这陈初的后台是有多硬呀？”“这两年烂片层出不穷，估计这也不是什么好片子！”“估计也就挂个名吧，这种事还少吗？”

一开始的评论并没有恶意，但后面的情况不受控制，愈演愈烈，竟然有人扒出了她和贝思远的感情史：“我是南泽大的。你们知道贝思远吗！就是何婧的得意门生，这陈初和他是一对呢。以前上学的时候，贝思远还没这么出名，两人经常在学校一起吃饭呢，看起来还蛮般配的，也不知道现在还有没有在一起……”

这个转帖就是一颗小石子，激起了千层浪。

贝思远毕业于南泽大学，成名后在采访中不止一次提过自己的母校，这一年已成了南泽大学的传奇，偶尔还有老师在上课时将他拿出来当成教材。贝思远的名字一出，关注陈初的人越来越多，甚至别有用心地深入窥探她的私生活。

“她怕是和贝思远分手了吧，我不止一次见过豪车接送她，那个男人还挺帅的，不是贝思远啊……”

“对对对，我也见过。”

“你们看见的是不是照片上那个男人，盛娱的老总啊……这陈初可真有手段，怪不得和贝思远分手，看样子是攀上了盛娱这根高枝，怪不得能够当编剧，真是厉害，知人知面不知心！”

“真不要脸，前几天我还看见她在走廊上和那个男人秀恩爱呢，真恶心！也不知道是什么关系……”

流言便是这样蔓延的，先是捕风捉影，随后恶意揣测，到最后已经是信誓旦旦：陈初和贝思远在一起后劈腿，攀上了陆寻，而后一帆风顺。

网上众说纷纭，但无一不是将陈初描绘成十恶不赦、心怀鬼胎的坏女人，只是几天的时间，已经严重影响陈初的正常生活。

她只要踏出寝室，便有人对着她指指点点，甚至有人毫无顾忌地将镜头对准她。开始她还是愤怒的：“你们这是干吗？拍照经过我同意了吗？”可后来，她几乎无力挣扎，连门也出不了，只能每日躲在寝室，面对网络的攻击无能为力。

最先打电话安慰她的是唐乐：“你现在连门也出不了了？流言真是可怕，就没有别的办法了吗？”

“能有什么办法？惹不起，我还躲不起吗？”陈初烦躁不堪。

随即是唐信，他成为艺人的时间并不长，对这种事情却深有体会，只不过对他的关注大多是倾慕与喜爱，陈初所承受的却是满满的恶意。

“这个时候，你什么都不能回应，越回应，事情会越乱，只能沉默。八卦的时效性很短，很快就会被新的替代，你再委屈几天，会好的。”

唐信这样说，但陈初疲倦至极，连话也不想多说，敷衍了几句便挂断了电话。

但最让陈初感到困扰的并非层出不穷的八卦，而是母亲何婧。虽然何婧向来不关注八卦，她也隐瞒得深，但这世界上本就没有密不透风的墙壁，很快何婧也听到了八卦。

退居幕后之后，何婧不再像以前那般强势，这一次却下了死命令：“不许再和盛娱有任何交集，下周马上给我到星海乐团上班！”好像一时间，她又变回了那个专制、严厉的女人，冷声呵责，“瞧瞧外边都是些什么传闻！你和那个陆寻最好不要来往，你和思远前段时间吵架不是因为他吧？”

“妈，我和贝思远分手了。”陈初打断何婧。

何婧沉默了许久，也不知道脑补了什么，到最后，声音竟然发颤：“陈初，你别告诉我，网络上的传言是真的！若是这样，你以后就不是我何婧的女儿！”

“当然不是，怎么可能！”

“那你为什么和贝思远分手？你喜欢了他那么多年。”

——那又怎样，他又不爱我。

只是，这句话陈初还是没有对母亲说，她太清楚贝思远在母亲心中的位置，他是母亲的学生，也是母亲唯一的希望，就算被误解，她也不愿意让母亲伤心绝望，被逼到无路可退：“分手的原因，你去问贝思远吧。”

也不知道贝思远是怎么和何婧说的，总之，何婧没有再在这个问题上和她纠缠，但仍要她放弃编剧这份工作：“娱乐圈龙蛇混杂，肮脏得不行，陈初，你不适合那里。”搞艺术的人多少有些清高，何婧并不希望女儿被卷入其中。

“我只是工作。”

“那为什么会弄出这些事情来？你知道我现在和你爸爸走出去都被当成动物一样围观吗？再这样下去，我们还要做人吗？”

“可是我没有做错什么，现在离开不是心虚吗？”

在这个问题上，陈初还是没能和母亲达成一致，最终以面红耳赤的争执收场。

而就在陈初与母亲争吵的第二日，贝思远发表了声明，阐明自己的立场，希望媒体将关注点放在他的音乐而不是私生活上，且表明恩师一家与他的家人无异，希望大家不要胡乱猜测，也不要过多打扰，否则他会追究到底。

与此同时，盛娱将一家网络媒体告上了法庭。

陈初记得清楚，那是最先恶意揣测、污蔑她和陆寻关系的媒体。

她是从陆淼淼口中得知这个消息的，而彼时陆寻还在出差。

这些天她从未主动联系他，得知消息后，不知怎么就按下了他的号码。电话响了很久才有人接，他的声音在深夜显得空旷：“你知道现在是半夜吗？”话是这样说，却不像生气的样子。

陈初想说“你不是不用睡觉吗”，话到嘴边却成了：“你什么时候回来？”

陆寻应该是站在风口，有风声从听筒里传过来。

“这个结果你还满意吗？”陆寻问。

10
Chapter

彩虹

她会为和自己关系差劲的室友出头，会为朋友赴汤蹈火，会在深山搀着受伤的他前进，会对他说："你先走。"

她说她是怪力少女，的确。

她将他从地狱拉回了人间。

（1）

在这快速发展的信息时代，没有什么是永恒的、一成不变的，无论是感情还是八卦。

网络流言来得快，去得也快，没几日已收梢，取而代之的是人气女星冉书瑶与人气偶像Aaron传出的绯闻，还有娱记拍到了Aaron与冉书瑶一起吃夜宵的画面，一时间，"Aaron与冉书瑶"上了热搜，不少Aaron的粉丝都在骂冉书瑶老牛吃嫩草，一夜间这个话题又占据了热搜榜。

陈初从风口浪尖下来，在盛娱遇到唐信，见他眉头紧锁，多少感同身受，表示了自己的担忧："公司没有说你什么吧？"

唐信却说："那天去吃夜宵的不止我们两个，是整个剧组一起去的。"言下之意是他与冉书瑶一清二白，毫无干系。

唐信话音刚落，陈初便看到绯闻女主角冉书瑶从走廊那端走来，见到他们也没打招呼，只是冷冷一笑："Aaron，你这招釜底抽薪玩得真好。我出道这么多年，还从来没有人拿我过桥，你还是第一个，这一手玩得可真漂亮。"

她的冷眼与恶言没有撼动唐信，他仍是一副无动于衷的模样："瑶姐，你说什么，我听不懂。"

"听不懂？《娱乐周刊》的记者小优是你叫来的吧？"

唐信仍面不改色："瑶姐，我没有。这么做对我有什么好处？"

冉书瑶见唐信一脸无辜，忍不住冷笑："Aaron，你还是太天真。你叫我一声瑶姐，我也该教教你，在这个圈子里，娱记是最不可信任的人。你别以为有料卖给他们，他们就会老老实实任你摆布。下次找人也该好好看对象，林优是什么角色？这女人年纪轻轻就在《娱乐周刊》混得风生水起，会是什么等闲之辈？这边得了你的好处，那边转手就卖了你。下次可别这么傻，被人卖了还帮着数钱。"说完也不再看唐信，踩着高跟鞋往电梯的方向走，紧随在她身后的助理狠狠地撞了一下唐信的肩膀。

唐信低着头，脸色苍白。

"记者是你找来的？"陈初再笨，根据冉书瑶的脸色和两人的对话多多少少也明白了一些，"谁教你的？闹出这样的绯闻对你没有好处。"她原想说，"你想红，这样踩着冉书瑶过桥并不好"，但还是没有说出来，一是唐信是她从小看着长大的，难听的话她说不出口；二是唐信也不是为了红而不择手段的人。

在陈初面前，唐信从来没有秘密，对她的指责没有否认，却为自己辩解："我从未想过踩着她上位，我也没想到林优会这样出卖和污蔑我。我知道这样对瑶姐有些过分，但……"

关于冉书瑶的八卦，陈初已听说不少，只是唐信这种方式，她还是不认同：“那你为什么这么做？”

“我只是……”话说了一半，他却不肯再说下去，生硬、仓促地转换了话题，“还有人骚扰你吗？学校寝室能住吗？”

他不愿意再说，陈初也没有逼迫他：“可以的，我不去搭理就没事。”

唐信看着她，似乎在思考什么，许久后才道：“我觉得陆寻不适合你。”

陈初不喜欢和人谈论自己的感情，何况这个人还是唐信，她摆摆手，表示不想说，唐信却不放弃：“他不适合你，他会让你受伤的。”

看，每个人都觉得他们不是一个世界的人。

可他们越这样说，陈初的心就越坚定，那个细小的念头怎么也浇不灭。

关于她的八卦已逐渐平息，虽然偶尔还是有人在她背后对她指指点点，但那种恶意满满的关注已消失，不会再有人堵在寝室门口像看熊猫一样等她出场。网络上还是有人在讨论她与贝思远、陆寻三人之间的纠葛，但关注点多是星海乐团贝思远和盛娱陆寻冲冠一怒为红颜，关于她的个人信息、那些说她有金主的帖子已被删除，她的生活终于恢复平静。

很久之后陈初才知道，唐信与冉书瑶共进夜宵那一幕的确是他故意找记者去拍的。他无法帮助她，只能笨拙地用这样愚蠢的方式将她藏匿在自己身后。

他现在炙手可热，传出绯闻肯定比陈初与陆寻的感情纠纷更值得深挖。

只是当时陈初并不知道，她甚至对唐信有些失望。她想，何婧的话不无道理，娱乐圈就像一个大染缸，原本那样单纯、善良的唐信浸染在那浑水里，慢慢变得陌生。

她忽然不想与他再谈下去，找了个借口离开。

可唐信伸手抓住她的臂弯，皮肤的热度透过薄薄的衬衫传递而来，她诧异道：“怎么了？”

唐信却突然松开手，摇头，没再说话，看着电梯门慢慢闭合。

七月份，陈初正式从南泽大学毕业，搬回家中居住，然而她和何婧的关系没有因此变好，反而越发糟糕。

时常她在家里对着电脑工作，转头便见何婧靠在书房门口目光灼灼地盯着她，神情严肃。

“妈，你这是做什么？”

“我在看你工作。”

人或多或少有这样或那样的毛病，陈初一见别人盯着自己就写不出东西来，且觉得浑身不自在。她关了文档，何婧的脸色却不大好看：“为什么不让我看？”

“你看着我，我写不出东西。”

“我不看着你，你就能写出惊为天人的名著来吗？陈初，我劝告你，还是早日推了这工作，老老实实到乐团来，你并不适合娱乐圈。”

“妈，我没混娱乐圈。我和盛娱只是合作关系。”虽然何婧执意反对她继续干这份工作，但她仍旧从盛娱接了一个小说改编剧本的工作。

“不管是什么，都辞了，明天老老实实给我去乐团上班！”何婧说。

“我不！”从前对母亲唯命是从的陈初这一次却不肯妥协，她的叛逆期来得晚却迅猛、热烈，纵然何婧不同意，也执意要做自己喜欢的事。

母女二人多是言语不和就起了争执，最后以何婧摔门而出告终。但自她生病后，她的记忆力大大下降，她常常今天与陈初因为这事吵完，说“我再也不理会你了”，过了两日又与陈初因为同一个问题而争吵不休。

陈初头痛至极，却从未想过妥协。

另一方面，自八卦事件后，何婧对陈初的出行更是盯得紧，她才出门买杯咖啡，何婧的电话已经打到她的手机上：“你还不回来吗？”

“我只是买咖啡。”

“顺便给我带杯冰拿铁。”说完电话就挂了。

陈初还未踏进家门，已看见何婧站在门口等待，原本优雅迷人的何老师自生病后，体态变得越发臃肿，面容憔悴，穿着家居服与普通的家庭妇女无异。

“怎么去了这么久？”

“妈，我们住得这么偏僻，去最近的咖啡店，走路也要二十分钟好吗？”陈初无奈道。

何婧看了她一眼，拿着咖啡进了琴房。

自得知陈初与贝思远分手后，何婧对贝思远的态度一直不冷不热，他也极少再到陈家来，偶尔不知情的陈洪恩提起贝思远，何婧也是一副忧虑重重的样子。陈初不知道贝思远是怎么与何婧讲的，多半是将责任揽到自己身上，否则何婧也不会是这样的态度。

生病后何婧性情大变，所以陈初即便执着于做自己喜欢的工作，也尽量减少与母亲发生正面冲突，偶尔去盛娱谈工作都是找了借口，接电话亦偷偷摸摸。

陆寻觉得不可思议：“你都二十好几了，怎么接个电话还像初中生谈恋爱一样猥琐？”

陈初躲在洗手间，闻言低声反驳：“陆淼淼也不是小孩子，你不一样将她当成幼儿园的小孩哄！”

被这么一呛声，陆寻过了好一会儿才慢吞吞道：“陈初同志，最近你的火气可真不小。”

陈初一听这人吊儿郎当的语气就越发恼怒，也不和他吵，直截了当地撂了电话。

结果，她在洗手间坐了十分钟，陆寻也没有再打电话来，直到何婧女士在外面擂门：“陈初，你是不是便秘？进去都快半个小时了，要不要给你拿点药？”

陈初目不转睛地盯着手机，它依旧没有动静，气得她恨不得将它摁进水里。

（2）

隔日陈初去盛娱与导演谈工作。

陈初做事向来不拖沓，事情谈完就收拾东西走人，这日却显得慢吞吞的。她离开会议室时遇到一个和她差不多年纪的女孩，女孩见到她挺热情："陈老师，你来了呀。"

女孩子会来事，遇到编剧一律喊老师，陈初颇为受用。她不记得女孩的名字，只知道大概是总办那一层的，礼貌地同对方点头，刚要走，又听见女孩似有意又似无意地说："陆总这几天出差了，米兰有个时装秀邀请他去参加。"

陈初第一反应是原来他又出差去了，这离上次出差才几天，陆总可真是人忙事多，可很快又觉得不对，对方和她说这个干吗？

待她回过神来，那人已经抱着文件走远了。

陈初也不知道自己与陆寻算什么关系，但她在盛娱的待遇相比从前好了太多，每个人对她礼貌有加，前台姑娘更是热情恭维，除了顾珏宇一如既往地对她客气，永远一副公事公办的态度，不过这倒让她觉得舒服。

虽然盛娱上下都是暧昧的态度，但陈初心里知道，自己和陆寻什么也算不上，隔着一层朦朦胧胧的窗户纸，陆寻没有捅破，她也任由其发展下去。她倒不是没想过改变现状，而是她这近二十年来的恋爱经验少得可怜，仅有的一次也以失败收场，前进不是，后退也难，索性就这样僵着，过一天是一天。

但她始终想不明白，陆寻虽性格恶劣，但怎么说也是南泽知名企业盛娱娱乐老总，年轻有为，外形俊秀，撩得盛娱大批未婚少女春心萌动，却从未听说过他有女友，绯闻也少得可怜，除去与冉书瑶传过一次，剩下的绯闻女主角也只有她了。

陈初曾装作不经意地问陆淼淼："你小叔叔也不年轻了，怎么一直没谈过恋爱？连前女友似乎也没有过。"

向来神经大条的陆淼淼少有地敏感，忽然如临大敌般道："怎么忽然问这个？谁和你说了什么？"

陈初看她的神色就知道事情没那么简单，不动声色："哪有，就是觉得奇怪，好奇嘛，问问。"

陆淼淼扮猪吃老虎这一套估计是和陆寻学的，死活不肯再说，话锋一转，又变成了她小叔叔的脑残粉："你刚刚说什么？我小叔叔不年轻？男人三十一枝花，而且我小叔叔不到三十呢！一点都不老！"

"陆淼淼同学，你是不是有什么事情瞒着我？你这会儿有点紧张。"

"哪有！哎呀，你有什么想知道的，直接去问我小叔叔，他肯定会告诉你。"

见从陆淼淼这里问不出究竟，陈初只好作罢，陆淼淼在她旁边小叔叔长、小叔叔短她也假装没听见，兀自忙自己的事情。

在局外人陆淼淼看来，这两人明明对彼此有意思，但一个骄傲不肯低头，一个单纯不懂表达，真是让她操碎了心。

你问骄傲的那个是谁？

除了偶尔专制古板，小叔叔在陆淼淼心中永远如高贵冷艳的白莲花，他肯定是单纯的那个。至于谁骄傲，这就见仁见智了。

这边陈初不冷不热，也不知道那厢陆淼淼暗自着急。

又过了几日，陆淼淼打电话约她去南泽新开业的大型游乐场："据说惊险刺激，比迪士尼还好玩。"

陈初连着几日在家赶稿，大门不出，二门不迈，也有些累，听她这么一说便蠢蠢欲动："朋友圈这几日好像在刷屏，不过刚开业，人会不会很多？门票难买不？"

"票我已经买了，你不来，我都没人陪。"陆淼淼在那边嘟嘟囔囔。

话说到这里，陈初再拒绝未免有些不近人情，便说好，与陆淼淼约了时间，但拒绝了她让司机来接的提议，第二天神清气爽地去赴约。

只是，一到游乐场门口，陈初就傻了眼——说没人陪的某人正气定神闲地喝着酸奶，旁边站着一个高高的身影，那人一身休闲服白得扎眼，见到陈初，朝她招了招手，像逗弄他家的陆甜甜一样。

陈初觉得他真是讨厌，脚下的动作却没停，几步走到他们面前。

"不是说没人陪？"她也不看陆寻，直接向陆淼淼发难。

后者嘿嘿干笑了两声，见她板着脸，便挽着她的臂弯撒娇："我小叔叔这不是刚出差回来吗？他一听某人评价他不年轻，便自告奋勇陪我来游乐场玩。我这不是还没来得及和你说吗，反正人多也好玩。"

说到"年轻"二字时，陆淼淼加重了语调，陈初暗道糟糕，果然见陆寻睨了她一眼，目光比日光还要猛烈，几乎要将她穿透，让她恨不得挖个坑把自己埋起来。

用目光将人凌迟一遍后，陆寻才慢条斯理地说："走吧。"

蓝水星游乐场是南泽第一个以科幻为题材的主题公园，因为刚开业，又时值暑假，游玩的人络绎不绝，多是带着小孩的父母和学生模样的男孩女孩，或者年轻的情侣。他们这两女一男的组合在这喧闹的人群里稍显奇怪，频频有人朝他们望来，但目光多半落在陆寻身上。

他倒是淡定从容，大步走在前方，很快便与她们拉出一段距离来，还是陆淼淼不满地喊住他："小叔叔，你能不能走慢点，等等我们？"

"走得那么慢，磨蹭什么。"虽然这样说，但他还是放慢了步伐。

就如陆淼淼所说，陆寻只是来陪玩的，无论过山车、海盗船、高空飞车，还是峡谷漂流、激流勇进等水上项目，陆寻全程没有参与，皆抱臂站得远远的，陆淼淼也少见地没有缠着她小叔叔陪她去玩那些惊险刺激的项目，只拉着陈初。

从云霄飞车上下来时，陈初已经脚软，扶着围栏站了好一会儿都没缓过来，陆淼淼却面不改色："陪我去玩高空滑车。"

陈初往陆寻所在的方向一指："你让你小叔叔陪你去。"

"他不去。"

陈初不满，她也不知道为何总看陆寻不顺眼，看他斜斜地靠着栏杆，神清气爽，而自己却一身冷汗，便觉得郁结："来游乐场不玩傻站着吗？真是浪费！"

"既然如此，你就陪陆淼淼去吧，我浪费，你不能跟着一起浪费。"戏谑的声音随之响起。

陈初瞪了他一眼，还没来得及反驳就已被陆淼淼拉上了高空滑车。

等待设备启动的间隙，她从上方往下望，陆寻微微仰着头看着她们的方向，日光肆意铺展，光影交错中他的轮廓更显得清晰，像经过细心雕琢一般。见她看他，他朝她露出一个了然的笑容，她急忙转过脸，之前的恐惧这一会儿却没那么明显了。

（3）

这日陈初被陆淼淼拉着玩了游乐场的大半项目，除去旋转木马和碰碰车、小飞鱼这些儿童项目外，凡是刺激、惊险的都给玩了一遍。

起先她兴致勃勃，玩了两三个项目后开始恐惧，后来却上了瘾，哪些项目刺激便与陆淼淼兴高采烈地往哪儿冲，用陆寻的话说，就像两个刚从封闭式学校放出来的初中生。

一轮下来，她与陆淼淼都浑身湿透，分不清是汗还是水，头发也一缕一缕地黏在额头上，看起来有些傻。

自始至终陆寻都没有参与，负责帮她们买水和看包，像一个尽职的家长，但偶尔也会不耐烦，时不时看表和手机，那微微皱眉的模样逗乐了陆淼淼："哎，你说我小叔叔像不像我俩的家长，许诺了考出好成绩就带我们来游乐场，来了很无聊，又不好反悔，就只能一副苦大仇深的模样？"

陆淼淼的形容十分生动，陈初"扑哧"一下乐了，被笑的人不明所以，疑惑地挑了挑眉。

陈初说："陆叔叔，麻烦你把我的包拿给我。"

许是没料到会被这样称呼，陆寻既吃惊又恼怒，突然伸出手抓住了她的手腕："你叫我什么？"

"陆叔叔，你是陆淼淼的叔叔，我和她是同学，难道我这样叫你不对吗？"

她说的是没错，但陆寻听着就是不对味，见她张牙舞爪的又将她拉近了一些："陈初，我还没发现你这样伶牙俐齿。认错吗？"

他的力气有些大，握得陈初手疼，她是执拗的人，手上疼，嘴上却不饶人："我没错，为何要认错？不认错又怎样？"

陆寻的确没法将她怎样，手收也不是，放也不是，还是侄女出了声："小叔叔，这里是公共场合，你和陈初要谈恋爱回家谈，在外头秀恩爱是不道德的。"

陆寻往她头上敲了一记："就你事多。"这边松了松手，却没有放开，虚虚地拉着陈初。陈初出了汗，手腕的皮肤冰凉，陆寻手心却炽热，是以她并不舒服。她挣了挣，那人却似没有察觉，这边牵着她的手，那边还在低头看门票上的地图："还要玩吗？要不你们两个再去坐个旋转木马，我们就回去吧？"

陆淼淼一脸嫌弃："那么幼稚的玩意儿，不坐。还是去坐摩天轮吧，小叔叔你和我们一起。"

尽管陆淼淼软磨硬泡，但陆寻还是不为所动："我不去。"

陆淼淼冷哼了一声，大步走在前头，陆寻牵着陈初施施然跟在后面。

"你不玩还做什么？"陈初问，"你一大忙人，怎么有这个美国时间？"

陆寻突然停下来，审视着她，看得她心惊肉跳。

"看我干吗？"

"是地球人呀，一样长着俩眼睛一嘴巴，说出来的话怎么就那么不好听？"他看起来不像生气的样子，带着点笑意，一扫往常的深沉，显得异常和煦，也不知道今天心情怎么这么好。

一时间，陈初也不好意思继续和他拌嘴。

到了摩天轮下面，原本还兴高采烈的陆淼淼却变了脸色："你们去玩吧，我肚子疼。"

陆寻一听，脸色大变："怎么突然肚子疼？还玩什么，我送你去医院。"

陆淼淼哭笑不得："小叔叔，我没事啊！"

"没事怎么会肚子疼？"

陈初也说："对，是不是吃坏什么东西了？"

陆淼淼一跺脚："不是啊，还不是女孩子那点事。票都剪了，你们快去玩吧，我坐下来休息一下就好。"

"不去了，等你好了再去。"

小姑娘却一脸正气凛然："怎么能不去了，票都剪了，不能这样浪费！你们快去，我肚子疼不能玩，看着你们玩也好。我在这里等你们。"

后面还排着队，工作人员又在催促，原本陆寻是不想上去的，但最后被陆淼淼硬推着上去了。两人一进观景舱，门刚关上，陆寻便笑骂了一句："鬼心思真多。"见陈初一头雾水，又解释，"她装的，给我们两人制造机会呢。"

摩天轮已徐徐上升，陈初透过观景窗往下望，果然看到刚刚还一脸痛苦的陆淼淼这会儿已活蹦乱跳，正得意扬扬地朝他们挥手，全然不像刚刚的痛苦模样，见她看去，低头摆弄手机，过一会儿又朝她扬扬手机，示意她看。

下一秒，陈初收到她发的信息，带了一个尤为猥琐的表情：摩天轮多浪漫，小心我小叔叔兽性大发。

这并不宽敞的空间里只有他们两个，陈初无心看风景，而被恶意揣度的人正襟危坐，仿佛身处炼狱，下一秒就要下油锅。

“喂，你看起来怎么很怕的样子？”她调侃道，“你是不是恐高啊？什么游乐设施都不玩。”

“我不恐高。”

“那你的表情怎么这么臭？还说不是怕。”

陆寻这才撩起眼皮看她：“哦，那就算我怕吧。现在摩天轮已经升到这么高了，我很害怕，你要怎么安慰我？”他嘴上说着怕，却一点都没有害怕的样子，懒洋洋地看着她，眼睛里有莹莹的光，像在等待猎物上钩。

自踏进摩天轮，她便觉得不自在。在这狭小、密闭的空间里，无论她看向哪里，目光都会落在陆寻身上，索性别开脸看窗外的天。这天云很多，一团一团簇拥在一起，像柔软的棉花糖，衬得天空越发蓝。

见她又像鸵鸟一样缩了起来，陆寻冷哼了一声：“胆小鬼。”

“你才胆小鬼，连海盗船都不敢坐。”

“你知道每年全球因游乐场意外事故受伤和身亡的有多少吗？其中高空项目最危险，每年有多起意外，去年官塘便有一起事故，游客在大摆锤上被甩出，三死两伤，年纪最小的仅八岁。”

他说得陈初心惊肉跳：“摩天轮不会吧，这么慢，很安全。”

“难说，要是设备突然发生故障，就算是摩天轮也会引发事故，没有绝对安全……”

他的话音未落，脚下便一阵剧烈的震动，随即摩天轮骤然停下，陈初望着窗外忽然定格的景色，一时间竟忘记恐惧，只在心里翻来覆去地骂：陆寻这个乌鸦嘴！

（4）

陈初站在离门稍远的位置，自上而下望去，底下聚集着密密麻麻的人头。

不知是因为陆寻的恫吓，还是因为在高空停留产生的恐惧，站久了，她竟有些眩晕，像一脚踩在了窗外的云上，不敢用力，生怕稍不注意便自云端跌落。

时间已过去将近一个小时。

离他们最近的观景舱里是一对学生模样的情侣，女孩脸上的焦急在等待中逐渐转换成慌乱，观景舱与观景舱的距离并不近，她却看得真切。

陆寻仍旧坐在位子上，Polo衫的扣子都被解开，领口敞开，他的手贴着舱壁，微微撑着头，虚虚实实的光影里，陈初看不大清他的轮廓。

之前机器发生故障，她惊慌失措，他还挺淡定地安慰她：“别怕，是机器故障，很快会抢修。”

“抢修不好怎么办？”

“怎么可能修不好？游乐场都有维护人员，这意外本就不该发生。”

陈初执着地想要从他那儿得到答案：“那要是修不好怎么办啊？我们会被留在上面吗？”

陆寻看着她道：“就算修不好，也会有人来救援，再不济就在这上面过一夜。你不要再走来走去转圈了，现在我们是腾空状态，它能突然停下来，难保门不会坏掉，你最好老老实实坐着。”

这下她看明白了，无论什么事，陆寻总是往最坏的方面想。这样有好也有坏，好的是已做了最坏的打算，不会再有更坏的；糟的是，让人看不到一丝希望，路的尽头一片黑暗。

阴谋论！陈初这样想，却不敢再乱动，在他身边坐好。

“你不是不愿意上来吗？怎么刚刚会改变主意？”

他嘴唇动了动，却没有回答她的问题，似疲倦了，微微阖上眼，靠着舱壁假寐。

“你不舒服？”

“昨晚没睡好。”

“你哪天睡得好？”

她原以为他会反驳，他却微微笑了：“也是。”

陆寻闭眼小憩，陈初细细打量，见他眼下泛青，也没再拉着他说话，一会儿左顾右盼，看有没有人抢修或救援，一会儿看看四周是什么情况。

过了一会儿，陈初越发觉得不对劲，陆寻的呼吸声似乎有些不对劲，在这封闭的空间里尤为清晰。她微微朝他靠近，屏住呼吸聆听，发现他的呼吸果真比寻常要沉重。

“陆寻。”她轻轻唤了他一声，原本极为警惕的人这会儿却反应缓慢，过了好一会儿才抬眼看她。

“你怎么了？”

“没什么。”

“你是不是不舒服？”

被问的人用手遮住了眼睛，说没有。

陈初见他逞强，急了，去拉他的手。他估计是真的不舒服，有些羞恼地拂开她的手，却被她反握住：“你不要动啊，我看看你是不是发烧了。”

陆寻的眼眸不像往日那般清澈，像隔着一层厚重的雾，让人看不清他的情绪。

他不抬头还好，一抬头，惨白的脸色将她吓了一跳。她也没多想，伸手就往他额头上探。

那只手冰凉而柔软，带了一点不知名的香味，陆寻不自在地动了动脖子，却被她按住。手依旧在额上游走，她兀自念叨：“不要动。没发烧呀，为什么脸色这么难看？”

陆寻拂开她的手，复用手挡住额头，又被她拎开，脸凑在他跟前：“你别吓我，到底哪里不舒服？是不是哪里疼？说不出话？”

陆寻太阳穴突突地疼，心底又泛着恶心，闭着眼还好，睁开眼，晕眩感又猛然来袭，击得他溃不成军，偏生陈初的脸还不停地在他面前晃悠，不知是因为紧张还是闷热，白净的脸颊泛着粉，鼻翼上还有细细的汗，他不知怎么就想起了水蜜桃，原本要推开她的手也顿住了，轻轻搭在她的肩膀上。

“不要晃，我头晕。”

“你不舒服？”

“没有。”

“明明就是，为什么还要嘴硬？”

陆寻不想与她争辩，头又疼得厉害，索性不理她。

陈初突然反应过来：“你是不是有恐高症？怪不得之前死活都不玩，原来是恐高。陆淼淼也不知道吗？你早说啊，本来就不应该上来……”

话没说完，陆寻恼怒地睁开眼瞪她。从前她总觉得他的眼神阴鸷，这会儿却不觉得可怕，反而觉得有些可爱：“恐高不丢脸啊，你把眼睛闭上。”他却不闭眼，依旧瞪着她，她索性用手虚虚地掩住他那双眸子。

他的睫毛又密又长，微微扫过她的掌心，像一根羽毛轻轻地在她心上撩过。

陆寻没有推开她，气氛陡然变得暧昧。她讪讪地想要收回手，却被他按住：“怎么不盖了？”语气带着调侃，声音却不似往常那般中气十足。

陈初拉了一下，把手从他眼上拉下来，却依旧被他扣着。

经过这么一小段插曲，两人不再觉得时间难熬了，连故障处理好了也未曾察觉，直到脚下又是一阵晃荡，观景舱徐徐地下降，她才听见陆寻道：“要落地了。”

陈初“嗯”了一声，观察着他的脸色，没有之前那般可怕，但还是煞白一片。

将将落地，陈初就看见陆淼淼那张泫然欲泣的脸，舱门一打开，她尖锐的嗓音就传来：“可没吓死我……”

新鲜空气铺天盖地地涌来，陈初这才有了踏实感，但她没有出舱门，而是侧身让陆寻先走：“你不舒服，走前面。”

那人却像被点了穴，突然愣住了，黑黝黝的眸子定定地看着她的脸，像不认识她一般。

陈初推了他一把：“还不走，想些什么呢！”

他这才有了动作，却不是出舱，而是将手放在她的肩膀上，轻轻将她推出去。

“你先走。”

（5）

回去是司机老王来接，等陆淼淼上了车，陆寻却将车门一关，吩咐老王：“将小姐送到公寓后再来接我们。”

陆淼淼也不反对，目光在他们之间流转，随即了然地点点头，和司机先走。

倒是陈初不明所以：“为什么不一起走？”

“我想走一走。”他一副“我想走，你就得陪我”的理所当然的样子。

在观景舱里待了一个多小时，陈初也有些不舒服，走走吹吹风也是挺好的。

太阳已下山，只有晚霞在天空中铺展着，橘色的光芒让周遭的一切变得柔和起来，包括陆寻的轮廓。

一路上陆寻的话不多，陈初是话多之人，与他待在一起竟也不觉得尴尬。两人走了好长一段路，陈初低头数着步数，数到“2945”的时候，忽然听见他说：“陆淼淼挺喜欢你的。”

她愣了一下，方说：“我现在也挺喜欢她的。”她顿了一下，然后说起两人之前针锋相对的事，“你不知道，先前我们可不是这样的，一言不合就会吵起来，全寝室楼都知道我俩关系不好。其实我们也没有什么深仇大恨，但就是互相看不顺眼，像针尖与麦芒，到后来关系才变好，慢慢成了朋友。”

那个“后来”是什么时候，她没说，陆寻却记得。

那日他加班，与投资方开远程会议，突然接到侄女的电话，声音悲惨、凄凉：“小叔叔，你快来警局救我！”他吓了一跳，顾不上还在开会就急匆匆赶去，到了那儿一了解情况，哭笑不得：侄女去看演唱会，和一群脑残粉有了矛盾。原本这只是小事，对方动手打人，他自有办法让她们好看，这个傻大姐却有勇无谋，好心办坏事，把人脑袋开了瓢。

且陆寻听过她的名字，陆淼淼在家絮絮叨叨说过几次，是以他知道她与陆淼淼向来不睦。

既然她们不睦，她又为什么突然出手相助，带了什么目的？

是以，陆寻看向她的目光便带上了审视，而她也不畏惧，甚至一脸正气凛然，好像受了多大的委屈。

但这与他并无关系，反正他们再也不会有交集。

谁知后来他总是与她有羁绊，先是陆淼淼，又是Aaron，每一次她都像个热心的陀螺在周旋，明明事情皆与她无关，她却比当事人更着急上火。陆寻一点也不相信她是单纯的善良、热心，他觉得她肯定心怀鬼胎。

他冷眼旁观着，看她什么时候露出马脚，可是她并没有，甚至一次次带给他惊喜，一步步瓦解他的防线。

陆寻知道，自己已经沦陷，他已经将自己的后背完全袒露在她面前。

他觉得自己就像个初出茅庐的毛头小子，因为她的忽视而恼怒，因为她与别人亲密而吃味，莽莽撞撞地出现在她面前，希望她将目光放在自己身上。

这样很危险。

他也试过刻意忽视、逃避她，甚至尝试去接受另一个人，比如暗示过他的冉书瑶。但他发现，这很难，她不知何时已静悄悄地走进他的心中。

他不能抓太紧，又不想放她走，只能任由她来去自如。

他还沉浸在自己的思绪里，冷不丁听见陈初问："你……你以前有没有谈过恋爱？"

他诧异地转头，她却没看他，盯着自己的脚，好似这句话耗尽了她的勇气。

"有。"

陆寻恍惚了一会儿，才发现那是属于自己的声音。

他十六岁便与施黎翘相识，说来也不是什么惊天动地的爱情故事。

他是遗腹子，父亲早早因病去世，母亲在他没几岁的时候也抑郁而终，自小是由哥哥带大的。都说长兄如父，父亲是怎样的他不知道，他只知道哥哥凶得很，动不动就骂他。倒是嫂子待他极好，将他当作自己儿子一般，纵然后来陆淼淼出世，对他的疼爱也分毫未减。

施黎翘是他嫂子的表妹，年岁与他相当，经常到家里来玩，久而久之，他们也就认识了。

起初他并不喜欢她，只觉得这姑娘闹腾得很，嗓门又大，陆淼淼给她带着真让人忧心，好的没学到，学了她的大嗓门和脾气。

她似乎看出他对自己不待见，见到他也吹胡子瞪眼："陆二，我是欠你钱没还还是怎么的？你每天斜着眼睛看我！"

"我没有。"

"没有，那就是你本身眼残。好吧，我就不和残疾人计较了。"她说完，噔噔噔下楼，气得他心口疼。

后来也不知道怎么的，他就和她看对眼了，加上两家家世相当，两人都有意结亲，那就处处吧。

后来他的第一次牵手、第一次拥抱、第一次亲吻、第一次彻夜未归、第一次和人争风吃醋都是因为这个女孩。他不曾喜欢过人，也大概知道这就是爱情，他会和施黎翘结婚，会和她一直走下去。

如果没有那场车祸。

当时车里并非只有三人，除了哥哥、嫂子，还有一个施黎翘，她坐在副驾驶座上。

车祸发生的那一刻，他下意识将方向盘打向了自己这一边，却不料因此害死了哥哥、嫂子。他记得清楚，当时车子引擎已着火，哥哥、嫂嫂完全失去意识，而他被卡在车里，只有施黎翘挣扎着出去了。

车子漏油，人要快点撤离，否则车子爆炸，后果不堪设想。

施黎翘却像被吓傻了一般，无论他怎么呼喊都远远站着，不敢靠近。

“翘翘，快来，快来帮忙啊，我出不去！”

“你傻愣着做什么？”

“快要爆炸了，你知道吗？”

最后一句，他几乎是吼出来的。

而正是这句话点醒了施黎翘，她终于有了动作，却不是过来救人，而是朝相反的方向跑。

那一刻，陆寻不知道自己是什么心情，他甚至放弃了挣扎，想着，就这样吧，爆炸吧，和哥哥、嫂子死在一起也不孤单，只是苦了陆淼淼，往后她孤苦伶仃一个人可怎么办？

所幸在车爆炸之前，救援队就来了。

陆寻知道，是施黎翘报的警。

可是她奔跑着远去的身影从此在他脑海里扎了根，像烙印一般，始终抹不去。

从那时候开始，他便不再相信任何人。

早些年傅亚斯和陆淼淼联合起来骗他去看心理医生，医生说他得了被害妄想症，不停地和他说人性本善。他觉得荒谬可笑，若那个医生与他一样，在临近死亡的那一刻被爱人抛下，就不会这样说了。

人都是自私的、邪恶的。

可是，陈初那只微凉的、柔软的手突然朝他伸了过来，紧紧地攥住了他。

若说先前还有犹豫，现在他已经完全沦陷。

她是陈初，不是施黎翘。

她会为和自己关系差劲的室友出头，会为朋友赴汤蹈火，会在深山搀着受伤的他前进，会对他说：“你先走。”

她说她是怪力少女，的确。

她将他从地狱拉回了人间。

峡谷

这大概就是和自己喜欢的人待在一起的感觉吧，做着一些无聊的、无关紧要的事，时间却过得很快，又舍不得用完，像恨不得从海绵里挤水一般，一点一滴都不想浪费。

（1）

陆淼淼突发奇想要吃灌汤包，支使司机去买，点名要新洲小学后面那家老字号的，得到陆寻的首肯后，老王只好穿越大半个城市去排队帮陆小公主买几个灌汤包，陆寻这边自然就无暇顾及。

二人便沿着公路慢慢往回走。

陆寻性格古怪，没有多少朋友，唯一称得上关系好的大概只有从小一起长大的傅亚斯，但早些年傅亚斯家庭败落后，怕连累他，有好几年没有和他联络，现在结婚了，且老婆怀孕了，又变成了老婆奴，眼里几乎看不见人。顾珏宇从他进入盛娱起便跟着他，姑且也能算上一个。那年事故发生后，他便与施黎翘分手，再后来，她便去了国外。谁也不知道原本已谈婚论嫁的两人为何会突然分手，傅亚斯隐晦地问过两回，得到他的白眼之后讪讪地打住，此后没有再提。

这段往事像被打入冷宫，这些年，他从未对人提及，就连夜深人静时，自己也从不拿出来回忆，他以为，几乎以为自己已经忘记了，可这一刻才发现，并没有，那个夜晚发生的一幕幕历历在目。

他和陈初提起这段经历时是云淡风轻的，到最后，手却在微微发颤，好像突然间又回到了那个深夜，在漆黑、寂静的高速公路上，施黎翘奔跑着离去，他被卡在驾驶座，周遭仿佛什么声音都没有，只有自己的心跳声、后座的喘息声，以及血液滴落在地上的声音。

在那短暂又漫长的半个小时里，他什么都做不了，只能眼睁睁听着哥哥、嫂嫂的呼吸越来越弱，最后消亡。

“我什么都做不了，我什么都做不了，只能看着他们在我面前死掉！”说到最后，他的声音带上了哭腔，眼睛亦是猩红的，“我甚至觉得，是我害死了他们。”

陈初在这一刻突然抱住了他。

“陆寻，我有没有和你说过，我也有个哥哥？”

在伤痛面前，再多的语言都是苍白的，最残忍也是最好的安慰是：揭开自己的伤疤，陪他一起疼。

陈初与陈未是双胞胎，陈未先一个小时降落在这个世界，便成了哥哥。虽然她从不曾叫过他一声哥哥，但他承担了所有哥哥应该有和不应该有的责任。

陈初愚笨，懒散又固执，陈未则继承了父母亲所有的优点，聪明、勤奋、善良与坚持。他刚学会走路就自己要求学小提琴，上幼儿园时已到过南泽剧院演出，小学则扬名，全世界都知道何婧有个了不得的天才儿子。

那段日子是陈初最痛苦又最快乐的时光，痛苦的是，谁都将她与陈未对比，包括自己的父母；快乐的是，无论她做错什么，永远有陈未给她顶着。

陈初从未嫉妒过陈未，即便全世界都觉得她比不上他，即便父母的偏颇已摆在明面上。因为，所有她应该得到的宠爱，父母没有给她，陈未都给了她。

他就像一把大伞，晴时遮阳，阴时遮雨。

可后来，他还是走了。

陈未自小身体不算好，又因练琴极少锻炼，所以经常生病。那一次他们也以为他只是寻常感冒，吃点药就好，谁知断断续续高烧不断，被送到医院时已经严重了，肺炎感染。何婧当时在奥地利演出，只有陈洪恩一人照顾陈未和陈初，他索性将陈初也带到了医院。

陈未过世那一晚，何婧风尘仆仆地从奥地利赶回来，洗漱都不曾就到医院陪伴儿子。当时陈初还有些嫉妒，因为何婧看到她懒懒散散地边写作业边看电视，将她数落了一顿，回头对陈未就换成了笑容，简直是川剧变脸。她愤愤不平地对陈未做了个鬼脸，他朝她笑了笑，没有理会。

那天陈未精神很好，陈洪恩和何婧以及陈初都在医院陪伴他，全家人还少有地一起看了电视，里面放的正好是《西游记》，陈初记得清楚，就是“三打白骨精”那一集。陈初看过十几遍《西游记》，剧情烂熟于心还看得认真，何婧恨铁不成钢：“你就知道看电视，关了，哥哥该休息了。”

好吧，那就休息。

陈未住在双人病房，陈初和何婧睡在隔壁的病床上，陈洪恩则委委屈屈地蜷缩在沙发上，他睡前还懂事地问父亲：“爸爸，你到我身边睡。”

陈洪恩摆摆手，然后关了灯，留下一地的月光。

也就是在那一夜，陈未突发急性肺水肿。

陈初不知道那一夜陈未经历了怎样的痛苦挣扎，因为她睡着了，最后是被吵闹的脚步声和母亲的哭声惊醒的。她看着陈未被推进手术室，仓皇地坐在沙发上，回不过神。

何婧一直在哭，陈洪恩则呆滞地站在病床边。

“爸爸，陈未怎么了？”

陈洪恩没理她，颓唐地用手遮住了脸。

经过三个小时的抢救，陈未死亡。

那一年，陈未只有十二岁，他走得匆忙，留下的是陈家一生的痛苦。第二天何婧也住进了医院，陈初不吃不喝三天，最后陈洪恩拿着米汤往她嘴里灌：“我已经死了一个儿子，你是不是要我连女儿也没有？”

那一年，陈未只有十二岁，仍是少年模样。

成年后，陈初不停地想象，若陈未还活着，那会是什么样子。他温柔、俊秀、勤奋，估计会像爸爸一样沉默寡言。这些影子慢慢地重叠在一起，最后她看见了琴房里的贝思远，他的背影和姿势与陈未的如出一辙。

这些年，陈初从未在谁面前提及陈未，包括唐乐与贝思远。

而现在，她轻松地提起了哥哥，以及那些不为人知的过去。

陈初站在夕阳里，努力地牵动嘴角："最初那几年，我像你一样痛苦，虽然年纪很小，但当时痛苦和悲伤几乎将我淹没。我妈在医院住了半个月，回家就是哭，也没有回乐团，我爸则请了长假。陈未死后很长一段时间，我家都像垃圾堆，我感觉他走了，就带走了我们的灵魂。但后来，有个晚上我梦见了他，他没有和我说一句话，只是很悲伤地注视着我。我知道，他一定是不希望我们这样痛苦，所以我努力振作，学着他做好每一件事，好好地活着，连同他的份儿一起。"说到最后，她有些无奈，"遗憾的是我比较差劲，他轻而易举能做好的事情，我总是做不好。但我知道他不会怪我，他一定更希望我能够开心地活下去。"

"其实我很少提及陈未，并不是我还沉浸在痛苦里，而是我希望他就那样安静地离开，活在我们的回忆里就好。其实我们怎么避讳都无法改变陈未已经过世的事实，逝者如斯，活着的人就要好好活着。不只是陈未，我想你的哥哥、嫂子也不希望你如此痛苦。因为他们一定也爱着我们，甚至更多，一定不舍得我们为了他们的离去而悲怆，甚至自责。"

道理他听过无数次，可没有一次像此时这般震撼，许是有着类似的伤痛，她的安慰才这么深刻。

微风带来她坚定的嗓音，陆寻看着她，心里发涩发软，忽然很想吻吻她。

"陈初，我可以吻你吗？"

陈初错愕地抬起头，而陆寻的吻已经压了下来。

陆寻的吻一如他的人，看似恬静无害，实则猛烈凶狠，他的唇舌研磨着她的，像温水煮青蛙，让她的防备、抗拒一点点抽离，最后脑子里只剩下一团糨糊。

她愠怒，这人做事从不看场合，这可是在大马路上。可当她抬头看到他的笑容时，她怎么也生不起气来。

"陈初，谢谢你。"

陆寻并不常笑，大多时候嘴角微微上挑，看人总带着审视与戒备。他极少露出这样纯粹的笑容，星眸皓齿，看起来明亮而耀眼。

谢谢这么美好的你出现在我的生命里。

那些不堪的过去，因为与你有相似的经历，因为有了陪伴，突然就变得不那么痛苦了。

所以，真的谢谢你。

许是回忆让两人都变得黯然，陈初突然想到唐乐家附近滚烫的牛肉汤面，每每不开心，她都会去那里，这会儿她也想带陆寻去。

话已出口，陈初才反应过来：“你应该不会喜欢那里，环境不是很好。”

陆寻道：“东西好吃就行。”

但他显然高估了自己的接受能力。

他看着低矮的门面、拥挤的大堂、脚下的油腻地板直犯恶心，见陈初一脸“我就说了吧”的表情又不好撤退，只得硬着头皮，勉为其难地跟在她身后找位置。

大热天的，小小的面店里挤满了人，为了节省空间，放的是矮桌凳，陆寻一坐下，长腿完全无法伸展，委屈地蜷成一团，后背紧紧贴着墙，看起来滑稽又可怜。

“老板，我们的面怎么还没来？”

陆寻话音刚落，便见大家都朝他望了过来，不明所以。

陈初忙和他解释：“这里是要自己去端面的。”说着自己起了身，钻进阴暗的后厨，不一会儿就端着两碗面出来了。

在这熙攘的小空间里，陈初端着面，热气在她面前氤氲开来，像一层薄薄的纱。她走得很快，汤汁在摇晃中溅到她手上，他听见她不满地嚷嚷：“烫死我了，快帮我接！”他一时间忘记去接碗，不知怎么忽然想起过世的哥哥、嫂子——嫂子向来不爱请帮佣，说不喜欢家里有外人，向来是自己下厨。哥哥下班了就往沙发上一躺，什么事也不做，大多时候是嫂子骂骂咧咧地数落，哥哥像聋子一样默不作声，但奇怪得很，嫂子嘴里在骂，手上的动作却一点不含糊，做着哥哥最喜欢的红烧排骨。小时候他不懂事，总在等他们吵架，但他们没有一次真正吵起来。

“你搭把手会死吗？我都被烫死了！”

她的手是有点红，但她没有娇滴滴地找他出气，反而抽了一双筷子递给他，眼睛发亮：“快吃快吃，看看好不好吃。”

他挑了一筷子面，还没入口，牛肉的香气已盈满了鼻腔，尝了一口后，味道竟是意料之外的好吃，一点也不输给星级料理和私房菜。他刚点了头，陈初就一脸自豪道：“都和你说好吃吧！刚刚还一脸嫌弃！”

又不是你做的，自豪什么！他这样想，话到嘴边却变成了：“是挺好吃的。”

陆寻从未想到有一天自己会挤在一个狭隘、脏乱的苍蝇小馆里，吃一碗牛肉面吃得满身大汗，且味道竟然不错，他还乐在其中，学着陈初往汤里放了一勺辣椒酱，结果被辣出了眼泪。

“忘记和你说，这里的辣椒酱几近是变态的辣度，没几个人受得了！”可她的语气明显是幸灾乐祸的。

两人吃了面出来，时间已近七点，只是夏天日落得晚，此时天还亮得很。陈初想回家，陆寻却说：“走一走吧。”

他们这一整天好像都在“走一走”，可是此时不想分开。

这大概就是和自己喜欢的人待在一起的感觉吧，做着一些无聊的、无关紧要的事，时间却过得很快，又舍不得用完，像恨不得从海绵里挤水一般，一点一滴都不想浪费。

（2）

遇见唐乐与贝思远，是陈初始料未及的事。

还是走在前方的陆寻先看见他们，顿住了脚步。

“怎么不走？”

他稍稍侧身，陈初先是看到贝思远，而后才看到站得远一些的唐乐，以及那散落一地的画笔和颜料。

唐乐并未发现他们，对着贝思远的那张脸上毫无表情，像经过精雕细琢的雕像：“你拿走吧，不要再来找我了。”

但唐乐对面的人没动，静静地站着，直到唐乐转身走进阴暗的楼道，直至她的背影消失在夕阳的余晖里。他并未捡起地上的东西，任由它们散落一地，眼神对上陈初的时候有些诧异，却毫无难堪，一如既往地骄傲。

刚分手的时候，陈初恨透了贝思远，无数次想过要报复他。可当她亲眼看到他遭到冷遇和拒绝时，她无悲无喜，好像眼前这人只是与自己擦肩而过的陌生人。

原来不爱了之后，对方的悲喜都与你无关，再也不能轻易便牵动你的情绪，连恨都觉得是负担。

她这样想着，蓦地觉得腰眼一痛，低头却见陆寻在掐自己，怒不可遏：“你干吗掐我？！”

陆寻面无表情：“没什么，掐着玩。”

陈初疼得龇牙咧嘴：“能放开我吗？疼死了，浑蛋！”

贝思远没有朝他们靠近，也没有主动和他们打招呼，只是远远地瞧着他们，夕阳将他的影子拉得又细又长。

陆寻冷哼了一声，拉着陈初走：“看什么，有什么好看的，人小两口吵架有什么好看的！”

走了好几步，陈初才嘟囔出声：“他们不是小两口。”

“我知道，你劈腿的前男友和你的好朋友嘛。”

“你怎么知道？你调查我？”

陆寻一脸不屑：“你喝醉酒后什么都说出来，我还要调查？”

“是了。”她的声音忽然变得沮丧，“我什么样子你都见过，我什么底细你都知道，你是不是觉得十分可笑？”

陆寻一下子抓住了她垮下去的肩膀：“陈初，我不喜欢你用这样的语气说话。我的底细你不也一清二楚？过去就是过去，我不会拿出来嘲笑你。但我希望你的眼睛里只有我，只有我。”

她的眼睛里有谁，她不知道。

她此时知道的是，陆寻清澈的眼眸中，有她慌乱不安的脸。

只有她。

这样算是恋爱吧。

陈初像是回到了上学时期，偷偷摸摸地谈恋爱，出门要编造出各种理由，顺便与人串好口供。但这与当初她和贝思远恋爱时还是不同的，贝思远那时也怕何婧发现，对她的行为只会配合，甚至支着儿，陆寻却大为不同。

开车送她回家只能送到街口，打电话时常能听到她刻意压低的声音，陆先生大为不满："我说陈初，我什么时候改名叫唐乐了？"

陈初没想到捂住了听筒他还听得到，干巴巴笑了两声，见没瞒过他，只好和盘托出："我妈……她还不知道我们在谈朋友。"

"那你也不用这样鬼祟。"

陈初咬咬牙："她不大喜欢娱乐圈的。"

陆寻尚不知自己在何婧心中已被拉入黑名单："我不是娱乐圈的。"

她只好撒谎："我妈不喜欢我太早交男朋友。"

陆寻翻了个白眼："我说大小姐，你都大学毕业了，不是初、高中生。"

陈初打了个哈哈掩盖过去，陆寻也不是小气之人，也没在这个问题上过多纠结。

倒是陆淼淼得知此事后大为不满："我小叔叔年轻有为，一表人才，称得上是南泽十大杰出青年之一、钻石王老五一枚，多少人喜欢他他看不上，陈初你竟然还跟他玩地下恋！"大有陈初不给陆寻名分，自己一定不和她善罢甘休之意。

陈初头疼欲裂，小公主在这个问题上一点都不好骗，转移几次话题都被硬生生拽回来，最后陈初只得应承几日前对她的承诺："你不是说想去探班吗？今天要上班吗？不用的话，我带你去。"如此这事才算掀过去。

陆淼淼学的是生物制药专业，陈初原以为毕业后她会出国深造或是回盛娱帮忙，却不想她选择了留校，在南泽大学实验室工作，偶尔帮导师代代课。陈初得知消息的那一刻挺吃惊的，南泽大学人才济济，一个助教之位都有人争得头破血流，陆淼淼却不费吹灰之力，还有导师打包票推荐，可想想又觉得本该如此，那个看起来不靠谱的女孩智商将近一百八，连跳两级，是个货真价实的天才学霸。

只是，她终归年纪小，还是小孩心性，性格大大咧咧又聒噪，做事总是没定性，唯独对唐信十分执着。她已不满足于签名照和海报，一有时间便缠着陈初带她去探班。《听说我们不曾落泪》已进入拍摄阶段，陈初是编剧，多多少少有些福利，能走走后门，她便赖上了陈初，一有时间就拉着陈初往剧组跑。

但陆寻向来对唐信没有好感，唯恐他祸害自家像小白兔一样纯良的小侄女。陆淼淼与陆寻吵过几次，最终多是以停了信用卡而告终，她索性不与他正面抗衡，改为私底下偷偷摸摸地追着唐信跑。

可怜陈初夹在中间，两头不是人，这边带着陆淼淼去剧组探班，那边陆寻打电话来还要帮她隐瞒。

“陆淼淼去找你了吗？”

陈初远远望了一眼站在摄像机旁如痴如醉的女孩，睁着眼睛说瞎话：“没有啊，她没有来找我。有事？”

陆寻有些恼火：“今天她休息，司机去学校接不到人，电话也打不通，不知道去哪儿了。”

“她又不是小孩子，你不要管得这么紧，她很容易反弹。这个年龄的女孩子追星很正常嘛，你应该正确引导，而不是刻意压制，这样她更反感。”

她说完，那边却陷入诡异的沉默，良久后陆寻才道：“你这可真有家长的风范，迫不及待了吗？”

陆寻闷笑，陈初脸颊微热，也不和他说了，狠狠地将他的笑声掐断。

“笑什么？”

陈初回头便看见唐信，他靠着剧组临时搭建的板房，也不知道站了多久。

（3）

陈初和唐信已有一段时间没见，她忙着工作，他忙着拍戏。

眼下她骤然发觉他与从前有些不同，似乎更高了，又瘦了，轮廓越发锋利冷峻，完全褪去了从前邻家大男孩的影子。他身上还穿着戏服，一身黑衣让他看起来有些酷，一时间陈初觉得陌生，便忘记了回话。

直到他伸出手在她面前挥了挥：“想什么呢？”

陈初说：“感觉你变了，变帅了一些。”

没想到这人一点也不经夸，才这么一句，脸就诡异地红了，目光也游移不定，不敢看她：“你……你今天怎么有空？”

“陆淼淼说要来看你，我也没什么事，就陪着她探班来了。哎，陆淼淼呢？”

也不知道是不是陈初的错觉，唐信似乎有些失落，但他的脸上看不出什么来：“哦。我快收工了，要不要一起吃饭？”

她原本想拒绝，但目光与唐信交接，见他期待地望向自己，又见陆淼淼在不远处朝她猛点头，便说好。

最兴奋的人莫过于陆淼淼，她偷偷在陈初手臂上掐了好几把：“陈初，有你真好，要和Aaron一起吃饭，真是好开心，简直就像做梦一样！”

陈初默默收回自己的手：“是不是做梦，你掐自己的手，掐我的，你肯定感觉不到疼。”

她朝陈初吐了吐舌头。

陈初想到自己已经好久没和唐乐一起吃饭，就顺便给她打了电话，刚好她做家教的地方就在附近，很快就赶来了。一行人前往的是南泽一家有名的连锁火锅店，唐信已今非昔比，大堂自然不能再坐，好在还有包厢。

陆淼淼率先占据了唐信身旁的位置，明明心潮澎湃，小鹿乱撞，偏生还要装得淑女淡定，早忘记自己先前玩跟踪，在唐信面前已毫无形象。陈初也不戳穿她，同样是女孩子，怎能不了解她的心境，便拉着唐乐点菜，时不时问他们有没有什么忌口的。

起初气氛还是很和谐的，陈初与唐乐也有挺长一段时间没见，就凑在一起聊天说话，还刻意将椅子拉远，为的就是给他们制造机会。但唐信明显情绪不高，大多时候是陆淼淼滔滔不绝地说了好一会儿，他才挤出一个“嗯”或者“哦”，敷衍至极。陈初回过头去看，却见他盯着自己，目光冷飕飕的，再定睛一看，他已经掉转头，脸上无波无澜地朝陆淼淼“嗯”了一声，又说：“我觉得他们一点也不适合。”

陈初没有听前言，并不知他们在说什么话题，也没有上心，却不料那边的讨论越来越激烈，细细一听，并不像在说话，更像起了争执，还是关于她的。

“陈初和我小叔叔在一起哪里不好？”

“好在哪里？两个世界的人。”唐信的语调听起来有些嘲讽，“你觉得好就是好吗？”

陆淼淼喜欢Aaron已经到了迷恋的地步，陈初有几次吐槽唐信还差点将她惹哭，没想到突然听见她大声而愤怒地反驳他：“我觉得好，我小叔叔和陈初也觉得好，真心相爱的两个人在一起有什么问题吗？什么两个世界的人，我觉得他们超级般配！你是陈初的弟弟，你不应该祝福他们吗？”

“我才不是她弟弟。我姓唐，她姓陈。还有，你能确定他们是真心相爱吗？”他冷哼了一声，后面又说了一句什么，陈初没听清，却见陆淼淼激动起身，带倒了靠背椅，尖锐的嗓音响彻包厢，“我小叔叔才不是那样的人！就算我喜欢你，你也不能这样说我小叔叔！”

唐信被她这么一吼，明显愣了一下，声音虽未提高，但语气明显比原先更冷了：“我没有说错。不管你愿不愿意承认，事实就是那样。”

陆淼淼盯着他，眼眶慢慢红了。

陈初与唐乐面面相觑，正打算上前去劝的时候，陆淼淼却越过她们，头也不回地拉开包厢门往外冲。

随即，陈初听到她撕心裂肺的尖叫声。

手术室的灯仍旧亮着。

深幽的走廊灯光昏暗，被那红彤彤的灯光衬得越发凄清。

陆寻坐在长椅上，弓着身子，头埋在自己的臂弯里，一直没有抬头，旁边的地板上满是烟蒂。医院是不许抽烟的，护士来过两遭，一个被他骂走，一个被他布满血丝的眼睛和要杀人一般的表情吓退，连劝阻都忘记了。

陈初也没有上前。

说实话，她也害怕。

她给他打电话的时候，他还以为她在说笑："这个笑话不好笑，陈初。"

"我是说真的，你快来！"

或许是听出了她的哭腔，知道这不是恶作剧，陆寻直接撂了电话，不一会儿就赶到了，西装上还别着扩音器，估计是准备开会。

陈初没有见过这样的陆寻，他慌乱而急促，几乎对她吼出声："你不是说她没有和你在一起吗？为什么要骗我？"

"我……是我不好……都是我的错……"她心急如焚，内疚又不安，思来想去，觉得这事都是自己的错，若不是她带着陆淼淼去探班，那后面一系列事情都不会发生。

但有人不同意。

唐信将陈初拉至身后："陆先生，这与她无关，是陆小姐自己往服务生身上撞。如果要说有错，错也在我身上。如果不是我和她起了争执，她也不会情绪那么激动。"

陈初暗道不好，想阻止已来不及，陆寻冷笑了一声，拳头已落在唐信脸上。

陈初和唐乐急忙一人拉住一个，陆寻明显是在迁怒他人："又是你！为什么又是你？！每次什么事都有你在！Aaron，我有没有告诉过你，离她远一些？！如果她出了什么事，我不会放过你！"

他的手指在半空中虚点着，陈初费尽了力气抱住他，才没有让他扑向唐信。她对唐乐说："你先走，带着唐信先走。"可唐信仍旧直挺挺地站在那儿，并不躲闪，这更激怒了陆寻。

一时间，走廊乱成一团。

最后还是医生出来才平息这场闹剧："伤患还在手术，你们这样吵闹会影响到医生知道吗？"

唐信被唐乐拉走了，看热闹的人也走了，此时只剩下她与陆寻。

陈初听见他低声叫自己。

她走过去，他方才抬起头，仓皇不安："她不会有事吧？"

陈初想说不会，却像被人扼住了喉咙，一句话也说不出口。

陈初永远也不会忘记那一幕。

她和唐乐冲出包厢的时候，惨剧已酿成，陆淼淼匍匐在地上，看不清是什么情况，粉红色的裙子上沾满了花椒、八角等火锅底料，地上也是一层油腻腻的红油，锅倒扣在一边。服务生挺高的，但年纪看起来不大，不知所措地站在一边，几乎要哭了："那一桌的客人说炉子不热，我把汤拿去加热，我不知道她怎么会突然冲出来的。是她自己撞上来的，我真的不是故意的……"他的手亦是红的，上面有水泡，可像是察觉不到一般，不停地解释，"真的是她自己撞上来的……"

陆淼淼仍在哭叫，手捂着脸，陈初和唐乐将她按住："你别碰，别碰。"

到了这会儿她们才看清，她的面部、颈部都是红红肿肿的，没一会儿已经起了泡，有的部位皮肤已脱落。

"我好痛……真的好痛！救救我，小叔叔救救我……"

这一番动静已引起好多人围观，同情的、慌乱的，却无人叫救护车。陈初看着仍在念念叨叨的服务生，一急之下爆了粗口："还不给我打电话叫救护车！愣着干吗？！快叫救护车啊！"

陆淼淼一直在打滚、挣扎。陈初想要抱住她，告诉她别怕，却害怕加重她的痛苦，只能蹲在她身边，抓住她的衣服布料。

"别怕，淼淼，你别怕。没事的，救护车很快就来了。"

"不要乱动，你冷静些。"

"淼淼，没事的，没事的。"

救护车到的时候，陈初才发觉，因为一直紧握着拳头，指甲已嵌入掌心，而掌心隐隐渗出了血丝。

她后知后觉才知道疼。

（4）

手术持续了好几个小时，从华灯初上到深夜。

其间何婧来过一个电话，陈初刚"喂"了一声，那边就嚷开来："这都几点了，陈初你是连家都不要了？"

她刚叫了一声"妈"就哽咽住，说不出话。

对方因为她这突如其来的哭腔怔住了，连忙追问："怎么了？你这死孩子，我问你怎么了，发生什么事了？"

"陆淼淼被火锅汤底烫伤，现在在医院。"

陆淼淼去过陈初家里几次，成绩好、嘴巴甜的孩子哪个大人不喜欢，是以何婧对她的印象一直很好，听到这里，她当即不生气了，说："你好好在医院照顾人家，要不我也去？"

陈初望了陆寻一眼，拒绝了她，她又叮嘱了几句才挂了电话。

陆寻仍旧在那里坐着。

地上的烟蒂已被清扫干净，入夜后，医院安静又空旷，他坐在那里，像一个薄薄的影子。陈初在楼下便利店买了牛奶和面包，他却不吃。

陈初在这一方面显得特别执拗，将牛奶撕开了口塞到他手中，他不接，她便一把握住他的手。他的脾气已濒临爆发点，但他看到陈初的眼睛时却发不出脾气了。她似乎哭过，眸子水光莹润，红红肿肿的，像在哄小孩："你来之前肯定是在开会，还没有吃饭，不吃东西，喝点牛奶也好。"

陆寻就着她的手喝了一口鲜奶，又被灌了一口，然后对她摇头："喝不下。"

她的手却没有放开，一直攥着他的，嘴上嘀咕着："怎么这么凉？"她在他身边坐下，声音小小的，"陆寻，你别这样，我看着害怕。"

她真被他吓着了。

陆寻反手握住她的手，才看见她掌心有好几个指甲印，深的已经见了血。他摩挲着她的掌心，想说些什么，话到嘴边却变成："我也害怕。"

他害怕手术室的灯一直亮着，害怕陆淼淼会出事，害怕无法同已过世的哥嫂交代。

那是他唯一的亲人啊。

夜太漫长，等待太煎熬，陈初坐在陆寻身边，听他说着过往的事：陆淼淼出生时很小，像只小猫一样，皱巴巴的，还很丑；他上初中时，小姑娘才上幼儿园，他去哪儿，她就要跟着去哪儿，害他总被朋友笑；他第一次逃课，她发现后就告状了，害他被哥哥狠狠揍了一顿；后来哥嫂过世，她长大了一些，十二岁情窦初开，死活要嫁给傅亚斯，知道他结婚后甚至闹过绝食，但只维持了三小时，没想到这一哭二闹三上吊的把戏隔了几年又上演了一次……

他絮絮叨叨说了许久，声音低沉暗哑，像另外一个人，说话的不像他，故事里的人也不像他，一下子竟让陈初觉得有些陌生。陈初借着光瞅他，仍旧是俊秀的眉目、挺拔的鼻梁，却不似往常那般冷峻，反倒有些陌生。

她看着他许久，他也没察觉。

这一点都不像他，不像那个对全世界都怀揣着敌意、防备心十足的他。

陆淼淼并非寻常烫伤，已被确诊为三度烧伤，清创、止痛、抗感染、抗休克等一系列治疗做下来已过了好几个小时，因伤情严重，体液渗出明显，其间引发了低血容量性休克，直到凌晨，情况才稳定下来，被送到病房。

陆淼淼被烫伤的是脸和脖子，缠着绷带看不清情况，只知道她一直很疼，躺着一直哼哼。陆寻听得心焦，纠缠了医生好几次，最后让医生给她打了止痛剂，她才渐渐进入睡眠。

陈初看了一眼时间，此时已经是凌晨四点。

陆寻坐在沙发上，离病床有些距离，却目不转睛地盯着病床上的人，一有风吹草动就起身察看，见人还睡着，又坐回沙发上。

他不知抽了多少烟，一身的烟味，之前陆淼淼出了手术室，因为疼痛又哭又闹，也不知怎么就闻到他一身的烟味，当下嚷起来："你好臭，离我远一点！滚开啊……"

许是从未遭到这样的对待，一时间陆寻也愣住了，站了许久才慢慢退到沙发边上，将价值不菲的高定西装外套扔到垃圾桶里，可依旧不敢走近，远远地看着侄女的动静。

陈初瞧着他这个模样，心里有些酸涩，说："你要不要休息一会儿，睡一觉？"说完才想起，他是失眠症患者，夜晚极少能安眠，所以脸上才总挂着黑眼圈。

陆寻摇了摇头，靠着沙发靠背，低声对陈初说：“刚刚我真怕，真怕医生出来告诉我坏消息。我哥嫂出意外那会儿，送到医院都没气了，我不知道原来等待是这么煎熬。”

“她是烫伤。”言下之意是没严重到丢性命的地步，可想到烫伤的位置，陈初又有些愁，这让陆淼淼一个女孩子以后该怎么办？

她不敢流露出情绪，陆寻却似和她有心电感应一般，也想到了这一茬：“会不会毁容？医生说会留疤，是什么程度的疤痕？她那么爱漂亮，肯定会很伤心。”下一秒，他又安慰自己，“没事，病情稳定后去烧伤整形科，现在科技那么发达。”

陆寻魔怔一般自言自语，声音逐渐变小，过了一会儿，陈初只觉肩头一沉，侧头一看，发现他竟睡着了，头靠着她的肩。

许是太过疲倦，许是先前精神高度紧张，这会儿终于松懈了一些，他的呼吸逐渐变得平稳。陈初僵直着身体不敢动弹，生怕将他吵醒。维持着一个姿势固然难受，可睡意来袭，她抵挡不住，慢慢地，她也进入睡眠。

陈初醒来时天已大亮，原本是坐着的，也不知何时被放平了，身上盖着毯子。

陆淼淼也醒了，因为疼痛情绪不怎么好，也不怎么理人，躺在病床上哼哼唧唧。陈初听见陆寻问她：“不吃粥，你想吃什么东西？”

“粥有什么好吃的，我现在这样了，你还让我吃粥？”

“是我把你弄成这样的吗？我和你说了多少次，让你离Aaron远点，你耳朵长哪儿了？”陆寻也一直压抑着，陆淼淼这一撩，他当下就火了，“是不是要我整死他你才老实？！”

陆淼淼当下就哽咽道：“不关Aaron事，也不关那服务生的事，是我自己撞上去的。”又过了一会儿，她可怜兮兮地问陆寻，“我吃粥，不闹着吃生煎，你不要怪Aaron了好不好？”

陆寻气极反笑，也不愿意再喂食，将碗往床头一撂，出去找地儿抽烟。

（5）

陈初觉得这个女孩太难得了，自己还躺在病床上，却还在为别人辩解：“其实不关Aaron的事，那个服务生也可怜，工作肯定没了，说不定还要赔钱吧。”她说得没错，前一夜她被送到医院，火锅店老板已带着服务生来，却被陆寻轰走了。他们送来的一点医药费陆寻没看上，也让他们带走了。

陈初一小口一小口地给她喂粥，因医生嘱咐，粥里什么都没放，寡淡寡淡的，没有一点味道，她吃了几口就不愿意再吃。

“我觉得好疼，会留疤吗？”

陈初看着她脸上的绷带，心里难受得很，却不敢告诉她实情：“不知道，这要看个人恢复情况。你不要挠，可能就不会留疤。”

她听话地放下手，又让陈初去拿镜子：“我现在这样会不会很丑？”

陈初摇头，说不会，她却不信，手扯着床单："肯定很丑，我知道，都缠成木乃伊了，能不丑吗？其实我有些难过，可是我又不敢表现出来。你们看见我难过，估计更伤心。"

陈初被她这么一说，鼻子一酸，那种不安和愧疚就又涌上心头："对不起，都是我不好……"

陆淼淼问："你有什么不好？"

"如果不是我带你去片场，后面的事情就都不会发生。"

"这怎么能怪你呢！也是我自己的错。"她的声音逐渐变低，手轻轻触碰脸上的绷带，陈初无法看清她的表情，却从她的眼中读出悲伤。

陈初越看越觉得难过，借着洗碗的由头转身进了洗手间。

接下来两日，陈初都在医院陪着陆淼淼，陆寻为她请了护工，但她很抗拒陌生人，怎么也不愿意让护工护理。陆寻连班也不上，把工作带到了医院，但他总归是男人，很多方面都不方便，所以大多时候是陈初在照顾她。

夜晚值夜的则是陆寻，他几乎不怎么睡觉，不是照料小侄女便是工作，几天下来就瘦了一圈，黑眼圈明显，可以媲美国宝，看得陆淼淼都心疼，终于松了口："还是请个护工吧，小叔叔你回家去。"

虽然陆寻给陆淼淼请了护理，但陆寻和陈初还是每日往医院跑。陆淼淼也没什么朋友，陈初怕她一个人在医院待着无聊，给她下载了一大堆电影，又带了一堆漫画书。刚开始她还很兴奋，翻了不到两本就兴味索然，看着陈初欲言又止。

"怎么了？"陈初问。

陆淼淼往病房外探了探头，又示意陈初去关门，终于等病房里只剩下她们两人才纠结地问："Aaron……Aaron怎么没来看我？是不是因为那天我和他吵架，他生气了？"她并不迁怒唐信，虽然是与他吵架，她才会生气地冲出去与服务生发生冲撞，但她将一切归咎于自己。

陈初心疼地摸了摸她的头发，避重就轻道："他来了几次，不过你都在休息。"

唐信的确来过，但每一次都被陆寻赶走了，带来的礼物也被扔了出去。

陆淼淼挺开心的："他有来看我啊！你不用骗我，肯定是小叔叔不让他进门。"说着说着又忽然变得沮丧，"他没来也好，我现在这么丑，肯定会吓着他。"她像蜗牛一样，慢慢地将自己的身体缩在被窝里，声音带上了一点点哭腔，"陈初，我好难过。"

生病的人情绪反反复复，陈初也不知如何是好，轻轻地扯了被子，没扯开，也不敢用力，怕掌控不好伤了她。

出事至今，陆淼淼的表现都坚强无比，甚至没掉过一滴泪，陈初一下子也忘记了，她才十八岁，比自己还要小好几岁。见她不愿见人，小声地啜泣，陈初也不勉强，轻轻在她肩膀上拍了拍，然后蹑手蹑脚出了病房，让她自己静一静。

到了傍晚，陆寻来看陆淼淼，她的情绪已恢复，坐在那里翻着陈初带来的漫画书，乖巧无比。

趁着陆寻去找医生打听情况，她朝陈初使眼色："你陪我小叔叔去看场电影呗。"

"你这个情况，我们有什么心思看电影？"

她忽然变得扭捏起来，抓着被角："Aaron给我发了信息，说晚上来看我。你把我小叔叔支走，不然我铁定见不着他。"

陈初了然，但问题来了："我叫他去看电影，他估计也不愿意去，他连家都不愿意回。他这辈子估计连电影院都没进过吧？"

陆淼淼想了想："好像是。反正我不管，你得把他骗走……"

不多时，陆寻便回来了，见两人都默不作声，便道："你们两个在密谋什么？"

陈初干巴巴地笑了两声，问他："你晚上工作多吗？"

"不多，要看几份文件。有事？"

陈初问："你能陪我出去一趟吗？"

"什么事？"

陈初见他穷追不舍，咬咬牙道："我们是不是在谈恋爱？难道谈恋爱出去约约会还要问个不休吗？"

陆寻愣了一下，随即笑了："你还蛮有兴致的嘛，只是这会儿……"

他话还没说完，陆淼淼就嚷嚷开来："去吧去吧，约会去，我没事。再说了，不是有李阿姨在这里吗，你们俩就约会去，晚上不回来也没关系，早点儿给我生个小弟弟。"

"没个正经。"陆寻说着，这几天一直绷着的脸上终于有了笑容。

陆淼淼朝陈初眨了眨眼，背地里比了个胜利的手势。

两人离了医院，却不知道要往哪儿走，陆寻没开车："老王这几天也跑得够呛，我让他早些回去休息。"

陈初并不想去看电影，便和他沿着马路慢慢往外走，接连在医院闷了几日，满身消毒水的味道，洗都洗不去，这会儿出了医院，风一吹，新鲜空气争先恐后地往鼻腔里涌，陈初一下子就觉得满足："从未觉得南泽的空气如此新鲜好闻。"

陆寻道："你不必陪着我窝在医院，这几天辛苦你了。"

"有什么好辛苦的，这不是应该的吗？"

医生说陆淼淼恢复得不错，再过几日就可以拆绷带，陆寻阴沉了几日的心情稍稍放晴，饶有兴致道："什么应该的？难道你准备做她小婶婶了？"

陈初瞪了他一眼，心跳紊乱却还故作镇定："她是我的朋友，难道我照顾她不是应该的？你想到哪里去了？"

陆寻意味深长地"哦"了一声，只看着她笑。

这夜公路上的人很少，车却川流不息，引擎声此起彼伏，偶尔伴随着几道汽车喇叭声。

陆寻耐人寻味的笑容让陈初有些慌乱，她想问他笑什么，却见身后有几个影子朝他们呼啸而来，改装车独有的巨大马达声一点点朝他们逼近，伴随着几声疯狂的尖叫，车灯明晃晃地照着他们，越来越近。

陈初下意识推开陆寻。

12 Chapter 独行

从前他总不相信会有对的人存在，所有的悲伤与伤害都归结成命运的安排。而今他终于相信那个人会出现，所有的翘首盼望与翻山越岭都是幸运的铺垫。

（1）

那是深夜街头的飙车党，多是处于叛逆期、荷尔蒙分泌过剩的青少年，骑着改装过的摩托车在深夜街头狂飙，见到行人就风驰电掣地呼啸而过，以惊吓别人为乐。飙车党劣迹斑斑，屡禁不止，飙车引发车祸的新闻几次被报道，也未使这群亡命之徒收敛。

陈初听见摩托车的引擎声，便想起几日前看到的摩托车撞飞行人的新闻，下意识推开陆寻。

好在车并未撞上来，停在了他们一米开外的地方，但刺目的灯光带着恶意照着陈初，她无法睁开眼，只能听到几声狂狷的笑，伴随一两道尖锐的喇叭声。

陈初搞不清他们的用意，疑惑地看向陆寻。

他的轮廓在这明晃晃的灯光中显得模糊，她却可以看见他嘴角那抹浅浅的笑，一如初见时，带着不屑、嘲讽。

那笑容果真激怒了那几个男孩，其中一个扯着公鸭嗓嚷着："喂，你笑什么？"说是男孩真不为过，嗓音还处于变声期，听起来像声嘶力竭。

陈初拉了拉陆寻的手，不愿他和这群亡命之徒较劲。可他反手在她手背上拍了拍，示意她少安毋躁。

他施施然道："我说，你们真差劲。"

对方似乎没想到陆寻不仅没被吓到，反倒明目张胆地挑衅他们，一时间骂声不断，马达声大作。

"不要和这些人吵，他们没有理智可言。要不，我们报警？"陈初小声道。

陆寻却指了指路边："你过去。"

"你要做什么？"

"你过去。"

陆寻的声音有种坚定的力量，让人不自觉去信服，陈初听话地往路边走。见她要走，有辆摩托车紧随其后，知道她害怕，对方更加刻意地转动手柄加油，引擎发出刺耳的声响。可惜他还未靠近陈初，陆寻已一个箭步绕到他身后，扯着他的领子用力往后一拉。他狠狠地摔在地上，车子失控，撞向旁边的隔离栏。

男孩挣扎着要从地上爬起，手刚撑住地面，陆寻的脚已踩在他肚子上："你不是问我笑什么吗？我笑你们差劲……"

"小心！"

就在陆寻说话间，男孩的同伙已开车朝陆寻撞了过来，好在陆寻反应及时，侧身避开，又迅速将人往后一拉，那人连人带车摔倒在地，刚从地上爬起，手还未碰着陆寻，已被他反手一拉一推一踢，重重地摔倒在马路边上。

“还玩吗？”

几个男孩都是十六七岁的年纪，估摸着还在上学，到路上飙车捉弄行人也是出于贪玩，见陆寻不好对付，几人面面相觑，有个人最先反应过来，丢下同伴开车走了，剩下的见有人开溜，当下也走了，只余下两个挨了陆寻揍的还在地上躺着。

陆寻蹲下身，之前那个被他踩了一脚的“公鸭嗓”已伸手抱住了头，逗得他不禁一笑：“你的同伴丢下你了，现在怎么办？”

男孩又气又恼，一脸视死如归的表情：“那些孬种！全是孬种！落到你手上是我倒霉，我认了！”

陆寻本就没打算和这些小孩计较，已给了一点教训就算了，却被这男孩逗乐了：“你以为拍电影吗？快走吧，不过别再出来了，否则下次可不会这么好过。”他又朝他们扬了扬拳头。

陆寻回过头，见陈初一脸崇拜地盯着自己：“你会武功啊？”

“去过少林和武当。”他随口道。

“真的？”

陆寻又乐了：“你还真相信？念书那会儿学过一点跆拳道，都多少年前的事了，对付几个没长大的小崽子绰绰有余。”

很多时候，陈初都觉得自己与陆寻不像来自同一个世界。

他的出身、他的交际、他的生活与她的天差地别，若不是因为种种意外和际遇，或许他们也不会走到一起。

他在她眼中是孤傲的，是冷静的，是克制的，甚至是冷漠的、高高在上的，唯独与冲动不搭边。在这个夜晚，他却像青春期的少年，因为被挑衅而与人大打出手，获胜后明明是开心的，却装得一脸无所谓，好像一下子从云端慢慢地走进她的世界。

她这才知道，他也有过恣意张狂、鲜衣怒马的青春岁月。

他也曾深夜飙车、斗殴打架，喝醉酒就砸了商铺的玻璃橱窗，荒唐轻狂，堪称问题少年，高中时期还被送到国外，不到一年又因为难以掌控被学校开除，随着年龄逐渐增长，冲动易怒的性格才稍有收敛，直到哥嫂离世才脱胎换骨，蜕变成眼前所见的陆寻。

她像是穿过岁月，走到少年时期的他面前。

这些日子，因为陆淼淼的伤，他始终愁眉不展，眼下少见地有了笑容：“是不是觉得没有完全认识我，我让你感到惊喜？”

陈初真心实意地点了头，这下陆寻倒是不好意思了，没将这个话题继续下去，问：“还要走吗？”

有了这个插曲，他们也没心情约会了，但陈初还未收到陆淼淼的指示，暂时还不能回医院。恰好附近有个小公园，陈初便拉着他往公园走，可没走几步便发觉他的表情有些不对劲：“你这是什么表情？”

"公园里乌漆墨黑，你拉着我往公园钻，是想对我做什么？"

"我可以对你做什么？"

"没关系，想做什么都可以，我配合得很。"

"但我从未想过做什么。"

陆寻摊开手，一副任君采撷的模样："我说了没关系。"

两人插科打诨，时间一下子就过去了。陈初收到陆淼淼的指示，拖着陆寻往回走，有意无意地，她放慢了脚步。

她原以为神不知鬼不觉，到了医院门口，却听陆寻突然说："过段时间，等陆淼淼出院了，我就不用这么忙了。"

"什么？"

"你不是不想回来，想和我多待一会儿吗？"他说。

陈初还想狡辩，那人却鬼祟地往四周看了看，见没人，匆匆在她嘴边吻了一下，随即又一本正经地大步走在前方。她反应过来时，他已经走到了大厅里，遥遥地问她："你还不走？"

陈初看着他装模作样的表情，都三十岁的人了，此时还像个小孩。

先前的惊吓、这些日子的疲倦和不愉快，在那个浅浅的吻后，终于烟消云散。

她叫住他："陆寻。"

那人顿住脚步，似乎在等她说话。

陈初三两步走到他跟前，飞快地在他脸侧印了一记，随即就跑。

"扯平了。"

（2）

陈初没等电梯，是跑着回病房的。

她心情很好，起初并未察觉不对劲，看到灯关了还以为陆淼淼睡了，想看陆淼淼一眼便收拾东西回家。除去开始两天没护工，陈初与陆寻一起值夜，大多时间她是回家的。

她刚走近病床，原本闭着眼睛的人突然睁开眼，差点把她给吓坏了。

"你还没睡？"

"嗯。"陆淼淼应了一声，但并未起身，依旧蜷缩在被窝里。

陈初说："那我先回家了，明天再来看你。"

她低低地应了一声好，并未与陈初说再见。因为病房里只开了一盏床头灯，且她脸上的绷带还未拆，到了这会儿，陈初才察觉到她的情绪异常低落，想问她是不是与唐信闹不愉快了，陆寻已推开门进来了。

原先他们打闹时没觉得有什么，这会儿碰了面倒觉得尴尬。陈初目光闪躲，不敢看他，他倒是一本正经地说："陆淼淼你快睡觉，明早还有检查。陈初，我送你回去。"

“不用，我打车就可以。”

“那我送你下楼。”

“不用，就这几步路，不用送了。”

陆寻没有坚持，说好，这下倒是陈初有些失落。她是不希望陆寻送她，他每日这样操劳，她还在担心这样下去，他会过劳死，不想他再跑来跑去奔波，但她仍旧希望他多说两句什么。虽然她一定会强硬地拒绝，可他这样一副放心的态度，她倒觉得不愉快。

陈初不声不响地收拾东西就走，陆寻已给随身电脑接上电源准备工作，许是怕影响陆淼淼休息，他并未开灯，屏幕的光映着他专注认真的表情。

这会儿，她却舍不得和他生气。

陈初还惦记着陆淼淼，第二天大清早就来到医院。陆寻早早就去上班了，护工不知去了哪里，只剩陆淼淼一人坐在床上玩手机，兴致明显不高。

陈初极少见到这样情绪低迷的陆淼淼，不禁有些担心：“昨晚Aaron来了吗？你和他又吵架了？”

她摇摇头，说没有。

“那你怎么不是很开心的样子？”

陈初再问，陆淼淼却不愿意回答。陈初没有强求，兀自打开电脑工作。她这些天来医院陪陆淼淼时都会带着电脑，也不至于荒废自己的工作。陆淼淼向来不是会憋话的人，果然她的文档才打开几分钟，陆淼淼已经放下手机，踟蹰问道：“陈初，我的脸是不是不会好了？”

陈初心里一跳，表面却不动声色：“怎么可能？现在科技这么发达，怎么可能好不了？谁和你说的？”

“你不用骗我，是不是会留疤，是不是会毁容？”

她没说这话是谁说的，但陈初大概也能猜到。她和唐信说过陆淼淼的情况，却忘记告诉他当事人还不知情。她还想着要编织怎样的谎言来骗对方，陆淼淼却抢先道：“你别总当我是小孩子，人的眼睛是不会撒谎的。陈初，你已经告诉了我答案。”

陆淼淼没有号啕，没有崩溃，连抓狂也没有，她只是静静地坐着，镇定而陌生，一点都不像陈初认识的她：“Aaron什么也没有和我说，他只是带了很多水果和营养品来看我，小心翼翼陪我聊了很久。我虽然很开心，但也不至于被喜悦冲昏头脑。Aaron以前对我都是客气疏远的，这次却很不一样，因为他内疚，他甚至主动伸出手抱了我。而你的反应更是确定了我的猜测，我会毁容对不对？”

陈初说不出一句安慰的话，因为她知道“毁容”这个词对女孩来说有多可怕，若换成是陆淼淼，此时指不定已经哭天抢地、崩溃撒泼。陈初只能看着陆淼淼沉默地坐在病床上流泪，甚至不能给陆淼淼一个拥抱——陆淼淼脖子和脸上都有伤，一不小心就会弄疼。

窗外的天骤然变暗，陈初听见陆淼淼说下雨了。

她往外一望，果真。

在淅淅沥沥的雨声里，陆淼淼迟疑片刻后又道：“你不要告诉我小叔叔我知道了，就当他已经隐瞒成功了，好不好？如果他知道我已经知道，肯定会更担心，最近他已经够忙、够不开心了。”

陈初没有说话，她只觉得眼眶发胀。

见她不回答，陆淼淼急了：“我和你说话，你听见了吗？你答应我陈初，你答应我，好不好？”

这大概是陈初这辈子见过的最美好的女孩，她像一块纯净无瑕的玉，你所看到的就是她的全部，没有猜忌，没有嫉妒，没有怨恨，只要你对她好，她便愿意将所有都给你，哪怕她并不快乐。

她实在太好了，好到让人无法拒绝她的任何要求。

接连几天，陆寻都异常忙碌，常常深夜才来到医院，天刚明又匆匆离去。

陈初与他好几天都碰不上一面，就是碰上了，也是短暂的会面。她不曾告诉他陆淼淼已知道自己的病情，他也未曾发觉，这使她对他有些埋怨：怎么做人小叔叔的？一点都不关心侄女，但想想，也不能怪他，陆淼淼将自己掩藏得太好，他又过于忙碌。

她陷在这种矛盾情绪里。

陈初不曾察觉，现在的自己已将陆淼淼当成自己亲人一般，这其中有陆淼淼的因素，当然也有陆寻的因素。

盛娱近日的动荡，她多少知道一些：盛娱当家一哥，以好男人著称的已婚艺人周凯悦闹出了出轨风波，证据确凿，当下代言商们纷纷和他解约，好几个正在谈的剧本也撤了邀约。除此之外，当红的女艺人李思琪又爆出耍大牌事件，引发了网络骂战。

大大小小事务不断，连日的风波让陆寻焦头烂额。

而陆寻的忙碌倒是成全了陆淼淼，先前陆寻总守在医院，不允许唐信来探视，他一走，唐信一得空便来医院探望陆淼淼。

他现在也算是当红新星，出门大多要全副武装，也不能待多久，但每每来，陆淼淼都激动万分，恨不得将病号服上所有的褶皱都抚平，将头发梳得一丝不乱，甚至让陈初给她涂指甲油：“虽然我在住院，但不能让Aaron看到我邋里邋遢的模样。”

她翘首以盼，但每次唐信都是来去匆匆。

唐信既细心也粗心，每次来探病都会带礼物，但不会挑东西，不是水果便是鲜花，可能也不知道小女生喜欢什么东西。陆淼淼住院，老师、同学和公司董事轮番来了几次，病房里堆满了营养品、鲜花和水果，但陆淼淼并不喜欢，从来不会多看一眼，却让陈初将唐信带来的花放到病床前。

陈初转身进洗手间给花换水，又小心修剪掉上面的枝叶。

陆淼淼絮絮叨叨地和Aaron说话，却许久没听到应答，转头一看才发现对方正盯着陈初的手发呆，她心里“咯噔”一下，表面却不动声色：“Aaron，你可以陪我出去走走吗？Aaron？”

直到陈初疑惑地看过来，唐信才收回视线，心不在焉：“怎么了？”

“你可以陪我出去走走吗？”

他低头看了一眼时间，有些为难：“我要走了。我是从片场溜出来的，等会儿还有一场戏。”

陆淼淼不能说不失落，但还是乖巧地点头。

她住院之后，唐乐来看过她几次，唐信也是一有空就过来，有时待一个小时，有时候是半个小时，更多的时候是放下东西陪她说几句话就走。但她仍旧开心，一直到他出了病房，还盯着门看。

陈初多少知道唐信是因为愧疚才经常抽空探望陆淼淼，但陆淼淼明显已深陷。陈初隐隐觉得，陆淼淼这种单方面的热情不会得到结果，总有一天会转瞬成空，却不敢打破她的幻想，只能小心翼翼地维持着她的希望。

送唐信出病房的时候，她叫住他：“陆淼淼喜欢你，你知道吗？”

唐信被她这么一问，似乎愣了一下，许久后才道：“那又怎样？”

“如果可以，你可以哄哄她吗？虽然我知道……”虽然她知道这不是长久之计，但仍旧希望唐信能够给陆淼淼带来多一点的快乐，毕竟命运对陆淼淼太过残忍。

“你是以什么身份说这句话的？”唐信的脸色瞬间冷了下来，他还太过稚嫩，不会掩藏自己的情绪，陈初当即就听出他的愠怒，“陈初，是不是她喜欢我，我就一定要喜欢她？不喜欢也要试着去喜欢，对吗？”

陈初无法反驳，因为她的确抱着这样的希冀。

“你不觉得自己自私了一点吗？怎么，把陆淼淼当成一家人了？真的以她的小婶婶自居了？这样对我公平吗？明明是我认识你的时间更长，为什么不是我？”

“我没有别的意思，只是她是个病人， 我希望她能够开心一点，毕竟，这场意外我也有责任。”

“我知道，在你心中，还是他最重要。”

陈初以为唐信说的是陆淼淼，直到很久很久之后，她才知道，并不是。

从来就不是。

（3）

唐信几乎没给陈初反驳的机会，丢下那句话就走了，连再见也没说。

他们认识也有好些年了，唐信向来好脾气，极少与人争执，这一次却变得敏感易怒。

而他的暴躁并非毫无缘由。

唐信正处于事业的上升期，工作却无缘无故被中止，除了《听说我们不曾落泪》的电影拍摄，许多活动和通告都被喊停，相当于变相的雪藏。

唐信并未在陈初面前透露过一句，后来还是陈初与唐乐通电话时，唐乐不小心说漏了嘴。

“早叫他不要走这条路，他偏偏不听。”

陈初轻声叹息，唐乐不知缘由，她却清楚得很。陆寻当着她的面同陆淼淼放下的狠话她还记得，她以为陆寻只是说说而已，却不想他说到做到。

这日刚好陆淼淼拆绷带，陈初刚挂了电话，陆寻的电话又打来了。

他似乎站在一个空旷的地方，她听到一丝回音，他说：“陈初，你方便吗？现在过来一趟。”

陈初心里有事，回应的声音自然不冷不热，陆寻也不逼迫，就在那边沉默地等待她的回答。她突然问：“你抽烟了？”那边又低低“嗯”了一声。

他们相处有段时间了，陈初也知道陆寻烟瘾不重，不是那种成日含着烟的烟虫，抽烟的时间有三：一是失眠时，二是极度忙碌后的休息时间，三是心情恶劣的时候。眼下是白天，工作似乎也不像繁忙，那只可能是第三种情况。

大概是一根烟的时间，陈初听见他深深地吐了一口气，声音颓靡：“陈初，你过来一趟吧，我搞不定。”

“到底什么事？”她也意识到自己的声音带着不耐烦。

陆寻心烦意乱，没听出她语气里的焦躁：“小姑娘拆了绷带，赶跑了医生，骂走了护工，将东西砸得七零八落，现在一个人躲着不愿意开门。”

当下陈初也顾不上还在生气，火急火燎就往医院赶。

虽然做好了千万种准备，也一次次将自己说服，找好了以后要走的路，可当命运敲门的时候，方知道想象与现实终归有差距。即便在脑海中演练过无数遍，也无法心平气和地接受和欢迎，仍旧会崩溃、悲伤、痛苦，无法自已。

其实这结果陈初多少猜到一些，这并不能责怪陆淼淼，她能挨到这一步，已比许多人要了不起得多，单说自己，便是做不到的。

陈初赶到医院时，陆寻在走廊深处临窗而立。

病房门口围了一群人，有往日和陆淼淼交好的护士，还有隔壁房间的病友，连老王和顾珏宇都来了，在敲门和细声宽慰。向来面瘫的顾珏宇都少见地焦躁和急促，低声劝哄：“淼淼，有什么事，你开门再说好吗？”

可回应他的是一道玻璃落地声，以及带着哭腔的“滚”。

陈初也挤在人群里，拔高声音：“陆淼淼，你开门好不好？我是陈初。”可向来被陆淼淼待见的她此次的命运也没好到哪去，陆淼淼仍旧不开门：“你走，我不想见你，谁也不想见！你们走！”

眼见情况如此，众人只好作罢，让陆淼淼独自静一静。

唯独陆寻远远地站着，遗世独立，好似这边所有的事与他无关。

但陈初知道，并非如此。

除了陆淼淼，此时最难受的便是他。

陈初朝他走近，那原本还在低头沉思的人听见脚步声时猛地抬头，她这才看见，他的脸上有道红印子，像被什么东西砸的，破了皮，微微渗出血珠，使他原本便没什么表情的脸看起来有些狰狞。

陈初伸出手去摸他的脸："脸怎么了？"

他似乎才察觉到伤口，蹙眉："别碰，有点疼。"想了想又说，"陆淼淼砸的。"

"她现在情况还好吗？"

"医生说，恢复比想象中要好一些，毕竟烫伤她的不是热水，而是红油汤。但还是留疤了，新生的嫩肉让脸看起来坑坑洼洼，还有些红。早先拆绷带，小姑娘还是很兴奋，拆完之后闹着要照镜子，照完之后怔了很久，然后就开始哭、骂人、砸东西。"陆寻这一番话很长，他说得很慢，几乎是一个字一个字往外蹦，"这些年来，除去她爸妈过世那会儿，我还不曾见她这么伤心。"说完下意识去摸口袋，却摸出一个空烟盒，于是烦躁地将盒子捏成一个小球。

陈初闻到他一身难闻的烟味，也不知怎么安慰他，只得劝他："你别再抽烟了。"怕他不听，只得搬出他小侄女，"陆淼淼还是病人，这会儿心里正难过，你这一身烟味儿给她闻到，她的心情会更糟糕。"

他那只四处摸索的手才顿住。

"我现在完全不知道怎么做。以前我嫂嫂将我照顾得那么好，我却把她孩子照顾成这样。陈初你不知道，我现在就希望被烫伤的人是我，毁容的人是我自己。"他用手抱住了头，像个无助的孩子。可陈初也不知如何是好，只能陪着他，仅此而已。

因为谁也无法替他人承受伤痛。

陆淼淼独自待了一个下午，到了晚上，门终于开了。

只是陈初没有想到，敲开陆淼淼门的人是谈夏昕——傅亚斯的妻子。

先前傅亚斯结婚时陆淼淼还不乐意，拒绝参加婚礼，后来偶然见到谈夏昕，倒是和她一见如故，知道她怀孕了，还戏言要她生个和傅亚斯一样帅气的儿子，是女儿就再生，生到儿子为止。

陆淼淼住院后，傅亚斯来探望过几次，谈夏昕因为怀孕被禁止来医院，这次还是陆寻走投无路给傅亚斯打了电话，他才匆匆赶来，后面还跟着谈夏昕——已经怀孕五月，显怀了，比先前看到的时候胖了一些，整个人散发着母性的光辉。

但即便是傅亚斯，也无法让陆淼淼开门，最后谈夏昕劝道："淼淼，你开门，你不想看他们，我不让他们进去。我就进去看看你，给你看看小弟弟的照片，今天去照四维彩超了。你上次不是还说要看照片吗？"

里面一直没有动静，谈夏昕也无奈，对他们摇了摇头。

门却在这一刻忽然被打开。

陆淼淼戴着口罩，脸上的疤看不清，脖子上蜿蜒的一片看着触目惊心，也难怪她一下子接受不了。陆淼淼倒是冷静下来了，情绪却仍旧低落，不怎么愿意说话，也不愿意在医院待着。

她哑声道："我要出院。"

"医生说要观察几天。"

"不，我就要出院。"

陆寻无法，陈初劝了也没用，索性办了出院手续连夜走人。

陆家在城西有栋老宅子，陆淼淼往常是住在那边的，家中还有几个老用人，这会儿她却怎么也不愿回去，要去陆寻在郊区的临海的公寓，也不愿意用人跟着去照顾。陆甜甜许久没见着小主人，见她回来，兴奋得上蹿下跳，却见她理都不理它，兀自进了房间关上门，急得嗷嗷叫，绕着陆寻打转，又去咬他的裤脚，结果被他冷喝了一声，受伤地躲回角落的窝。

陈初去敲门，她也不发脾气，只是恳求道："你们别和我说话好不好？就让我冷静一下。我一会儿就好了，很快就好了。"

陈初见状，也不再勉强："那我先走了，明天再来看你。"

陆寻说要送陈初。

陆淼淼这边告一段落，陈初松了一口气，不由得想起他做的那些事，当下语气就冷了："不用了。"

陆寻不傻，察觉出陈初对自己的态度忽冷忽热，皱眉道："怎么回事？"

陈初不想在这里和他吵，也不说话，拎着包就往电梯里走，可一只脚才进电梯，手就被扯住，还是他。

"我这边焦头烂额，你别和我耍小性子，到底什么事？"

陈初一听他这语气就火了："没人和你使小性子，论使小性子，谁敌得过你陆寻陆先生陆总！唐信做错了什么？你一个心情不好就把人雪藏！盛娱是你家开的，了不起！"

陆寻闻言，面色也沉下来："Aaron？他找你了？"

原本陈初心里还带着侥幸，见他这反应，就知道自己没猜错："他没来找我，我是从别人那里听说的。你别总把人想得那么坏，好像全世界都是坏人。这件事，客观来讲，他并没有什么错。"

"你觉得那是我做的？我在你心目中就是这个模样？陈初，你就是这样看我的？"

"难道你不是吗？这不就是你一贯的行事风格吗？谁不顺你心意，你就让谁不好过，不管他是对是错。"

"对，我就是这样。我有告诉他离陆淼淼远些，就算是陆淼淼去找他，难道他不会拒绝吗？眼下出了这样的事情，难道他没有责任？这只是一个教训。我不想我们为了别人争吵。”

陈初看着他，突然觉得其实他从来没有变。

他仍旧是那个陆寻，那个冷漠的陆寻，除了对自己重要的人好，旁的人在他眼中什么都算不上，犹如草芥。

她改变不了他的想法，也不想与他争执，挣开他的手进了电梯。

陆寻没有再阻拦，冷冷地看着电梯门慢慢闭合。

他不曾告诉陈初，那件事并非他做的。他向来不喜欢Aaron，但Aaron是他旗下的艺人，他不会做亏本的买卖。Aaron被封杀，最主要的原因还是先前他借冉书瑶过桥，得罪了盛天的叶天。

关于冉书瑶的八卦并非捕风捉影，很多人以为冉书瑶这些年一帆风顺、屹立不倒，多少是因为盛娱捧她，其实不然，这恰恰是他们的对头盛天在暗中操作的。Aaron将叶天捧在心尖尖上的人踩了一脚，叶天当然不会放过他。只是叶天与冉书瑶的事情双方当事人都视为禁忌，陆寻也没法同陈初解释。

只是他没想到，在她心目中，他是那样的人。

（4）

这并非真正意义上的争吵。

两人都犟着一口气，谁也不愿先低头，却十分有默契地在陆淼淼面前维持着和平。

陈初每隔一天便会去看陆淼淼。陈初不懂得照顾人，也不知如何取悦她，偶尔带些水果、零食和何婧煲的汤去看她。何婧自得知陆淼淼受伤，父母又过世后，每隔几日便会煲些汤让陈初带去看她，当然，前提是何婧不知道她是陆寻的侄女。

陆寻要上班，没空整日在家陪伴侄女，陆淼淼也不愿意再请护工，更不愿意老宅的用人过来照顾她。见她恢复得七七八八，陆寻也没勉强，只每日让钟点工来打扫和做饭。

陆淼淼受伤后，身体免疫力降低，需要静养，陆寻要将陆甜甜送回老宅，说是等她恢复得当后再接回来。临走时，它扒着门框叫得惨烈，她站在房门口看着它，终究不舍：“小叔叔，让甜甜留下来吧。”

陆寻在这个问题上却很坚持：“不行！它不利于你养伤。”

陆淼淼低低地应了一声，然后转身进房间。陈初瞪了陆寻一眼，想起自己还在与他冷战，当下便没有为那条嗷嗷惨叫的狗求情。

陆甜甜被送走后，陆淼淼情绪更加低落，每日将自己关在房间里，几乎不怎么迈出房门，就连陈初来了也要与她隔空喊话。

陆寻家有一整套家庭影院，心情好些的时候，陆淼淼会出来和陈初一起看电影，只是仍旧戴着口罩，沉默地缩在沙发的一角，一点都不像从前那个活泼开朗的女孩，倒像一颗不起眼的石子。

陈初想与她说说话，可安慰、劝解她听得太多，只好同她讲八卦："周凯悦发表声明说退出娱乐圈你知道吗？"

陆淼淼却不像有兴趣的样子，陈初别无他法，搬出了唐信："Aaron说想来看你。"

陆淼淼的眼睛似乎亮了一下，但稍纵即逝，很快就黯淡无光："算了，我这个样子怎么见人，估计会吓到他吧。"说完，又将自己埋在了抱枕里。

陈初还想劝几句，大门却忽然被推开，是陆寻回来了。

她的话卡在了喉咙里，没再说下去。

既然陆寻回来了，陈初不想多留，便起身同陆淼淼道："时间不早了，我要回去了。"

"你今晚留下来吧？"陆淼淼突然道。

这是这些天来，她第一次主动挽留陈初，但眼下的情况明显不合适："不行，我妈让我早点回去，我过两天再来看你。"

陆淼淼见状，也没再强留，看了一眼她的小叔叔："让老王送你。"

这次陈初没有拒绝，说好。

说是老王送，下了楼，陈初却发现陆寻也下来了。原本她以为他是有话要和自己说，便放慢脚步，但他仍慢悠悠地走在两步开外的地方。老王在公寓楼下候着，她刚上了后座，后面的人跟着钻进来，坐在她旁边。

不只她不明所以，老王也犯迷糊："陆先生，去哪儿？"

"送陈小姐回家。"他说完又开始缄默，陈初自然不会先开口和他说话。

公寓离陈初家还有段距离，陈初兀自玩了一会儿手机，而旁边的人安静得像不存在一般。一开始，陈初还故意别过头看窗外，过了一会儿，忍不住偷偷望过去，却见那人靠着后座睡着了。

他的脸颊深深往里凹陷，肤色苍白，看起来疲倦憔悴。

陆寻患有严重的失眠症，她认识他以来，总见他脸上挂着黑眼圈，而自他哥嫂出车祸后，他对在车里睡觉这事极为反对，有两次她不小心睡着都被狠狠晃醒，这会儿他自己倒是睡得香，可见他累到了什么程度。

她还在犹豫要不要叫醒他，又想着自己还在和他冷战，他却突然睁开眼，脸色阴沉地盯着她。

陈初被他吓了一跳："干吗突然这样吓人？"

她的语气不算好，恶狠狠的，陆寻却仍旧不说话，只是瞪着眼睛看她，仿佛她做了大逆不道的事。

"我做了一个不好的梦。"

陈初想问他到底梦见了什么，他却突然攥住了她的手，声音微不可闻："不要放手。”

这四个字就像钉子一样猛然钉在陈初的心上，她忽然觉得有些疼。

她想说很多很多的话，有埋怨，有委屈，却什么也说不出，只是低着头，沉默地盯着他瘦削、冰凉的手。

至于那个梦，陆寻始终没有说给陈初听。

那是一个非常非常不好的梦。

他梦见自己与陈初还有Aaron坐在同一辆云霄飞车上，她双手牵着他们二人。意外发生的那一刻，他与Aaron同时从车上飞出去，陈初低头看了看自己的双手，突然放开抓住他的那只。

他猛然惊醒，却见她小心翼翼地看着自己，昏暗的光线里，温柔得不像话。

他还沉浸在梦中的绝望和悲伤中，可也知道那只是一场梦，她现在还在他的身边，像只乖巧、柔顺的猫。

从前他总不相信会有对的人存在，所有的悲伤与伤害都归结成命运的安排。而今他终于相信那个人会出现，所有的翘首盼望与翻山越岭都是幸运的铺垫。

遇见她，真好。

陆寻重复了一次：“不要放手。”

陈初不明所以，见他表情严肃，只得闷声应了一句：“好。”

车厢里恢复了寂静，车已开到了巷子口。

陈初下车时，后面的人并没有动作，但在车门关上的那一刻，她听见他低低的一句“对不起”。

那句“对不起”很轻很轻，她却听得清晰。

这些日子以来的不满与愤怒，在这简单的三个字中突然就烟消云散。她转过头，车窗隔绝了他的情绪，只有那双明亮的眸子还注视着她。

默默地，寂静地。

（5）

虽然生活衍生了无数变故，但工作仍要继续。

因为陆淼淼的伤，陈初新接的电影工作耽搁了许久，大纲迟了许多天才交到制片人手里。因为连日来的忙碌和焦躁，陈初自觉大纲写得不够完美，早就做好被挑毛病和修改的准备，但制片人少见地没有大发雷霆，只是不痛不痒地点了几个要修改的点，连她不按时交稿都不曾过问一句，更别说责备。

此时已入秋，因为昨天连夜赶稿，陈初受寒了，听她说话带着鼻音，对方还关心道：“这天气是容易感冒，多喝些热水。”

陈初在制片人如沐春风的微笑中被送出办公室，她的脑袋晕乎乎的，头疼得厉害，对制片人的态度也没有多想，只当自己生病，他对自己的态度宽容些，还在心里感谢他，谁知还没走到茶水间，便听见有人在议论自己。

“对，刘制片的态度真恶心。”

“刚小许进去送本子还被骂哭了，这会儿对着那个陈初又觍着脸。这是什么来头？”

听壁脚向来不是君子所为，陈初不屑，可脚步不自觉慢下来。

“哦，你不知道啊，那是大Boss女友啊。前段时间不是还上了八卦杂志吗？后来Boss和冉书瑶传绯闻，其实冉书瑶就是个烟幕弹，要不然在盛娱这么多年，怎么才和Boss闹出绯闻来？那个才是正室，都登堂入室了。Boss侄女受伤了，是人家全程照顾。”声音带着神秘，像是刻意压低了，音量却不小。

“哦，曲线救国？”

“谁知道呢，她和Boss侄女好像一个学校的。”

“啧啧啧，小小年纪，可真不要脸。”

陈初听得火冒三丈，再不露面还不知道她们要编排到几时，当即走进茶水间。还在掩嘴笑的两个女人见状愣了，也没再议论，低头赤着脸绕过她回办公室了。

陈初回想制片人的态度，之前的感谢也都烟消云散，只剩下一肚子的憋屈，觉得头更疼了，恨不得立马离开这个鬼地方。

这个念头刚冒出来，电话就响了，还是当事人之一打来的。

“有事？”她的态度绝对算不上好。

那边的人被她一吼，怔了一下，明明这几天两人的冷战已有破冰的趋势：“你怎么了？”

“没怎么了，你有什么事？”

“你在盛娱？已经中午了，一起吃饭。”

陈初刚想问他怎么知道，但一想，这是他的地盘，遍布眼线，他知道也是理所当然的事：“不吃。”

“我在十一楼餐厅等你。”

“我说了我不吃，你自己吃。”

可陆寻直接略过她的答案，挂了电话。

陈初不爽得很，倒了热水、收拾了东西就准备回去，可进了电梯，手不知怎么按了十一楼，电梯门一开才发现到了餐厅。

盛娱的福利极好，餐厅整整占用了一楼，中餐、西餐皆有，琳琅满目，堪比星级酒店的自助餐，据说主厨还是陆寻从某个米其林餐厅挖来的。餐厅的设计也赏心悦目且合理，除去大厅的卡座，还有好几个隔开的小包间，方便艺人和高管谈工作。

陈初听说过这个餐厅好几次，却还是第一次来。

时值中午，餐厅里人来人往，谁也没多注意她。她往里走，正准备给陆寻打电话，结果却听见顾珏宇叫她："陈小姐，这边。"

顾珏宇是陆寻特助，甫一开口，好几个人朝这边望了过来，目光自然而然落到陈初身上。那些目光各异，陈初被看得不自在，只得加快脚步跟着顾珏宇往里走，果然进了包厢就见陆寻好整以暇地坐在那里，已点好餐，有糖醋排骨、清蒸鲤鱼、清炒时蔬以及两盅黑乎乎的、看不出原料的老火汤，挺简单的搭配，但明显与外边的自助餐食不同，一看就是开的小厨房。

陈初原本没什么食欲，这会儿闻到香味，肚子也饿了，懒得与他矫情，就在对面坐下来。因为心里有事，她也不怎么想说话，兀自低头吃饭。

陆寻见她埋头苦吃，问："你的脸色怎么不大好？"

"没什么。"陈初仍旧对他爱理不理。

"我早上就看见你精神不大好，刘制片没有为难你吧？"

陈初愣是没想起早上在哪里遇见过他，听他提起刘制片，又想起之前在茶水间听到的话，不禁道："以后在盛娱，你还是别和我走这么近，也别像今天这样找我吃饭了。"

"怎么，我找你吃饭还不行？"

她想了一会儿才想到一个合适的词："不是不行，而是影响不好。"

"怎么就影响不好了？"

"盛娱不是禁止办公室恋爱？"

"那是针对艺人，再说了，你也不是盛娱员工，只是合作者。"

陈初心想：先前你让我别染指你家艺人时可不是这种态度。见他一副无所谓、不配合的态度，她不由得说出了自己的心里话："你这样让我有些难做。现在整个盛娱都觉得我是你的女朋友，对我的态度与以前大相径庭，连导演和制片都不挑刺，对我关怀备至。"

陆寻却没觉得这有什么不对："你不是我女朋友？这样有什么不好？难道你喜欢每个人都对你横眉竖眼的？"

"当然不是，可我不希望大家是因为你的关系才对我好。每个人都因为我是你女朋友才对我好，我感觉我的能力、我的付出、我的努力全部被否定了。"

"你的能力、付出、努力都在，怎么会被否定？难不成因为我，你就不是你了？"

陈初见和他说不通，不自觉提高了音量："现在大家都觉得我靠着你上位，你觉得我能开心吗？"

被这么一吼，陆寻面色自然不好看。

陈初也后悔，却说不出道歉的话。

两人沉默地吃了午餐，又不欢而散。

而那一夜他的低头、他的道歉、他的温柔，仿佛都是错觉。

13 Chapter 转弯

失去一个对他怀着热爱的人，就像一颗抬头就能看到的星星突然间陨落，对他并无影响，但他心里还是空落落的，说不出地难过。

（1）

陈初得知唐信已正常接通告，已是好几日之后的事。

陈初和唐乐吃晚餐，原本约好的唐信却没来，唐乐道："他临时有工作，去电台录个节目，说是录完再过来。"

"工作恢复正常了？"

唐乐低头看菜单，没注意陈初大惊小怪的语气："估计他做错什么事了吧，那两周一直没给他安排工作，所有通告都暂停了，不过最近已经恢复正常。我和他说没什么，就当作休息。"

陈初算了一下时间，巧了，唐信恢复工作的时间正是陆寻约她吃饭的那几日。

这应当算是陆寻的另一种示好，但陈初反而更生气。

他就像一个高高在上的掌权者，翻手为云，覆手为雨，心情好时给你颗甜枣，心情坏时将你掀翻，让你摔个大跟头，任性妄为，骄傲自我。

陈初灌了一口冰水，兀自又给陆总贴了标签，至于前几日所念及的他的好、他的可爱之处，这会儿早化作浮云飘远了。

大抵谈恋爱都是这样，时而蜜里调油、浓情蜜意，时而锱铢必较、针锋相对。

她的心情产生巨大落差，多少还是与那天糟糕的午餐之后，陆寻始终没有给她打电话有关。

他那边不打电话，她就不低头。

盛娱她不去了，工作在家完成，关于剧本的探讨和修改都是依靠网络进行远程交流。

陆家她也好几日没去了，只每天和陆淼淼通话，知道陆寻将陆甜甜接回了家，知道陆淼淼有了狗狗陪伴后不再那么孤单，知道小姑娘已经逐步走出阴影。

"我想甜甜想得不行，谁知道这家伙又胖了好几斤，真是没心没肺。"顿了一下，陆淼淼又说，"一开始，我都害怕它不让我抱，毕竟我现在和以前不一样了，还好，它一见到我就扑过来。"

陆淼淼语调平静，陈初的心却像被刺了一下："淼淼……"

像是知道她要说什么，陆淼淼打断她："别说这个了。陈初你最近很忙吗，怎么没来找我？"

"我……工作积压了一些，是有点忙。"她底气不足。

"别骗我啦，肯定是和我小叔叔又吵架啦。最近每天回家，他的脸色都很难看，又睡不好。盛娱一枝花现在变得干干瘦瘦，难看死啦。"只有提到陆寻，她的语气才会欢快一些。

“我可没和他吵架。”

“这语气就是吵架，闹什么别扭嘛，累不累？”

陈初恼怒道：“那你怎么不去问你小叔叔累不累？”

“你又不是不知道我小叔叔，又自大又爱面子，就算错了也不肯承认错误。你们到底为什么吵架啊？你和我说说，我帮你评判到底谁对谁错。”

陈初当然不可能和她说他们吵架是因为唐信，要是说出来，可就不止自己和陆寻冷战这么简单了，于是顺口胡诌：“你还小，说了你也不懂。”

陆淼淼翻了个白眼，倒是没有再追问，而是想起另一件事：“我在家待了很多天，我想出去走走。”

自出事之后，陆淼淼一直没出过门，除了住在医院便是在家里待着。

起初是陆淼淼自己不愿意出门，后来有一次陆寻带着她下楼，结果她在小区楼下被各种异样的目光包围，之后陆寻也不怎么愿意她出门了。

为此，陈初还和他争执过：“你这样不大好。她老是在家里闷着，更不利于她的身心健康，这样她会与外界脱节。你这不是为她好，是在害她。”

“没有人比我更希望她好！你不知道，那天我带着她下楼回来后她哭了多久，整整一个小时，我看着她完全不知道怎么办。在她的世界里，什么都是美好的，而现在她突然要一下子去接受残酷的现实，这对她来说太过突然和残忍。陈初，我宁愿她一辈子懵懵懂懂地活在我的庇护里，也不愿意她一夜长大。”

陆寻的话不无道理，陈初也担心陆淼淼一下子承受不了外界异样的眼光，所以她偶尔要求陈初带她出去都被拒绝。

“你带我出去玩吧，我真的要闷坏了。”陆淼淼没说的是，她接到Aaron的电话，他问了几次她的情况。她不想他看到自己，却特别特别想见到他，不知道他最近过得好不好。只是，这是不能和小叔叔说的，陈初也要瞒着，谁知道陈初会不会美色当前背叛她。

“你小叔叔不同意你私自出去。”陈初搬出挡箭牌。

可不知陆淼淼今日为何如此执拗：“这不是有你吗？你带我出去，我就不是私自出去了。”

“那我打电话问问他？”

“不行，你要是给他打电话，他肯定不让我出去。你又不是不知道，他独裁专制！你就带我出去嘛，我真的要闷坏了。”

“你想去哪里？我晚上还有事，没法陪你玩。”

“你去哪里，我就去哪里。”

当天晚上陈初要去听音乐会，想着带着陆淼淼也不会出什么事，又被她缠得无法，只能答应。

后来每一次午夜梦回，陈初想起陆淼淼，后悔与悲伤几乎要将她淹没。如果当时她坚定一些，阻止陆淼淼出门，或许给陆寻打一个电话，那些事情是不是就不会发生？

可是，谁也没有预知未来的能力。

那天陈初与陆淼淼去了星湖城，贝思远在那儿举行第一场个人演奏会。

早在一个月前，宣传便布满了南泽的每个角落，公交车上、出租车上、商场门口和天桥上都贴了广告——九月二十九日，贝思远的个人演奏会。

陈初把这个日子记得清楚，除了因为贝思远早早就将VIP门票送到家里外，也因为这一天是贝思远的生日。

陈初与贝思远分手的事实何婧早已接受，但偶尔还是会觉得陈初没眼力见。他低至尘埃时，她对他不离不弃，待他成名后反倒与之分离。虽然这样想，但何婧自认是开明的人，不会干涉女儿的感情，只会适当地给些意见，陈初不接受，她也不会逼迫女儿。看着陈初自以为瞒天过海与陆寻偷偷来往，她也不拆穿，由着女儿去，借用丈夫陈洪恩的话，儿大不由娘，女儿大了也一样。

但著名小提琴演奏家何婧老师也是爱面子之人，星海乐团最近有了传闻，说何老师爱女陈初对何老师爱徒贝思远爱而不得，导致何老师和贝思远也有了嫌隙。这话大家不敢明目张胆地说，都是背着何婧偷偷地讲，但风言风语还是传到了何婧耳里，她当下就勒令陈初：“不管你有什么事情都给我推了，和我一起去听演奏会。”

“我真不去。”

“不去你就别认我这个妈！”何老师放了狠话，兀自进房间挑选衣服。看着她站在衣柜前唉声叹气，陈初还是不忍心，说：“好吧，那我去。”陈初不知道，何婧只是为了穿衣发愁。自生病后，药物让她胖了不少，从前的衣服大多不能穿，她只是惆怅该穿什么衣服出席爱徒第一场个人演奏会。

当夜星湖城大剧院的爆满在众人意料之中，近一年，贝思远以一种不可思议的速度红遍了南泽大街小巷，除了他的琴技之外，多少还与他那张魅惑众生的脸有关。许多对管弦乐一无所知的少女省吃俭用、费尽心机买一张门票，多是为了看他那张帅气的、精致的面孔。

陈初带着陆淼淼走了特殊通道，陆淼淼戴了口罩，又戴了帽子，虽看起来有些异样，但好在特殊通道人不多，又都是受过高等教育的，几乎没有不礼貌的目光。

可是在开场前，陆淼淼不肯进去了：“我不喜欢听管弦乐，我想出去走走。”

“不行，你答应我和我待在一起，我才偷偷带你出来的。”

陆淼淼异常任性：“可是我真的不喜欢。”

“那我和你一起去。”

“陈初，我不喜欢你把我当成异类对待。别人这样就算了，如果连你都这样，那我真的觉得自己和别人不一样了。我就想出去走走，一个人。你让我静一静，好不好？”

陆淼淼极少这么严肃地与陈初说话，陈初见她情绪稳定，便说好，让她自己注意安全，随时保持联系。

陈初看着陆淼淼慢慢远去的背影，有些不安，但演奏会快开始了，何婧催促她："快进场。"她也没有多想，匆匆忙忙进了剧院。

陈初与何婧被安排在离舞台最近的中央位置，身边坐着星海乐团的高层。让人觉得奇怪的是，一票难求的VIP席位竟然还有个空座，陈初多看了两眼，不知怎么就想起了唐乐。

演奏会空前地成功，陈初不得不承认，无论她怎么努力，都无法企及贝思远的高度。只是她有一种错觉，当贝思远的目光落在台下时，他的眼神有些悲伤，震耳欲聋的掌声也无法抹去他眼中那抹绝望。

在演奏会的最后，贝思远对台下深深地鞠了一躬："我之所以能站在这里，我想要感谢一个人，如果没有她，可能没有现在的我。以后，无论我走到哪里，身处何方，我都不会忘记她。谢谢你，何婧老师，我会努力成为你的骄傲。"

在满堂的掌声中，陈初望见母亲眼中有莹莹的泪光。

贝思远已是她的骄傲，而这是陈初一辈子都无法给予她的荣耀。

也就是在这一刻，陈初忽然发现自己对贝思远的恨意、怨气消散得无影无踪，她甚至没有逃避他投过来的目光，反倒平静地与他对视。

因为不爱了，所以也不恨。

（2）

演奏会结束后照常有庆功会，何婧少有地心情好，被灌了许多酒仍不被放行。

倒是主角贝思远，喝了两杯红酒便面红耳赤、双目迷离，大家便没有再劝酒。除此之外，喝酒容易手颤，这对外科医生、小提琴家、钢琴家等靠手吃饭的人都是致命的一击，所以一般喝酒都是点到即止，也极少有人为难。

而陈初只是个客串的、无关紧要的角色，满场的狂欢都和她无关。她早前出门时手机忘记充电，和人借了手机给陆淼淼打电话，被告知陆淼淼已回家后安心了，百无聊赖之下拿了杯味道不错的鸡尾酒和几块甜点就躲到角落里，只乞求着酒会早点结束，她困得要命，想回家睡觉。

她靠在飘窗边打了个盹，感觉到有人靠近，睁开眼便看见贝思远。

他面色酡红，眼神却清明："陈初，我送你回家。"他的语气自然，与以前一模一样。

"不用了，我等我妈。"陈初四处搜寻，却不见何婧的踪迹。

"她被聂老师和赵团长带走了，说是不醉不归，让我把你送回家。"贝思远说。

"你喝酒了。"她拒绝，"我自己可以。"

他毫无愧意地承认："装的，没喝醉。"

"可你喝了酒。"

"我只喝了一小口，满身的酒气是因为我打翻了红酒。"他靠近了些，果然浓烈的酒气只浮于表面。陈初不自然地退后两步，与他拉开些距离，但他仍然坚持：“我答应了老师送你回家。”

此时已近零点，酒店离家还有一段距离，打车也不一定能打到，见贝思远坚持，陈初也不再抗拒，收拾了东西后与他一起下楼。

贝思远开的是白色的君威，与他这个人截然相反，很不起眼。

深夜的公路上，车辆与行人都不多，陈初与贝思远一路沉默。

直到快到陈初家，贝思远才突然开口：“对不起。”

车里放着音乐，陈初有一瞬间以为这是自己的错觉，但是很快，贝思远重复了一次：“对不起陈初，是我利用了你，但你相信我，我对你、对老师从来不是虚情假意。”贝思远向来内敛，如此直白的话陈初从未从他口中听说，这一瞬间，她竟不知如何回答。

认真说来，这些年贝思远确实待她好，好到她从未怀疑他接近她是别有用心。

高中时下暴雨，他宁愿自己被淋湿也要给她送伞；她生病住院时想吃粽子，他买不到，只好自己包；每每她被何婧责骂，都是他挺身而出，分散何婧的注意力。这样的细节多到数不清，以至于最初她压根无法接受他欺骗她这个事实。

可今夜，当她看见何婧发红的眼眶，听到贝思远嗓音低沉的道歉，她真真正正地原谅他了。

她不是圣母，她只是不想那么辛苦地去恨他罢了。

这句“我原谅你”她始终不曾说出口，但贝思远似乎也不介意。

也是，他从来不介意别人的目光，他所在意的，只有那个人而已。

接下来的路程两人皆沉默，直到陈初下车，和他说了再见，他才突然叫住她。

“陈初。”

她顿住脚步回头：“怎么了？”

他看着她，良久后才道：“以后有什么事，只要我帮得上忙，你一定要来找我。无论你怎么想，你和老师永远是我的家人。”

陈初看着脚下他单薄的影子，竟觉得他是孤独的。

也不知是谁先伸出了手，两人给了对方一个极轻的拥抱，身体轻轻相触碰便分开。

陈初想和贝思远说再见，却听见有人叫自己的名字。

“陈初，你过来。”

她转头一看，陆寻独自一人站在路灯下，倚着车门，不知看了多久。他离得有些远，她一时分辨不出他的表情是喜是怒，但他命令的语气让她觉得不舒服。也就是这一瞬间的犹豫，他竟不发一语地钻进了车里，伴随着引擎声，车子扬长而去。

陈初回到家里给手机充了电，才知道这一夜陆寻给她打了上百个电话，陆淼淼也给她打了两个。

她想了一下，先回拨陆寻的，无人接听，再打给陆淼淼，对方却关机了。

陈初觉得有些不安，却也没往心里去，只当陆寻在生她的气，而陆淼淼可能关机睡觉了，她也洗漱之后上床睡觉了。

只是，这一夜她睡得特别不安稳，噩梦连连，却记不清梦到了什么，只是被惊醒，又迷迷糊糊睡去，如此反复几次，天便亮了。

她头疼得厉害，却还惦记着给陆家叔侄打电话。

这回她先给陆淼淼打，但对方仍旧关机，再打给陆寻，依旧无人接听。她又打了几次，最后也不知陆寻的手机是不是被打到没电了，那边终于不再是无人接听，而是关机。

陈初的不安终于转化为慌乱，她当下就坐车奔向陆寻的公寓，可大清早的，她按了门铃后一直没人来开门，跑去车库一看，陆寻的车也不在。

她等了好久也没人回来，只好坐车到盛娱。往常为避嫌，她极少出现在陆寻所在的十八楼，这会儿她直接冲向陆寻办公室，却被告知陆寻没来上班。

“顾总助呢？”陈初问。

“今天也没看见总助。”小助理小心地观察陈初的脸色，轻言细语地回答，“要不您先坐一下？等下陆总或是总助回来了，我马上……”话未说完，陈初已经失魂落魄地走了。

陈初感觉不对劲。

那不显山露水的不安感正慢慢地扩散，越来越强烈，让她坐立不安。可她什么都不知道，什么也做不了，只能一遍又一遍地拨打那两个没有回应的电话。

这样一直到第三天清晨，陆寻原本关机的电话终于有了应答。

“你和陆淼淼怎么一直不接电话？吓死我了，你们跑去哪儿了？”陈初没等那边出声，抢先嚷嚷开来。

下一秒，她的手机掉落在地上。

电话那边的声音并不是陆寻的，而是顾珏宇的。

她的手一直发颤，好不容易才捡起电话：“你说什么？”

“陈小姐，陆小姐……她过世了。”

陈初觉得熬夜真不是一件好事，自己不过一夜没睡，连幻听都出现了。

（3）

那日是十月一日，陈初记得清楚。

因为是节假日，整个南泽都显得很热闹，商场、超市都在做促销，多的是拿着扩音器、打扮迥异的人喊着浮夸的宣传语。

陈初走了很远也打不到车，不是车里有客人，就是被人抢先了，打车软件又长时间没反应。

最后她一急，竟无法抑制住自己的眼泪，蹲在马路边哭了起来。

她始终不愿意相信陆淼淼死了这件事。

那么好的女孩子，怎么会说死就死呢？

她猜，这或许是陆寻联合陆淼淼、顾珏宇给她开的一个玩笑，等她过去那边，陆淼淼会突然跳出来吓她一跳："陈初你这个蠢蛋，这也相信。"

她这样安慰着自己，眼泪却不停往下坠，抱着胳膊哭得撕心裂肺。抢她出租车的是个年轻的男孩，或许也有急事才不得已抢在她前头，正准备走人，见她哭得伤心便犹豫了一下，司机也道："小伙子，人小姑娘说不定有急事，看看顺不顺路，要不一起走得了。"

那男孩自知理亏，下了车帮她开了后门："你要去哪里？"

"殡仪馆。"

男孩的身体瞬间变得僵硬，他直接关上车门，说："你们走吧，我再拦辆车。"

殡仪馆在市郊，距离城区将近一个小时的车程。

在这漫长的一个小时里，陈初的脑袋一片空白，她靠着玻璃窗，一遍遍地回想顾珏宇话里的每一个字，仍旧抱着他在开玩笑的希望。

可当她抵达殡仪馆的时候，她便知道，这不是玩笑。

顾珏宇说，没有举行葬礼，直接送去火化，陆总谁也不让跟着，一个人守着。

相比市区的热闹繁华，这里的一切写着冷清阴森，空旷的大堂里只有正在清扫的员工。陈初毫不费力便找到陆寻，他抱着一个灰扑扑的东西坐在角落的长椅上，她正想喊他，但一看清他手中的东西，吓了一跳，脚一软，几乎要跌倒在地，好在稳住了。

像是被她这边的大动静从梦里拉回现实，陆寻缓慢地抬起头来，看了她一眼。隔得太远，又逆着光，她看不大清他脸上的表情，或许他是没有表情的。他只是看了她一眼，又转过头，兀自陷入沉思。

陈初傻乎乎地站在那里，看着抱着骨灰盒的男人，好一会儿都没有说出话来。她捂住自己的嘴巴，生怕自己的哭声撩动陆寻的情绪，可无声流泪无法缓解她心中的悲伤，她终于忍不住放声大哭。她怎么也想不通，就在前天，她还和陆淼淼在一起，现在陆淼淼怎么就死了，被装在那个恐怖的盒子里。

大堂宽敞、空荡，她声嘶力竭的哭声带着回音，但并未引起谁的侧目，在这里，撕心裂肺的生离死别不过是寻常事一桩。

陆寻亦不发一言，只有浅浅的呼吸能证明他的存在。

她不知自己哭了多久，也不知自己是怎么走到陆寻面前的。她半蹲在他身边时才发现他并没有眼泪，只目光空洞地盯着手中的骨灰盒，手紧紧地抱着那个盒子，指关节因用力过度而突出。

"陈初。"

她听到他叫自己，却没法出声应答，只能点头。他并没看她，似乎也不在乎她有没有回答：“我想把她和我哥哥、嫂嫂葬在一起，在半山墓园。那块地我早就看好了，也买了下来，我想着以后我死了就埋在那里，没想到现在躺进去的人却不是我。”

他的语气平静，像纪录片里的旁白，可陈初知道，他已悲伤到极致。他从椅子上站起来，却突然摇摇晃晃，跌坐在地。陈初想要去扶他已来不及，只能看着他的手肘狠狠地撞击在地上，怀中还紧紧地抱着陆淼淼的骨灰盒。

“没事，淼淼，不要害怕，小叔叔在这里。”

陈初正准备将他扶起来，听到这么一句，刚止住的眼泪又猝不及防地滴落在地。

像陆淼淼坠落江面时溅起的水花。

陆淼淼坠江的时间是半夜一点二十七分，屏幕右上方的红色时间在无数个夜里一遍遍地在陈初脑海里放映。

谁也不知道陆淼淼为什么会走到偏僻的江边，她戴着口罩沿着临江路走了很远很远。起初画面中只有她和零星的车辆，而后慢慢地出现了三四个流里流气的男人，但她像是沉浸在自己的思绪里，埋头走路，越走越偏僻。

据说那几个混混常在那一带流窜，见陆淼淼独自一人是临时起意还是早有预谋却不得而知。当她走到大桥下时，几人加速越过了她，拦在她面前。不知道他们与她说了什么，她开始往桥上跑，他们则笑着追了上去。

或许是风大，或许是奔跑间有拉扯，当他们抓住陆淼淼的时候，她的口罩突然掉了下来，而后他们四散逃开。然后她就那样从桥上掉了下去，是不小心还是故意的，没有人知道。

她的身体在水面溅起一朵巨大的水花，而那几个混混就那样一走了之，没有人去救她或寻求救援，还是附近居民看见几人慌慌张张逃窜，觉得异常才报了警。起初混混们还死不认账，最后有人良心发现松了口，警察才急忙找救援队去搜救，可惜为时已晚，一条人命就这样没了。

陆淼淼的身体在江里泡了一天一夜才被打捞上来，据说被泡烂了。她是那么爱漂亮的人，却落得这样的下场。

夜晚风大，江流湍急，幸好水闸未开，否则后果不堪设想。

最后监控的画面定格在陆淼淼坠江的那一刻，陆淼淼没有留下只言片语。有人按下暂停键，一时间没人打破沉默。陈初不敢回头去看陆寻的脸，无论是悲伤还是愤怒、暴戾，她都不想看见。她的手紧紧地交握在一起，克制住自己颤抖的冲动。

许是被画面刺激到，陆寻忽然抡起键盘往显示屏扔，然后转身一言不发地往外走，所有人吓了一跳。监控室的门没关，很快有警察冲了进来，正要动手拿人却被阻止：“让他去吧。”他已克制得很好，一般人看到这种场景，估计早已崩溃。

警察局人来人往，没有一个人拦他，陈初匆匆地跟在他身后，留下顾珏宇处理后续事宜。

陆寻步伐大，走得又快又急，黑色的西装上布满了褶皱，也不知几日没有换洗。陈初小跑着才追上他，却听到他一声冷喝：“不要跟着我！”

他的声音又冷又硬，像夜晚的北风，陈初咬着唇放慢了脚步，与他拉开一段距离，仍旧跟在他后面。

陆寻是知道的，但他没有再阻止。他不想她跟着，不想将自己的悲伤、狼狈展露在别人面前，可又唯恐她会离去，剩下他孤零零一个人。

路灯将他的影子拉得又细又长，他毫无目的地走着，穿过广场喧闹的人群，走到车水马龙的环城路，最后来到了江边的大桥上，陆淼淼坠落的那个位置。

陈初看见他一遍又一遍地抚摸着漆黑、冰冷的铁栏杆，一遍又一遍。那一刻，有种恐惧瞬间包裹住了她，她飞快地朝他跑去，最后气喘吁吁地在他面前停下，许久没缓过来。

陆寻还维持着之前的姿势，什么都没有做。

“你以为我会跳下去吗？”他忽然抬头，刺目的灯光里，陈初看见他满脸的泪，可能他没意识到自己哭了，“不会的，陈初，要是我死了，陆淼淼该多伤心。但人死了，估计也不会伤心吧，伤心的是活着的人。”

“你不知道，你不知道我有多恨我自己。如果不是我只顾着工作，没有关心她，她也不会因为无聊偷偷跑出来，也就不会发生这样的事。”他用力地将头往围栏上撞，“都是我的错！淼淼，小叔叔错了，你回来好不好？”

陈初一句话也说不出来，她用力地掰开他的手，用身子隔开他与围栏，将他紧紧地抱在怀中。她从未见一个将近三十岁的男人哭得这么伤心，他在咆哮，他在颤抖，可她一句安慰的话也说不出口。

她紧咬着牙关，克制住胸腔里那颗蠢蠢欲动的心。

她不能告诉陆寻，那个晚上陆淼淼是和她一起出门的，而她让陆淼淼落单了。

她不能告诉陆寻，如果不是她的疏忽，或许陆淼淼不会死。

这一切，她不能告诉陆寻。

她害怕他恨她。

所以，她只能紧紧地抱着他，沉默地，用力地。

（4）

陆寻没有给陆淼淼举行葬礼，只将她与她父母合葬在一起。

她喜欢热闹，走的时候却冷冷清清，送她的人只有陆寻、傅亚斯夫妇和陈初，以及唐信。

唐信会来，还是陆寻忽然对陈初提起的：“她喜欢Aaron，以前我总不让他们见面，害怕Aaron会带坏她。她周二下葬，你让Aaron来送送她吧。”

短短几天，陆寻像老了十岁，也不知道多少天没有洗澡、睡觉，衣服皱巴巴地贴在身上，头发亦是油的，整个人显得颓废、苍老。更让陈初难以置信的是，他的头顶竟长出了许多白发，夹杂在黑发里，白得刺目。

“陆寻。”她颤抖着去扒他的头发，发现这并非自己的错觉，“你有了白发。”

陆寻阖着眼，没有回答，缩在沙发里，像个迟暮的老人。

陈初告知唐信陆淼淼过世的消息时，他有一瞬间的恍惚。

这些天他都在外地拍戏，他又是沉默冷清之人，盛娱内部传得沸沸扬扬的消息，他竟一直不知道，只是听经纪人说近来陆总心情不好，他又向来不讨喜，让他小心些，别撞到枪口上。

所以，当陈初要他去送陆淼淼一程时，他以为她在开玩笑：“这个不好玩，是不是陆淼淼又恶作剧？”

所有人都以为这是恶作剧，陈初将手搭在眼睛上，怔怔地道：“我也希望如此。”

“你没有和我开玩笑？到底是怎么回事？”

那晚的监控视频像是一部压抑、悲怆的无声电影一遍遍在脑海里回放，明明只看过一次，陈初却清楚地记得每一个镜头。

“那个晚上陆淼淼让我陪她出去，原本说好一起去听演奏会，但她一个人走了。她不知怎么一个人游荡到深夜，我手机又没电，也没放心上，谁知就出事了……”

“是不是二十九号晚上？”唐信忽然打断陈初。

“对，你怎么知道？”

唐信深吸了一口气，好久之后才道：“因为那个晚上，她去片场找了我。”

那夜他已连续拍戏将近二十个小时，因为他NG了十几条，导演的脸色已经不是很好看，和他演对手戏的女演员更是直接拉下了脸。他状态不好，被叫去休息，但他睡不着，便拿了台本在休息室看。休息室里有镜子，他不经意间抬头时发现有人透过镜子在偷窥自己，也不知道站了多久，当即喊了一声：“你是谁？”却不料那人拔腿就跑。

唐信想起之前拍戏的时候，那人似乎也一直在角落里，当下便追了出去。那是个女孩，跑得并不快，他追着追着便到了片场的角落。她垂着头，既不说话也不理人，他只好动手去扯她的口罩。

因为灯光昏暗，她面上的伤疤坑坑洼洼太明显，他没心理准备，被吓了一跳，定神一看才发现是陆淼淼：“你怎么来了？”

她也不说话，只是用头发遮住了自己的脸。

“不好意思，我不知道是你，如果知道，我就……”他知道容貌对一个人的重要性，想要解释，“刚刚主要是灯光太暗，我没心理准备……”

他越解释越糟糕，陆淼淼不愿再听下去，抢过他手中的口罩就跑。

唐信还想追，却听见黄苏子在叫自己：“Aaron，你跑哪里去了？导演在找你呢。”

而此时陆淼淼的背影已消失在黑暗中。

唐信想想还是不放心，拿出手机给陆淼淼发了好几条短信，但她一直没有回复。他顾不上打电话，因为导演已经不止一次在叫他了。

起初陆淼淼于唐信来讲只是个不太陌生的名字，如果不是因为她是陈初的朋友，或许他连她的名字都不会记住。最开始，他是不喜欢她的，甚至有些讨厌，因为她是陆寻的侄女。他不喜欢陆寻一脸算计，总觉得全世界的人都别有企图的样子，更不喜欢陆寻对陈初忽冷忽热的态度。可是，陆淼淼颠覆了他所有的想象。她是他最忠实的粉丝，像只叽叽喳喳的小麻雀，永远充满活力，永远雀跃。虽然被他拒绝无数次，虽然遭到冷遇，但她沮丧三秒后，很快脸上又挂上笑容。后来受了那么严重的伤，她也是独自承受，不曾抱怨，也不曾怨恨，无论是对和她发生争执的他，还是对那个服务生。

陈初总是叫她小公主，他是认同的。她就像活在辉煌城堡里的公主，应该被庇护，而不应该去面对人世间的丑陋与邪恶。

可是现在，他被告知，她死了。

说他不难过、不遗憾是假的。如果那夜他拦住了她，如果当时他没有揭下她的口罩，是不是后面的那一切都不会发生？

唐信说不出心里是什么感受。

他以为她于自己只是一个比陌生人好一点的存在，他以为自己是冷血的。唐见宁丢下他和妈妈、姐姐离开，他都不曾落过一滴泪，这会儿眼眶却湿热。

失去一个对他怀着热爱的人，就像一颗抬头就能看到的星星突然间陨落，对他并无影响，但他心里还是空落落的，说不出地难过。

“如果，如果不是我……”

陈初突然伸手捂住了他的嘴，她的眼眶还红着，声音严厉又难过：“这些话，这件事，你永远不要和别人提起，要是被陆寻知道，我真不知道他会做出什么事来。而且……而且，你也没有做错什么，换成别人，那一刻也会是那样的反应。”

想到陆寻，陈初忽然觉得心口有些疼，像扎进了一根针，每一次呼吸都撕心裂肺。她用手按住了胸口，慢慢地靠着墙滑坐在地上。唐信想要去扶她，手伸到一半时蓦地又收回。

对不起，真的对不起。

她一遍又一遍默念着。

陆淼淼走后，陆寻像变了个人一般。

他像自虐一般，每天都待在公司，基本不回家，连换洗衣服也是顾珏宇送到公司的，深夜办公室里仍旧亮着灯。陆寻原本是严肃，但偶尔心情好也会和下属开开玩笑，这事之后却变得不苟言笑，沉默甚至阴沉。他的情绪不佳，连带周遭的人都战战兢兢。有两次陈初去盛娱，等他下班的间隙看见他的下属在和他汇报工作进度。他坐在转椅上，低着头看文件，嘴唇紧绷成一条线，隔着玻璃，陈初都能感觉到那个经理的压力——衬衫后面湿了一片。

那一刻，陈初觉得自己离他特别遥远。

盛娱呼风唤雨的高层灰头土脸地从办公室出来，陈初垂头避开他去敲门，可敲了许多下，里面都没人应答。陈初站在半开的门后，看见陆寻安静地坐在夕阳的余晖里，神情有些哀伤。她自作主张开了门进去，门把的响动惊动了他，他抬头见是陈初，没有说话，兀自埋首在文件里。

这些日子以来，他们就是这样相处的，他的情绪时好时坏，好时就像现在这般沉默，坏时不肯让任何人靠近。在他面前，她是小心翼翼的，唯恐不小心按下他的开关，触碰他的伤心处。

“你是不是很久没有回家了？”

“嗯。”

“多少天没有睡觉了？”他的脸颊深深地凹陷，眼下是大片的青色，一点都不像意气风发的盛娱陆总，更像在街头流窜的瘾君子。

“你这样下去，会死的。”

或许是觉得她聒噪，他“啪”地合上了文件，有些焦躁地抓了抓头发：“我想这样吗？陈初，你知道，我根本睡不着！没办法睡着！闭上眼睛，我就听见她一声一声地叫我！我睡不着，也不敢睡！”他的眼睛里满是鲜红的血丝，狼狈的模样看得她眼眶发热。

可是她什么也做不了。

就连她自己也开始日复一日地做噩梦。

陆寻不回家，最可怜的是他的狗，被关在偌大的公寓里，别说遛弯，连喂食都没有。幸好她有陆寻公寓的钥匙，送走陆淼淼后猛然想起陆甜甜似乎没人照顾，到了公寓一看，狗粮已经吃完了，狗已经饿了好几天。听到开门声，它飞快地朝她扑来，蹭着她的脚，看起来尤为可怜，原本发亮的毛色也黯淡了不少，与街边的流浪狗没有啥区别。

原本陈初想将陆甜甜带回去养，无奈何婧对猫狗毛过敏，陈初只能每天往公寓跑，给它喂食，带它下去散步。

这段时间因为陆淼淼的事情，陈初的工作耽搁了不少，有个晚上，因为急着改一场戏，陈初一直忙到深夜才想起没有去给陆甜甜喂食，大半夜匆匆地打了车往公寓赶，遛狗喂食后才发现公寓有些脏，钟点工也好些时间没来，索性挽起袖子收拾起来。

收拾到陆淼淼的房间时，她发现陆淼淼的东西仍旧留着。看着满屋子的粉红，她又忍不住眼眶发酸。

她将陆淼淼的衣服一件件分门别类放好，房间里只开了一盏小灯，她又背着光，太过入神，没听见门口的响动，连陆寻回来也不知道。

陆寻喝了酒，已经醉了七八分，看见房间里有光，有一瞬间的错觉，就像陆淼淼还在一般。他兴高采烈地一边往房间走，一边叫着陆淼淼的名字，直到那个身影错愕地回过头，将他拉回现实。

那一瞬间，他几乎无法抑制自己的怒气，即便那原本就不是她的错。

“你来干什么？谁让你来的？谁让你碰她的东西？！”他的手指虚指着陈初，“你给我放回去，不准碰她的东西！”

陈初手里拿着陆淼淼的连衣裙，保持着往柜子里挂的姿势，一时间还没有回过神来。陆寻见她不动，便伸手去扯，胡乱地将衣服往里塞：“你别碰，放回去！给我滚！”

喝醉的人力道大得可怕，陈初被他推搡了几下，跌倒在地。

陆寻估计也没想伤她，看着自己的手，好一会儿没说话。

她忽然觉得自己有些可悲。

他让她走，她便听话地往外走，走到客厅却被陆甜甜咬住了裤腿。她费了好大的力气才将裤腿从它的口中解救出来，手刚放到门把上，便见陆寻踉踉跄跄从房间里冲出来。见她还没走，他似乎松了一口气，拉着她的袖子许久没出声。

陈初也不动。

似乎过了半个夜晚那么久，陈初才听见他小声地、可怜兮兮地示弱：“你不要走，如果连你也走了，我就真的什么都没有了。”

他颤颤巍巍地将陈初拥在怀里，可陈初仍旧觉得冷，那种冷意并非身体上的，而是从灵魂里散发出来，冻得她直打寒战。

可陈初仍旧不舍得走。

他太可怜了，一个人孤零零的，连狗也因他满身的酒气而不愿搭理他。

她舍不得将他丢下。

（5）

那日，陈初直到凌晨才回到家。

陆寻喝了酒，闹了一通后终于沉稳地睡着，安顿好一人一狗，她才疲倦地离开陆家。

她回到家却发现客厅亮着灯，何婧在等着她。

“你去哪儿了？”

“朋友那里。”陈初没有撒谎，最近发生了太多事，她甚至懒得与何婧斗智斗勇。

“大半夜有什么朋友？是不是那个姓陆的？我告诉你多少次，不要和他来往。我说的话你都不听了吗？你是不是不认我这个妈……”何婧没有再说下去，因为她看见陈初掉了眼泪。

陈初就这样站在母亲面前，沉默地流泪：“妈，你还是我妈妈，可我也想和他在一起。我不想骗你，我就是喜欢他，离不开他。可能你觉得荒谬，但我真的离不开他，特别是在这个时候。他唯一的亲人，也是我的朋友陆淼淼，半个月前过世了。”

何婧站在灯光下，她臃肿的面容带着焦躁，但很快又变得悲伤。

“世界上最无能为力的事情就是死亡。陈初，我没法阻止你，也不想再阻止你，你喜欢就去吧，想做就去做吧。只是，我希望你不要再受伤了。”说完，她转身往房间走，她的步伐很慢，微胖的背影让人感觉温暖、踏实。

陈初疲倦地将自己扔在沙发上，才睡了两个小时便被陆寻的电话唤醒：“陈初，你在哪里？”

“我在家。”

电话那边的人沉默了许久才道：“我醒来发现你不在，有些难过。”

他似乎一下子回到了孩提时光，一会儿看不见人便急躁、焦虑。

“我不会走，除非你赶我。”她小声地说，心里有着无尽的悲伤。

如果他知道，如果他知道是她将陆淼淼带出去的，他还会这样说吗？她感觉自己就像走在钢索上，一步一步，小心翼翼，只能往前走，不能回头。

陈初依旧每日去给陆甜甜喂食，带着它遛弯，何婧见她总往外跑也没有出声反对，只是冷眼睨着她，叮嘱一声早点回家。何婧早就知道陈初与陆寻还保持着来往，先前他们偷偷摸摸将车停在远处便以为她不会发现，若不是这次陈初的失魂落魄太明显，她会像从前一样，假装没看见。

陈初已经不再是那个遇事躲闪、需要人庇护的小女孩，她有自己的想法和见地，有自己的梦想和追求，何婧不能再去阻挡，也无法阻挡。

陈初再去陆家，基本不再进陆淼淼的房间了。那夜她将小姑娘的东西整理得整齐，却被醉酒的陆寻一通乱扯，衣服便乱糟糟地堆在衣柜里。她站在门口往里看，满屋子都写着人去楼空、物是人非。

有次陆寻回家，恰好见她站在陆淼淼房间门口发呆，于是大步越过她将门关上，好像这样所有的悲伤就被阻挡在外，不复存在。

那扇门，此后没有再打开过。

陆寻依旧没日没夜地加班，但偶尔还是会回家，因为许多次他让老王开车去酒店，老王兜兜转转却将车开到这里来，不愿再走，他别无他法，只能回家。

只是他依旧睡不着。

他已经失眠很多年了，睡不着是常态，酒精能帮助他，但从前他只会小酌一杯红酒，因为陆淼淼知道了会数落他：“小叔叔，你又喝酒了，是不是要英年早逝？”现在回到家，他做的第一件事就是打开酒柜，随手拿一瓶酒，将自己灌得烂醉，然后孤独地躺在沙发上。

但有时候这招也不奏效，人是醉的，意识却还是清醒的。他能感觉陈初来了，对着他叹气，给他擦洗身体、喂蜂蜜水，又去遛狗、打扫卫生。

结果过几天回家，他便发现家中的酒都不见了。

那夜他有应酬，陪美国来的投资方喝了两轮，回到家已经是凌晨，结果发现陈初竟然还没走，不知是太累了还是在等他回家，窝成一团睡在沙发上。陆甜甜睡在她脚下，毛茸茸的一团，他忽然觉得心有些软。

陆寻没有叫醒她，给她盖了被子便朝酒柜走，打开一看，酒不知怎么都不见了。

他喝了很多，走路都开始打飘，胃一阵阵难受，但他知道，还需要喝一点，他才能躺下睡着。

他翻箱倒柜，吵醒了陈初，她睡眼迷蒙地看着他："在找什么？"

"我的酒呢？"

"我扔了。"始作俑者没有一点做错事的觉悟，说得理直气壮，"再喝下去，我觉得你会死。"

陆寻没理陈初，拿了钥匙就要出门，陈初却抢先一步挡在了门前："你要去哪儿？"

"买酒。"

"你看看你，你都喝了多少，满身的酒气，还要喝酒！陆寻，你是不是要把自己折腾死你才开心？！"陈初看着陆寻，忽然就觉得生气。这些日子来，她首次对他大吼，声音带着尖锐的哭腔，连狗都被吵醒，见两人对峙，开始朝他们吠。

"你走开。"

"我不走，我不会让你走的。"

她力气大得惊人，扒拉着门，他怕太用力伤了她，不用力又出不去，一时间怒气上涌："陈初，我让你放开！"

"我不放！陆寻，我不会让你出去的。你看看你现在像什么！你还是陆寻吗？你现在就像街边的流浪汉，根本不是我认识的人！是不是陆淼淼死了，你要跟着她一起去？这样显得你特别伟大是不是？我不是冷血动物，陆淼淼死了，我也很难过，我也很痛苦。不只是你一个人要承受这些，任何一个认识她的人都觉得难受，可我们还能怎样？逝者如斯，活着的还要好好活着啊！你看看你现在是什么样子！"

这些天，陈初少去盛娱，但关于陆寻的消息听说了不少。他没日没夜地工作，不吃不喝，好几次深夜在办公楼还能听到他一声接一声地咳嗽。他将所有的精力放在工作上，要么加班，要么应酬。即便有的工作是不用陆总亲自出马的，他也包揽过去。

几个跟了陆寻数年的老员工担心他的身体，但谁也不敢让他去休息。他的眼神总是深沉、黯淡，像破晓时分灰白的浓雾，看不见一点光亮。

"陆寻，你这样折腾自己，最难受的是陆淼淼，你要她死了也不安心吗？"

那只攥着门把的手骤然垂了下来，像失去了所有力气。

然后陈初听见陆寻慢慢地笑出声："你说我现在是什么样子！我是什么样子？我能有什么样子？我的痛苦，远比你想象的要多！"

"我父母早逝，是哥哥嫂子带着我，然后因为我开车不小心，他们死了！陆淼淼是我唯一的亲人啊，我唯一的亲人！可她出了事！她需要我陪的时候，我只顾着工作。如果我多花点时间陪她，如果那天我早一点回家，她就不会因为无聊、孤独一个人跑出去了，就不会出事了！我是凶手啊陈初！我害死了我的哥哥、嫂子，又害死了他们的女儿！你根本不知道，我有多恨我自己……”

他伸出手给了自己一巴掌，却被陈初拉住，抬起头，发现眼前的女孩已流了满脸的泪。

“为什么无论出什么事，你都把责任包揽在自己身上？那些事情都是意外，谁曾想过它们会发生？而且陆淼淼不是小孩子，她是成年人，她有自己的思想。你能一辈子看着她吗？可以吗？发生那样的事，我也难过，也痛苦，也自责，因为是我把她带出去的。但我不会像你这样伤害自己，伤害身边的人。如果你一定要觉得她是因为你而死的，那你可以释怀了，她的死不是因为你，而是因为我！”

这个秘密，陈初原本以为自己一辈子都不会说出来，可现在，她坦白了：“是我。”

“陆淼淼很听话，你不让她出门，她就乖乖地待在家里。那天她求我带她出去玩，我原本想着带她去听贝思远的演奏会，可她忽然不想去，要一个人走走，然后回家。是我不好，我以为她会回家的，就让她一个人走了！她走之后我还和她联系了，她告诉我她安全到家了，谁会想到，她会在外面游荡！如果一定要说是谁害死了她，那个人一定是我，不是你！”

陆寻仍旧坐在地上。

他仰着头错愕地看着陈初，仿佛不敢相信自己的耳朵。

“你说什么？”

“是我，是我带陆淼淼出门，又留下她自己一个。做错的人是我，要受到折磨、受到惩罚的人是我，要被千刀万剐的人是我！”

——如果知道后来的事，那夜就算是死，我也会留住她。

——可是，我没有。

她以为陆寻会给她一个巴掌，再不济是对她冷言相向、破口大骂，可是他没有。

他坐在那里许久许久，像一座沉默的雕像。

最后他说：“你走吧，陈初，我不想再看见你，这辈子都不想。”

这一绝望的审判，还是来了。

14 Chapter 坠落

她不得不承认，人都是会变的，环境、欲望和感情都会将人扭曲，而这种改变是连自己都无法控制的。在不知不觉中，大家都悄无声息地变成了自己所厌恶的人。

（1）

这不是陆寻第一次让陈初走，之前，他甚至是让她滚的。

她不是聪明的人，却每一次都能清楚地辨别陆寻话中的含义。他让她滚，大多时候是冲动，不知道自己讲了什么，而他让她走，是真的不愿意再看见她。

陈初将钥匙放在了玄关的木柜子上，一直没有回头。

走到楼下花园的时候，她终究克制不住自己，回头望了一眼。夜已深沉，楼上的灯基本已熄灭，唯有那一盏亮着暖黄色的光，暗淡的，几乎就要消亡。

她在花园站了很久很久，那盏灯仍旧亮着，而那个人一直没有下来。

她以为自己会失态在半夜痛哭流涕，但她没有。

陈初在花园里吹了一夜的冷风，眼泪在脸颊上被风干，有一点点刺痛。最后，她迈着疲惫的步伐，一步步走回家。

从临海公寓到郊区的家，她跨越了大半个南泽，走了三个多小时才回到家。

此时已是清晨，阳光懒懒地洒在地板上，家里却空无一人。

何婧带着贝思远跟着星海乐团去巡回演出，又正值期末，这大半个月陈洪恩都很忙，偶尔还要值班，索性住在教师宿舍。家里空荡荡的，只有陈初一人，她连衣服也没换，直接将自己扔在了床上。

悲伤、疲倦夹杂着一种莫名的恐惧朝她袭来，一波又一波地冲击她的脑袋，她觉得疼，又觉得疲倦，翻来覆去，怎么也睡不着，满脑子都是陆寻那张惊愕的脸。

他不会再原谅她了吧？

这样算是分手了吗？

陈初用手按住胸腔，心脏在里面蹦跶得厉害，整个人像坐上了云霄飞车，在云端穿越，心悸和失重感一遍又一遍地冲击着她。

失去一个人，原来这么难受。她想，得知贝思远和唐乐那些破事儿那会儿，她也只是悲伤那么一小会儿，这会儿怎么会这么痛苦呢？

她想不明白，缩在床上抱住了自己，看着天慢慢地亮起来，又慢慢地变暗，黄昏之际，终于迷迷糊糊地睡着了，也不知道睡了多久才被手机铃声叫醒。

“你怎么一直不接电话？”

过了许久，陈初才辨认出对面是唐乐的声音：“我不知道。”

“你声音怎么这么沙哑，生病了吗？”

陈初努力想了一会儿，仍旧回答：“我不知道。”

唐乐挂了电话，没过多久，门铃就响了。

陈初撑起身体去开门，果然是唐乐，她手中还拎着一大堆东西。冷风同她一起挤进门来，陈初一看，原来是阴天，怪不得天这么黑。

唐乐一见她就伸手往她额头上探："发烧了。"

陈初喜欢运动，所以身体向来不错，她便仗着这一点，拼命地折腾自己，加上这段时间很忙碌，心情压抑，这下终于熬不住了。唐乐听她的声音沙哑，估摸着她是不是把自己折腾病了，也顾不上工作，匆匆赶来。

谁知唐乐话音刚落，陈初就号哭起来："小乐子，我失恋了，陆寻不要我了！"

她滚烫的身体抱着唐乐，唐乐束手无策，也不敢去问缘由，害怕她哭得更凶，只能一下下地拍着她的后背，手脚并用将她带到房间。唐乐给她灌了退烧药，看着她哭得一抽一抽的，还抱着自己的胳膊。

"人活着好辛苦，为什么要这么辛苦地活着？"

"如果我没有喜欢他就好了，现在也不会这么难过。"

她已经烧糊涂了，一直说着胡话，唐乐只能顺着她，轻轻地拍着她的胸口帮她顺气，像安慰小孩。她吃了药，又疲倦得很，慢慢地又睡着了。

这一觉，又睡得昏天黑地。

醒来时，脑袋那种昏沉感仍在，只是头没有那么痛了。她听见楼下有声响，赤着脚往厨房走。唐乐背对着她，正在搅拌锅里的东西，香味扑鼻而来，她的肚子不争气地叫出了声。

"饿了吗？"那人忽然回头。

陈初这才发现，那不是唐乐，而是唐信。

唐乐素来打扮中性，姐弟俩身形相似，厨房又没开灯，陈初一时间认错了也情有可原。她刚想问他怎么来了，他已自己交代："姐姐要上班，我今天休息，她放心不下你，让我来照顾你。"他又看了一眼她的脚，说，"你最好先穿鞋子，然后来吃东西，再吃一点药。"

自陆淼淼过世后，陈初已许久没有见着唐信，还是在自己这么狼狈的状态下。她下意识地服从指挥去穿鞋，又坐到了桌子前，唐信已帮她盛好了粥。

她喝了一口粥，是新鲜的虾仁加干贝，配上翠绿的香菜，没有一点腥味，反倒鲜得很。

"你会做饭？"

唐信"嗯"了一声，眼睛亮亮地望着她："你多喝一点，然后吃药，再睡一觉，病很快就好了。"

陈初埋头喝粥，唐信坐在对面看着，两人之间话很少，却没有觉得尴尬。

好几次，陈初都感觉唐信有话要说，但他只是问了一些无关紧要的问题，叮嘱她生病要注意的事项。

吃完东西，她准备去洗碗，却被唐信一把抢过："我去洗，你去休息。"

陈初累极了，也懒得与他客气，便朝房间走，结果刚上楼便听见他叫她。

不知从什么时候起，他已经不叫她姐姐了，念她的名字特别用力，一板一眼。她听见他说："你不要再那么伤心了，他对你不好，你不要再和他在一起了。"

"唐乐和你说了什么？"

"没有，她什么都没有和我说。你看起来很不好，一点都不好，我不希望你再这样下去。你这样让人很担心。"他顿了一下，又补充道，"无论是我姐，还是我。"

"不要为了一个不值得的人伤心，这个世界还有更多值得你去拥有的。"唐信站在她面前，这会儿显得特别陌生。他向来是内敛之人，从未与她说过什么直白的话，更别说这样推心置腹。她张了张嘴，可好一会儿都没发出声来，只是摇摇头。

她走到房间的时候，发现唐信仍在楼梯口站着，仰着头望着她的方向。

他处于光明中，她站在阴暗里，这会儿，两人都觉得对方有些远。

许是唐信的话让她有些触动，也可能是睡得太多，她躺在床上翻来覆去许久也没有睡着。黑暗里，她的听觉变得尤为敏锐。她听见唐信洗碗的声音，又听见他在楼下忙活了许久，紧接着有人给他打电话，他低声不耐烦地应着，临走之前似乎走到她的房门外，但他没有敲门，她也没有出声，就这样无声地道别了。

陈初睡不着，索性起身工作。

都说失恋是写作者最好的灵感，陈初果然下笔如有神助，写到男女主角因为误会而分手的戏码，又忍不住哭了一场，哭完之后又对着电脑噼里啪啦打字。

再下楼的时候，她发现楼下的炖锅里炖着一锅火腿豆腐芥菜汤，清淡又开胃，也不知道他从哪里得来的方子。

（2）

陆寻说，不要再出现在他面前了。

陈初认真地遵守着。

第二个剧本已在收尾的阶段，不用再每日开会和敲细节，陈初基本不用去盛娱，躲在家中工作，哪有碰面的机会。起初她还担心陆寻会一怒之下与她解约，后来细想，他并非公私不分的人，这样幼稚的事情是不会做的。

整整半个月，她都窝在家中不出门，只有一次因为什么事被制片人喊去谈话。盛娱与之前并没有区别，在电视、报纸、网络中被众星捧月的明星在这里随处可见，每一个人都行色匆匆，各司其职，只偶尔有几个知道她与陆寻关系的人会停下来与她打个招呼，很快又继续忙自己的事。

一切与从前毫无区别。

只是，陈初不再刻意逗留，谈完事后便匆匆离去。

从前她总觉得盛娱太小，走到哪里都能遇到陆寻，这会儿又觉得盛娱大得很，想要不小心遇见都难得很。

她坐在出租车的后座上，又想念他又觉得自己没用，这么多天了，还没放下。

又过了大半个月，她才再与陆寻见面。

那时已是深夜，但陈初还在工作。电话毫无预兆地响起，见是顾珏宇打来的，她犹豫了一下，没有接。那边很快挂断重拨，想是有什么急事，她只好接听。

那头的人听到陈初的声音后松了一口气，又十分抱歉打扰她休息。

“我还没睡觉，请问有什么事？”

“陆总出了点事，你能过来一下吗？”

陈初的心猛地被揪了一下，她下意识就想问什么事，又蓦地顿住：“我与他已经分手了。”

“陈小姐，你们的事情我并不清楚，但我多少也猜到这些天你和陆总有矛盾。如果不是现在没有任何办法，我也不想打扰你，实在是别无他法了。”

他已说到这个地步，陈初只能问什么事。

陈初与陆寻的关系在盛娱被传得神乎其神，顾珏宇是少数清楚内情的，所以他对着她倒是毫无避忌，倒豆子一般将事情说了。这件事太过尴尬，涉及一些隐私的部分顾珏宇都是隐晦地带过，但陈初还是听懂了。

陆寻的处境远比她想象的艰难。

这段时间盛娱内部大动荡，陆寻却在这个当口做出了错误的决策，让公司损失了一大笔赔偿金。因为陆寻做事向来不留余地，董事会内部许多人对他不满，这次有人看他失意，便想借此踩他一脚，向董事会提出罢免他的职务。

陆寻为了巩固地位，必须寻求几个董事的支持。恰好一个叫王喜生的董事有个女儿喜欢他许多年了，为此王喜生还好几次向他伸出橄榄枝，但都被他拒绝。这一次，王喜生便仗着这事发出联姻的要求，说只要他同意，自己手上的股份都会送给女儿当嫁妆。王喜生说得隐晦，但他还是听懂了。他是急需联盟，但也不至于出卖自己，当下打着哈哈拒绝。王董事也是有头有脸的人物，女儿又是自己的掌上明珠，虽然欣赏他，但被这么一打脸，当下脸色就难看了。

若是以前，陆寻是不会理会这种事的，但今时不比往日，他当下就开了一瓶洋酒：“王董，我陆寻不懂事，这些年还是多得你们照顾，若我哪里做得不好，请多多包涵。”说完就吹了一整瓶酒。

虽然王喜生不乐意，但陆寻这个台阶递得恰到好处，给足了他面子，他再计较就显得他小气了，所以又扯了一些有的没的，这一页算是掀过去了。

而王喜生一走，陆寻便一头栽倒在酒店。

顾珏宇慌了，急忙在楼上开了个房间将陆寻安顿下来。结果进了房间，醉醺醺的陆寻就开始吐，吐完了也不让人碰，兀自躺在房间的地板上沉睡。

顾珏宇别无他法，只能找陈初。他知道陆寻和陈初在闹别扭，虽然这不是他作为下属可以干涉的事情，但他多多少少清楚陆寻还惦记着陈初，此次就自作主张给她打了电话。

因为陆寻在醉酒后叫了一声她的名字。

陈初上了出租车，冷静下来，才发觉自己有些冲动。

只是车已朝市区的方向开出了一大段，再掉头回去似乎有些自欺欺人的意味。

入夜后的南泽依旧车水马龙，司机听的电台放了一首英文老歌，慢悠悠的曲调是让人放松的，陈初的精神却紧绷着，觉得这条路尤为漫长。

好不容易到了酒店，说好在楼下等她的顾珏宇电话却打不通，她只好到前台问："请问陆寻陆先生在哪个房间？"

一听是打听房号的，原本还笑盈盈的前台当下如临大敌："不好意思，我们不能透露客人的相关信息。"估计是先前发生过不少闹剧，酒店对客人隐私讳莫如深。

就在陈初不知如何是好的时候，顾珏宇终于出现了，手上还拎着一袋子东西。他说："陈小姐，这是解酒药，陆总在1898，我这会儿还有点急事要去处理，房卡给你，你自己上去好吗？"估计是工作上的事情，顾珏宇也是可怜，大半夜要照顾老板不说，还要回去处理各种烂摊子。

陈初拿着房卡和药上了楼，刚刷开房门便闻到一阵难闻的酸臭味，房间里一片漆黑，连盏灯都没留。

陈初刚将门关上，地板上的黑影忽然蠕动了一下，呻吟了一声，似乎有些痛苦。

陈初还记得那夜他说的话，站在那里一动不动，也不敢开灯，就在那里站着，直到他悠悠转醒。

她听到陆寻叫了一声顾珏宇，没得到应答后，忽然叫她的名字："陈初？"

随后是"咔嗒"一声，是陆寻开了灯，突如其来的光芒让两人都伸手挡住了面前的光。陈初慢慢放下手，看见陆寻坐在地板上，迷惑地看着她，身上的衣服皱巴巴的，比先前见面时更憔悴了。

她以为他会说"你怎么来了"或是"不是让你不要出现吗"之类的话，但他只是坐在地板上一动不动，微微蹙眉看她，像是分不清眼前的一幕是幻象还是现实。

陈初还记得顾珏宇的嘱咐，直接上前给他喂醒酒药。水壶里没热水，她索性在酒柜中拿了瓶矿泉水，刚拧开盖子递了药，才发现他的手一直捂着胃。

"你胃疼吗？"这是陈初进房间后说的第一句话。

陆寻没回答，她低身去察看，却被一股突如其来的力道压在了床沿上。陆寻的吻落下的那一刻，她的脑袋是空白的，只觉得他的唇是冷的，他的身体也是冷的。

不知道他的心是不是如他的唇、他的身体般冰冷。

她的意识是清醒的，她清楚陆寻是喝醉了，或许这会儿在做什么事也不知道，却没有力气推开他，也舍不得推开他，直到他将她往床上压，她还没来得及反应，他却突然抽身离开。

偌大的空间里，两人的喘息声交织在一起。

陈初仍旧保持着被他推开的姿势，而他坐在地上，似乎清醒了一些。

“陈初，我不是让你不要出现在我面前吗？”他果然还是说出这句话了，像举着一把利刃。

陈初哑口无言。

她的沉默像导火线，忽然激发他的怒气：“怎么不说话？我和你说话呀，你怎么不回答？你是不是觉得我挺可怜的，同情我？我告诉你，我不需要！我不会倒下的，不会让你们看不起！”他恶狠狠的，像宣誓一般，不知道在说陈初还是别人。他是醉了，但没有醉透。

来的时候，陈初心里是抱着一点点希望的，说不定他已经原谅她了。

“我不需要你们来同情，谁也不需要，滚开！”

可这会儿，陆寻的话像一把大火，将她心中的希冀、渴求和妄想烧得干干净净，她看着他疏离冷峻的眉目，说不清到底是伤心、愤怒还是绝望，只觉得自己像个彻头彻尾的笑话。

她有很多的话要说，她有很多的情绪要宣泄，最后却只扔下一句：“陆寻，陆淼淼的事情我有错，我也喜欢你，但这并不代表你可以一次次地作践我。”

说完，她头也不回地往外走。

而陆寻没有叫住她。

她知道，他是不会挽留的。

她也没有回头，所以没看见陆寻抬起又放下的手。

（3）

第二天，顾珏宇又给陈初打了电话。

陈初犹豫了一下，还是接听了。

他告诉陈初，陆寻酒醒了，衣服都没换就去上班。

陈初不想再听下去，打断顾珏宇：“以后你不用给我打电话了。我……我和陆寻已经分手了，他的事情与我毫无关系。”

顾珏宇沉默了一下，然后小声和她说了一句抱歉。

陈初不想与顾珏宇再说下去，索性挂了电话。

也就是从这时起，陈初开始失眠。

从前她并不理解陆寻，以为失眠只是单纯的睡不着，或者是他将睡觉的时间用来做别的事情，而现在她知道，并不是这样的。

她每天晚上十点钟躺下，手机关机，房门紧闭，而四个小时后意识仍旧是清醒的。有时她明明困得要命，眼皮都在打架，心想现在要是找个地方躺一躺，不，靠一靠吧，一定能睡着，可真正躺倒在床上后，却怎么也睡不着，脑海里像并排开过几十辆重型大卡车，“突突突突”吵得她恨不得将自己人道毁灭。

失眠让她变得暴躁、烦闷、压抑。

唐乐约她吃饭，见她郁郁寡欢，很是担心：“你最近工作很忙吗？还是睡不好？怎么黑眼圈这么严重？”

“没什么，就是睡不好。”

陈初轻描淡写地带过，没有让唐乐知道，她已经去医院找医生开了安眠药，可吃了药，只有短暂的几个小时能够得到安眠，醒来后脑袋还是昏昏沉沉的，没法好好工作，而且第二天失眠得更厉害，最后她连药也不敢再吃。

所以，失眠在继续，每到这个时候，她便会想起陆寻，不知道他睡得好不好。

陈洪恩说过，陈初是典型的纸老虎，嘴硬心软，嘴上永远不饶人，却最容易心软。小时候她与陈未吵架，说好一个星期不要和他说话，可才过了一小时，又忍不住去偷偷看他在干吗。

尽管她在心里说过千万遍不愿再和这个人有任何的交集，还是控制不住去关注他的消息。

她听说那日之后陆寻又请王喜生吃了几次饭，将王喜生哄得眉开眼笑、服服帖帖；听说盛娱就是否罢免陆寻一事召开了董事会，但支持他的票数比反对票数多，所以他仍旧稳稳坐在陆总的位置上；听说他不再每日醉醺醺地去上班，但仍旧每天加班，将办公室当成了家；听说盛娱已逐渐走向稳定，股票也开始上涨。

这一切，大多是她去盛娱时从旁人口中听说的。

顾珏宇在她阐明自己与陆寻的关系之后，没再给她打电话。

有天出门，陈初意外地遇到了傅亚斯，在快餐店的门口，他与妻子似乎在争执。陈初犹豫了一下，还是上前打招呼。

“好巧，许久不见。”

上次见面还是在陆淼淼的葬礼上，三人估计都想到了这一茬，陈初忙道：“你们怎么在这儿站着不进去？”

说完，谈夏昕已蹙眉，有些恼怒：“我不过想吃个炸鸡，这人也不肯，拦在门口不让我进。陈初你吃饭没？要不我请你吃饭？”

话音刚落，傅亚斯便睨了谈夏昕一眼。他是那种眉目凌厉的人，谈夏昕却一点都没感觉，仍旧目光灼灼地望着陈初。

陈初急忙摆手：“我吃饭了。”

谈夏昕有些失望，絮絮叨叨了几句，傅亚斯低声哄她：“外面的油也不知道干净不干净，回家我给你炸。”

“你炸的能吃吗？”

两人你来我往，陈初站着有些尴尬，正想道别走人，傅亚斯却忽然叫住她：“陆二最近不大好，你们是吵架了吗？他……他似乎许多天没睡好，长了许多白发，也瘦了，行尸走肉一样。”

陈初愣了一下，然后喃喃道：“我们分手了。”

他是陆寻的朋友，虽然两人并不常走动，但看得出，陆寻是真心将他当朋友的，他也是真心关心陆寻，否则不会和她说那样的话。

只是这一切与她无关了，她只是让他劝陆寻去看看医生。

傅亚斯见她不想提，没有再逼迫，搀着大腹便便的妻子走了。

陈初看着他们相互依偎的背影，有那么一点羡慕，又有些难过。

那段时间陈初过得很恍惚，工作也不大顺利，磨磨蹭蹭了许久，一个剧本也没写完。睡眠仍旧很差，为了晚上睡得好一些，她尝试了各种方法，吃药、针灸、按摩和喝酒，效果都微乎其微。

后来，她开始夜跑。

只有跑步的时候，她的脑袋才是放空的，不会去想那些让人不开心的事情，而那个总来她脑海里肆意打扰的人，也只有这个时候不会出现。她每天晚上绕着公路跑十多公里，跑到大汗淋漓、筋疲力尽，回到家往床上一躺，总算能稍微睡个好觉。

有天晚上，陈初照旧去夜跑，跑到半路上下雨了，只好折返。常走的路积了水，她只好绕另一条路。离家还有一段距离的时候雨势渐大，若是往常，这几步路她一定会淋着雨跑回去。可那晚鬼使神差地，她突然停了下来，站在旁边的便利店里躲雨，又买了一杯热奶茶。

也就是这几分钟的事，陈初看到一辆熟悉的车从远处驶来，然后停在了路口咖啡店旁边。

陈初以为这是自己的错觉，细看车牌才发现自己并没有看错。

以前她与陆寻在一起的时候，她怕何婧撞见他送她回家，总让他将车开到这个位置，他坐在车里，可以一眼望到她的房间，她回到房间开了灯，他知道她安全到家了才会将车开走。

时隔两个多月，这辆车又停到了这里。

车里的人一直没有下来，雨雾模糊了窗玻璃，又隔得远，陈初看不清车里的人到底是不是陆寻，她也没有勇气走上前，只是远远地看着。

也不知道过了多久，街上的商店都开始打烊，咖啡店的灯也关了，车子才慢慢地朝前驶去，离开她的视线。

而她的手机，自始至终没有响。

接下来两晚，陈初有意无意改变夜跑的路线，又提前了一段时间，可惜经过咖啡店门口时，那里空荡荡的，并没有那辆她熟悉的黑色的车。

可陈初并不觉得失落，只是觉得自己有些可笑，事已至此竟还抱着希望。隔天她照着原来的路线跑，但回家后又忍不住站在窗口张望，可路口车水马龙，她只看到一片明灭的光影。

陈初再次见到陆寻，已是一周后的事情。

那天因为赶稿，陈初出去跑步时已有些晚，她要出门的时候何婧还叮嘱："天色晚了，不要出去了，多危险。"

陈初摆摆手，和她说："有什么危险的，我天天夜跑，要出事早出事了。"

何婧白了她一眼："狗嘴里吐不出象牙。"

陈初夜跑回来的时候是有些晚，街上的商店大多关了门，他们这个地方又偏僻，不像市中心那般热闹，只有零星的路灯陪伴她。她见时间晚了，想着抄近路回家，却不想真被自己的乌鸦嘴说中，跑到偏僻的路口时，突然有个醉醺醺的流浪汉冒了出来。

他喝了不少，身上是难闻的酒气混合呕吐物的味道，甫一靠近，熏得陈初想吐。这醉鬼扯着陈初的胳膊，陈初立马剧烈地挣扎，可他的力气大得惊人，她一时挣不开。他叽里咕噜地说了一通，她辨别了好久才知道他说的是"拿几块钱买酒喝"。

可她出来跑步，哪有带钱，但醉鬼不信，伸手要往她身上掏。

陈初吓得连连尖叫，就在这时，身后突然响起了汽车喇叭声。

陈初回过头，刺目的远光灯照得她睁不开眼，只看到一个模糊的影子坐在车里。

不过即便看不清，她也猜到那是谁。

车内的人猛地又按了一下喇叭，醉汉悻悻地骂了两句后走了。

而陈初仍旧站在那里，想靠近，却怎么都迈不出步伐，车内的人也没有下来的意思。

一人一车对峙了许久，最后还是陈初先投降作罢，转身往家的方向跑，而那车徐徐地跟在她身后，车灯冷冷地为她开路。

（4）

那天他的车一直跟着陈初走到家门口，她开门的时候，他掉头。或许是流了汗，她的手指上有汗水，或许是紧张，指纹锁好一会儿都刷不开。车经过她身边时，车窗被摇了下来，而她兀自埋头捣鼓指纹锁，没回头。

"以后不要夜跑了，危险。"

等她回过神，车已经开走了。

陈初愤愤地踢了一脚大门，心里罩着一口气：你让我不要出现，我就不出现，可你自己又跑来是什么意思？！叫我不要夜跑，我偏偏要夜跑！

不过她虽然这样想，但不敢再往偏僻的地方跑，偶尔有事耽搁了时间，或是天色晚了，便不再出门，终于没有再遇到上次那样的事。

陆寻自遇见陈初后，许多天没有再出现，陈初捉摸不透他的用意，也懒得再去猜度，该怎么做还是怎么做，只是每每回家进了房间，总忍不住站在窗口往路口望，可那里空荡荡的，没有车辆停靠。

直到后来的《听说我们不曾落泪》电影杀青酒会，陈初才再一次见到陆寻。

耗时大半年，电影终于拍摄完毕，陈初也受邀去参加新闻发布会。因为主角大多是新人，除去一个冉书瑶，也就唐信的名气大些，也因为电影还未进入宣传期，所以关注度没有想象中的高。陈初坐在一个小角落里，而记者们关注的明显不是故事的情节和卖点，而是冉书瑶与唐信的绯闻。

当有记者问唐信“Aaron，冉书瑶是你喜欢的类型吗”的时候，陈初感觉他似乎有意无意地朝自己的方向望了一眼，沉默地，但那目光稍纵即逝，她再细看，他已微笑回答道：“瑶瑶姐是我的榜样。”言下之意是两人毫无情愫，又夸奖了冉书瑶，滴水不漏，他再也不是那个一见到记者就紧张而沉默应对的少年了。

记者发布会后是酒会，在南泽的五星级酒店举行，现场没有邀请记者，除了主创人员、工作人员便是投资方，是以，陈初见到了陆寻。

那些醉酒后痛苦咆哮的暗夜已经过去，没有在他身上留下一点影子，他只是瘦了一些，标志性的眼袋配上他迷人的微笑，显得他更加成熟，蛊惑人心。

陈初不敢多看他，专心与两个演配角的新人演员聊电影，谁知没几分钟，便有人将话题往陆寻那边引：“陈初姐姐，听说你和陆总认识对吗？我刚和经纪公司解约，你能不能给我牵个线？”

陈初简直不敢相信自己的耳朵，既反感又不知如何应答，最后还是唐信解救了她。估计他是刚从制片人手里逃出来，还拿着酒杯：“陈初你过来一下好吗？我有事找你。”

唐信向来不爱笑，同剧组的演员都觉得他不好相处，那人见他找陈初，也不再刨根问底，放她走人。

只是唐信却不是同她开玩笑：“我有点不舒服。”

“怎么了？”

“头疼。”

陈初见他皱着眉，而且脸色苍白，忙道：“黄苏子呢？能先回去吗？头疼你怎么还喝酒？”

“躲不掉。”他老老实实将酒杯递给陈初，又说黄苏子已经去帮他打招呼了，准备走了，问陈初能不能陪陪他。他坐在椅子上，手不停地按压着太阳穴，陈初见他难受，也怕他一个人在路上出意外，便同意了。

两人边说话边往电梯的方向走，唐信精神不济，差点就撞上电梯门，陈初急忙拉了他一把，他的手便虚虚地搭着陈初的肩膀。

电梯门合上的间隙，陈初看到陆寻，他独自站在大厅的中央，手上拿着红酒杯，目不转睛地看着他们。

唐信也发现了他，但没作声。

电梯门终于完全闭合，隔绝了陆寻阴鸷的目光与一地的喧嚣。

唐信给助理放了一天假，黄苏子又还在楼上，纵然有保姆车，陈初也不放心他一个人回去，便跟着他到了他住的地方。

唐信已经许久没有住安置区，他住在公司安排的高级酒店式公寓里面，只是偌大的房子冷冰冰、空荡荡的，除了自带的家具和他的衣服外，别无他物，连个水壶都没有，更别说药了。

自进了家门，唐信就躺在床上一动不动。他生病也不闹腾，眉头紧皱，把自己埋在被窝里。

陈初想起她生病时，他煮粥、煲汤不在话下，不知他怎么把自己照顾成这般模样。她想给唐乐打电话，却遭到阻拦："不要告诉姐姐，我没事。不要让她和妈妈担心，我休息一下就好。"

认真想想这个时候唐乐估计在上班，陈初便下楼买了药，又在柜子深处翻出热水壶来烧了水，然后给他喂了药。

自始至终，唐信都乖乖地配合，水烫也不说，还是陈初不小心将水溅到手上才发现水温不对："对不起啊，是我粗心没试水温。这么烫，你怎么也不说？"

唐信没说话，只是笑。

陈初望着他，大约明白那些女孩为什么会对他那般痴迷。

房间里只留了一盏小灯，而他满脸的痛苦和疲惫也没能盖过他那种冷峻的气质。

有的人，即便披金戴银也摆脱不了身上的寒酸味，而有的人，纵然身陷囹圄也掩盖不了与生俱来的气质。

而有这种气质的人，除了唐信，陈初还想到了一个人。

唐信吃了药，昏昏沉沉地睡着，陈初见时间晚了，正准备回去，刚拿了包，忽然听到他的声音："你别走。"

她转头一看，他已经撑着床坐起身，一只手还托着头。

"不行啊，时间有点晚了，我该回去了。"

"陈初，你别走好不好？姐姐和妈妈不愿过来陪我，我现在又很少能够回去，你别走好不好？就这样陪陪我，现在回去也很危险。隔壁还有个房间，你睡在那里，我只要知道你在这个房子里就好。我不喜欢一个人，真的不喜欢。"他极少一口气说这么长的话，语气急促而慌乱。

大抵生病的人都会比较脆弱。

陈初看着这装修豪华却空荡的房间，又看着他放在床头柜上的老式手机，说不心酸是假的。成名给他的生活带来翻天覆地的变化，谁都看得到他表面的风光，可有几个人知道他赚的钱都是在帮家里还债，到现在还用着不能拍照的老款手机。

陈初一心软，便留了下来。

（5）

那个晚上她睡得不好。

她原本就失眠严重，陌生的地方更是使她不能入眠，又担心唐信不舒服，夜里起来了两三次，谁知他压根也没睡，兀自坐在客厅发呆，还是她严肃地赶他去睡觉，他才慢吞吞进了房间。这么一折腾，仅剩的一丁点睡意都消失得无影无踪，刚好看到客厅有几本外国小说，她索性坐在客厅看书。

第二天陈初离开的时候天才蒙蒙亮，唐信还在睡，她蹑手蹑脚地关上门就走了。

当时她并未察觉有何不妥，只觉得隐约有人在暗处看着自己，细细打量，又发现并无异样，估摸着是自己一夜没睡，出现了幻觉，谁知当晚陆寻便将一大沓照片甩在她面前，像一个响亮的巴掌“啪”地拍在她脸上。

当时她刚跑步回来，经过路口，没想到陆寻的车竟等在那儿。她原想绕过他的车，却不自觉放慢了脚步，经过他的车时，他不轻不重地按了一下喇叭。

陈初停下来，车上的人也下来了。

“不是让你不要夜跑吗？”这是陆寻的第一句话。

第二句话是：“你怎么没接电话？”

往常她跑步是带着手机的，今天手机刚好没电就没带，结果恰恰就漏接了陆寻的电话。

若是往常，她一定会大声地呛回去，而现在，她不知为何在陆寻面前没了底气，也不说话，看着自己脏兮兮的跑步鞋，半天没有出声，直到陆寻往她手中塞了个牛皮纸袋。

“这是什么？”

“你自己看。”

她解开牛皮纸袋，结果被里面的东西吓了一跳，手上沉甸甸的东西都是照片：她扶着唐信从地下停车场进公寓的照片，他们说笑的照片，以及清晨她独自从公寓离开的照片。

“你找人跟踪我？”陈初下意识问道。

被她这么一问，陆寻原本不算好看的脸色又沉了沉：“我有病吗？我是变态吗？”

“这家媒体的主编和我是朋友，拿到照片后当即给我打了电话，如果不是这样，这些照片明天会出现在各大新闻的头条。”陆寻顿了一下，然后继续说，“你不知道唐信在风口浪尖吗？你这样大晚上的去他家过夜，不正是打瞌睡给递枕头吗？你知道这些照片是谁拍的吗？”

“还能有谁，肯定是狗仔队！”陈初心烦意乱，自然没好气，她拿着手上的东西，半愤怒半无奈，“唐信生病不舒服，我去照顾他，我们什么事也没有。”她也不知道自己为什么要说这些，解释完就后悔了。

“我知道。”陆寻冷冷道，“我知道你和他没什么，但这些照片放出来，再配上生动的文字，别人可不会这样认为。”

“你到底想说什么？”

“主编和我说，这些照片是有人专门给记者透了风让记者去蹲点拍的，至于是谁，他不能说。他告诉我这件事还是看在我和他认识这么多年的分上，才卖了我一个面子。你最近得罪过谁吗？或者，你觉得这会是谁做的？谁知道你去了唐信家？”陆寻没有指名道姓，脸上却写满了怀疑。

陈初几乎是下意识就想起了唐信，因为她留下来过夜是临时起意，除了唐信，谁也不知道，但她还是本能地为唐信辩驳：“不是唐信，他不会这么做，这样做对他没有好处。”

他们站在马路边缘，此时时间尚早，车辆往来，人声喧闹，陆寻被她这么一打断，也不生气：“我没有说一定是他，但我的的确确在怀疑他，因为他特别可疑，提前退场，留你过夜，怎么看都像别有用心。”

“这么做对他有什么好处？他为什么要这么做？”陈初说着不相信，但心里开始怀疑，毕竟唐信有过前车之鉴，曾经他和冉书瑶的绯闻便是他故意造成假象让记者误会。

她突然觉得疲倦，有些恍惚地蹲下身，手上的照片仿佛有千斤重。

陆寻一直没有走，倚着车门看着她，许久之后，她似乎听到他发出一声低低的叹息：“陈初，回来好不好？”

她有满腔的委屈和愤怒，可抬头看见他瘦削的脸颊，却问道：“你不问问我和唐信的事情？说不定我和他真的有什么。”

她生气的时候，语气是有些刻薄的。

但陆寻没有接话，只固执地重复问她：“你回来好不好？”

他知道，她拒绝不了他。

感情很多时候就像一场博弈，开始处于劣势地位，要翻身就难了。

在这场爱情里，她陈初从来没有选择的余地。

她爱他，就是他最大的筹码。

有时候陈初想，伤害带来的也不全是负面影响。

若是以前，她遇到这样的事情，肯定已经崩溃，但这一次她除了震惊与难过外，全程都很平静。

她找到唐信的时候，他刚巧结束工作，回了公寓。

见陈初找他，在电话里又不说什么事情，他便说去找她，却被她拒绝：“不用，你在家等我，我很快就过去。”

陈初的语气冷漠又疏远，让他有些不舒服，想再问下去，但她已经撂了电话。

陈初来得很快，进门后她并没有拐弯抹角，直接将照片递给了唐信。

他看了一眼，然后问她：“这是什么？”

“唐信，我觉得你演的电影肯定会叫座，毕竟现在你的演技已经这么好了。”她讽刺道，“在我面前，你也要这样演下去吗？”

“我不喜欢你用这种语气说话，我真的不知道这是什么。”

“这是陆寻给我的，说是有人故意让记者拍的，我就来问问，是不是你！”

客厅里只开了一盏暖黄色的灯，有些暗，衬得唐信脸上的愤怒表情有些狰狞：“陆寻，陆寻说的？他说什么你就相信了吗？我没有想到你竟然信他，而不信我！”

陈初已失了耐心，猛然拔高声音：“到底是不是你？！”

他见她对自己毫无信任，冷冷一笑，嘲讽道：“既然你已经不信任我，又来问我做什么？你在心底已经认定这事是我做的了。陈初，在你心里，我就这么不堪？是不是因为我曾经让人拍过我和冉书瑶，所以在你看来，这种卑劣的事情就是我做的？”

他忽然抬起手，手中的照片纷纷扬扬散落一地：“上一次，我故意让记者拍到我和冉书瑶，是因为你正在风口浪尖，我无法保护你，只能用这样拙劣的方式，而现在我这么做有什么好处？如果我这么做能让你从陆寻身边离开，我一定会去做！可是不能，我也不舍得去伤害你。”

唐信的话音刚落，陈初就后悔了。

眼前的人是唐信啊，那个从小就跟在她身后的小男生，总是喊她“初姐姐”的小人儿。自他进了娱乐圈后，她便不止一次觉得他变了，变得世故，变得老练，所以当陆寻将照片摆在她面前的时候，她心底已经开始怀疑他。

其实，变的人不是唐信，而是她自己。

背叛和伤害让她变得小心翼翼、草木皆兵，甚至不惜怀疑身边的人。唐信的一番话，将她重重地推至谷底。

她不得不承认，人都是会变的，环境、欲望和感情都会将人扭曲，而这种改变是连自己都无法控制的。在不知不觉中，大家都悄无声息地变成了自己所厌恶的人。

陈初看着悲伤的唐信，不知该说什么好，只能喃喃地道歉：“对不起，虽然我知道一句对不起也解决不了什么问题。这事是我自己的问题，我真不知道自己为什么会变成这样。”说完她也不听唐信的回答，匆匆忙忙往外走。

“陈初。”唐信在她开门的那一刻喊住了她。

陈初恍惚想起，自他不叫自己姐姐后，他每一次叫自己的名字都像没有底气，而这一次却斩钉截铁。

“我不怪你，因为我知道，你也不想变成这样。你太过惶恐，没有安全感，所以才不敢倾心于任何人。可我不喜欢这样的你，你知道吗？你离开陆寻吧？离开他，好不好？”

陈初回过头，猛然撞进唐信清澈而悲伤的眸子里。

“你离开他好不好？他总是让你难过，让你哭泣，让你变得不像你。为什么别人无法企及的，他却不知珍惜？离开他，和懂得珍惜你的人在一起，不会有人再像他一样伤害你。”

陈初望着面前的男孩，不，应该说是男人，俊秀的面容此时看起来有些陌生。

他对她的感情压抑而隐晦，她多少有所察觉，只是一直假装不懂。这会儿，他却轻而易举戳破了这层窗户纸，在她狼狈不堪的时候。

“阿信，我也想坚决地告诉你，好，可以，但是，我不想骗你，也不想欺骗自己。你我都知道，感情这东西，从来就让人这样无能为力、无法自控。”

她说完，轻轻地打开门。

而她身后的唐信始终没有动作，静静地看着她走。

她下楼的时候，陆寻还在等。

上了车，她就闭上眼小憩，他也不问她去哪里，沉默地掉转车头朝环城高速走。

这短暂的安宁，什么时候又会崩塌呢？

陈初既惶恐，又有些恶意地期待。

15

Chapter

涅槃

“我爱你，我想拥有你全部的岁月，无论美好的，还是糟糕的，这样，我才算拥有最完整的你。”

（1）

车子上了环城高速，速度很快，车厢内两人沉默无言。

陈初看着越来越熟悉的风景，看到熟悉的公寓，一时间有些恐惧。

她想起那个夜晚，她孤零零在花园站了半宿，只有路灯昏黄的光亮陪伴她，却没有一盏是为她而亮。

进了屋，陈初的目光始终没敢落在陆淼淼的房间上，陆寻似也察觉到，忽然道：“陈初，你给我做饭好吗？”

她看了一眼时间：“现在都几点了，你还没吃饭？”

他“嗯”了一声，瘫在沙发上。

冰箱里什么都没有，只有不知何时留下的鸡蛋，陈初想下楼去买，刚走到玄关却突然感觉背后的人气势汹汹而来，她还没反应过来，已被紧紧抱住：“不要走。”

“我没有走，我去买东西。你不是没吃饭吗，冰箱里什么都没有。”

“算了，不吃了。”他这样说，将脸埋在她的后背上。

他的呼吸灼热，透过衣衫一点点地抚摸她的皮肤。

他仍然固执地问着这一句：“你不要走，好不好？我不想要一个人。”

他的影子孤独地与她的重叠在一起，她听见自己低低地应了一声。

陆寻仍旧没有放开抱着她的手，过了许久之后，她才听到他轻轻的一句“对不起”。

“那天骂走你之后，我一直在后悔。好几次我都想找你，可是没有勇气。我在酒店对你发脾气，是因为我看到你没有我依旧过得很好，可我一点都不好，一下子就忍不住了。后来又看到你和Aaron在一起，言笑晏晏，我更是难受得要命。”他的脸贴着她的后背，热气让她有些不舒服，她挣了挣，却被按住，“你不要回头，不要看我，我怕我没勇气把这番话说完。”

“陈初，对不起。我什么都没有了，我不能再失去你。”

陈初一时间不知作何反应，她愣愣地站了一会儿，直到心情平复才故作轻松地挣开了陆寻。她打量了一下整个屋子，才发觉少了什么：“陆甜甜呢？”

“送回老宅了。”

“为什么？”

“以前有人看着它，可现在我连自己都照顾不好，哪有时间照顾它，饱一餐饥一餐也可怜。加上它现在不怎么爱理我，视我如仇人。”他慢吞吞道，“干脆送走，眼不见为净。”

“不可能，它不是很黏你吗？”

“先前有一天喝醉了，我踢了它一脚，加上老忘记喂食，它记仇了。”

陈初说：“你把它接回来吧，我挺想它的。”

——就像，我想念你一样。

她将头埋在他宽阔的胸膛里，可他的胸膛并不温暖，而是带着夜的凉气。

“你走之后，我一直睡不好，每天都是睁着眼睛到天亮。虽然这已是常态，但我从未像现在这么难熬。我总觉得你应该在这里，可是并没有，陆甜甜也不在，我感觉孤零零的，好像全世界只剩下我一个人了。后来，我想你了，就把车开到你家的那个路口。我想打电话给你，却不知怎么总是没有拨出去。好几次，我看见你了，我知道你也看见我了。我对自己说，如果你过来，我一定抱住你，可是你没有走过来，一直没有。”

那是因为我怕，我怕你会再次赶我走。陈初这样想，却没有说出来。

“还好，你还是回来了。”他靠着陈初呢喃。

陈初靠着他，他靠着墙，两人就这样安静地抱在一起。过了一会儿，陈初觉得不对劲，仰头一看才发现他睡着了，也不知道多久没有休息好，站着竟然也睡着了，她细细一听，竟然还有轻微的鼾声。

陈初轻轻地将他放开的手环住自己，末了，忽然踮起脚在他唇边吻了一下。

警惕性那么高的人，竟然这样也没醒。

这个姿势并不舒服，但她不舍得将他叫醒。

陆寻的改变，陈初是能感觉到的。

看着性格冷清的人，没想到黏起人来也让人招架不住。

陆甜甜被接回了公寓，陈初依旧每日去喂食，顺便带它遛弯。陆寻现在也不做加班狂人了，下班便回家。陈初偶尔会做饭，偶尔傍晚遛完狗便回家。他有时下班看不到人，便会打电话，说：“陈初你来给我做饭。”

“你可以叫外卖。”

“不要。”

“不是有钟点工，你把上次那个阿姨辞了，现在可以重新请一个。”陈初说，“我还有很多事要做，工作多着呢。”

他嘀咕了几句，然后挂了电话。

隔日陈初去遛陆甜甜，却发现陆寻没上班，而厨房里堆了很多东西，都是郊区农场送来的有机蔬菜，还有走地鸡。陈初见他一副“你不给我做饭，我誓不罢休”的样子，说：“你这是把我当保姆呢？”话是这样说，却老老实实进厨房捣鼓。

说实话，陈初手艺不行，她做的菜，她自己都没什么胃口，陆寻却低头扒饭，一口蔬菜一口鸡肉，眉头紧皱，但仍吃得干干净净。

他们谁也没有再提起陆淼淼，这似乎成了一个禁忌话题，只要不去触碰，他们还是可以维持这和平美好的假象。只是有些事再怎么刻意掩饰，存在还是存在，无法磨灭。

那个禁忌话题只出现过一次，唯一的一次。

那天是周六，陆寻没上班，陈初刚好赶稿告一段落，两人便在公寓看电影。农场又送来了菜，陈初便给陆寻做了饭。她是想着吃完饭回去的，谁知突然下起了雨。

她还在厨房洗碗，陆甜甜因为下雨不能出去而不停地在家里乱窜，还咬坏了沙发。过了一会儿，陆寻忽然走进来问她："今晚不走吧？下雨了。我累了，不想开车，下雨也得给老王放假吧。"

陈初一愣，说："没事，我有打车软件，任何时候都能打到车，最多加点钱。"

陆寻似乎有些失望，走了。

过了一会儿，他又来了，说："陈初你要不就在这里住下来？每天跑来跑去挺累的。"

"这是要同居吗？我妈要打死我的。"她笑道，"我住哪里？住你房间啊，还是住陆淼淼房间？"

话音刚落，两人都怔住了。

这大概是两人和好之后第一次提起陆淼淼，来得这样猝不及防。陈初说完就后悔了，她甚至做好了陆寻发脾气的准备，但他没有，只是转身出了厨房，静静地点了一根烟。

陈初洗完碗，觉得这样的气氛太尴尬，不想逗留，便说要走。

这一次，他没有留她，也没有送她。

门关上的那一刻，陈初看着陆寻单薄的背影，忽然觉得自己有些卑微和可笑。陆寻想要的不过是一个伴儿，不一定非她陈初不可，换成什么张初、赵初、李初，只要在适当的时机出现，也是可以的。

陈初越想越觉得悲凉，走到楼下才发现自己忘带伞，也没有带手机，她也不想再上去拿，便冒着雨走了。

（2）

她已经不是第一次一个人走这段路。

这些日子她也习惯了踽踽独行。

只是这一次，她刚冲进雨中，没走几步路，便被人扯住了胳膊，回过头，陆寻站在雨里，有些无奈："下这么大雨，你要去哪儿？"

"回家。"她说。

"怎么说走就走？我又没说什么，脾气怎么这么大？"

他这会儿倒是想粉饰太平，陈初原本还不生气，这话一出，她的气就上来了："我都这样委曲求全了，你还说我脾气大，那得了，你也别留我，真是没意思极了！"说完她便挣开他。

"你怎么委屈了？和我在一起委屈？"

陈初不再说话，全心全意去掰他握着自己的手，他也知道她这会儿在生气，怎么也不肯放开她。两人在雨中僵持了好一会儿，谁都没肯妥协。

陆寻觉着大晚上两人在雨里这样争执有点傻，言情剧都没这么狗血，又怕她淋出个毛病来，只得提高音量：“你是不是觉得我还在怪你，觉得我和你在一起不过是因为孤独，你和我在一起很委屈，我还动不动给你气受？”

陈初不说话，但神情已是默认。

陆寻半是无奈，半是生气：“你以为全世界就你一个女的吗？我是有毛病还是怎么的，非得找你？”

“那你就去找别人呀！”陈初也对着他吼。

“我找你还不是因为我喜欢你！”陆寻手上的力道没减小，许是气急了，有些喘，“陈初，这话我只和你说一次，以后你别拿这个来和我闹脾气。我找你，是因为我只想要你，别的谁都不想找。我快三十岁了，我不是你们二十三四岁的姑娘，有大把时间和精力可以折腾，我只想和你平平静静地在一起。有些事过去了就是过去了。”他停顿了半晌才继续说，“之前是我不对。陆淼淼死后，我一直沉溺在自责里，你当时那些话给了我一个宣泄的出口，我把一切怪在你身上。其实我知道，不该怪你，要怪的还是我。但我想，她若活着，也不想看着我这么痛苦，所以这些事以后不要再提了。我不是怪你，我只是还有点难过，暂时接受不了。”

陈初听前半段的时候还想说“你没精力谈情说爱，我可以找别人去”，可听着后半段，又看他神色疲倦，话倒说不下去，得寸进尺向来不是她的风格，当下也不挣扎了，任他半拖半抱将自己弄到可以躲雨的地方。

两人都被淋得像落汤鸡，衣服湿淋淋地贴在皮肤上，头发也都在滴水，面面相觑了好一会儿，终于忍不住笑出声。

陆寻说，回去吧，这样会生病。

这下陈初没和他闹，跟他上了楼。进了门，他也不换衣服，翻箱倒柜地找，过了一会儿翻出一套新的家居服，说：“你去洗个澡换衣服吧。”

“我要回家。”

“这么大雨，你别走了。”见她蓦地瞪大眼，陆寻接着道，“你睡房间，我睡客厅。”

何婧出差不在家，陈洪恩向来好说话，陈初见雨这么大，要他开车送自己也危险，便打电话同陈洪恩撒了个谎说在朋友家，陈洪恩不疑有他。

他让陈初睡房间，陈初便老老实实睡在房间，顺便把房门锁了。

这一夜风雨大作，陈初倒睡得踏实，如果不是半夜陆寻突然跑来擂门的话。

她睡眼惺忪地起床开门，怒气冲冲道：“你想干吗？”

陆寻倒是无辜：“我见房间里一直没动静，以为你走了。”

她不理他，“砰”地将门关上，然后继续呼呼大睡。

第二天，陈初起得很早，但原本六七点就该去公司的人还气定神闲地坐在沙发上。

“怎么不上班？”

“周末。”

“昨天不是周末吗？今天还周末？”

“昨天周六，今天周日。”

他伸手在陈初脑袋上弹了弹，觉得她是睡傻了。

下了一夜的雨，天终于放晴，阳光尚好，陈初突发奇想问陆寻：“我们出去逛逛？”

“去哪里？有什么好逛的？”话是这样说，他却起身进了房间，没一会儿就换好衣服出来，见陈初还坐在沙发上逗狗，有些不解，“不是说出门吗，怎么还不去换衣服？”

两人要走，陆甜甜却死活不放人，故伎重施咬住陈初的裤腿，还是陆寻一个冷眼，它才“嗷呜”一声放开她，可怜兮兮地望着他们。

“要不，带上它吧？”

“外面多危险，要是被人抓走了可怎么办？”陆寻说着关上了门。

虽然是周末，但临海公寓这一片仍旧冷冷清清，陈初便说去海边吧，陆寻没有异议，正要去开车，却被制止：“反正也不远，走走吧，当散步。”

往常两人极少并肩走路，最初还是各走各的，走着走着，陆寻忽然抓过陈初的手，放在掌心捏着玩。陈初被他捏得烦，将手抽了回来，结果被他瞪了一眼，手又被握住，不过这一次他没将她的手当成玩具球捏了。

时间尚早，这一片又远离市区，宽敞的马路上除了偶尔驶过的车辆就只有他们两个，陈初难得放松，陆寻脸上也少见地有了笑容。

两人走走停停，到了海边，他的手机忽然响了。

是短信。

陆寻看完脸色大变，陈初心里一惊，还在想不会是出了什么事吧，结果他将手机递过来，陈初一看，总算明白了他的神情为何那么诡异。

“傅亚斯生啦，小女孩蛮可爱的！”

“不是傅亚斯生的，是他老婆生的。”陆寻很快把手机揣回兜里不让陈初碰，语气在陈初听来是却是酸溜溜的，“皱巴巴的，像只小猫，有什么可爱的！”

“这样说人家不好吧。”

陆寻又瞪了她一眼，语气竟然有些失落：“你怎么总帮他说话？”

陈初十分不能理解他这种朋友比他先结婚生子的嫉妒心情，所以也没法安慰他，索性不理他，他却在她身后慢悠悠地喊了她一声。她猛然回头，听见陆寻面色严峻地对她说：“要不我们……”

后面的话陈初没有听到，因为一个海浪打来，带着巨大的声响和水花，淹没了陆寻的话。

她只看得见他的口型，心几乎要从胸口跃出来，但还是装得漫不经心："你说什么？刚刚浪太吵，我没听清。"

可陆寻摇摇头，没有再说了。

陈初说不清心里是失落还是庆幸。

那天最后是以一场雨收场的，清晨出门还阳光灿烂，雨说下就下，两人只能冒着雨跑回家。

陈初觉得自己是落荒而逃。其实她清楚地听见陆寻对她说的每一个字，即便是无声的，她也听得清楚。他说的是："陈初，要不我们也结婚吧？"

其实她也幻想过无数次和心爱的人结婚的场景，轰轰烈烈转变成柴米油盐，像父母一样平平淡淡却互相关怀过一生。她本身不是酷爱浪漫的人，求婚场景也不用太华丽，但陆寻突如其来的问话让她有些蒙。

她下意识假装听不见，其实拒绝的答案已摆在心里。

陈初并非不爱陆寻，她甚至在何婧面前甩下豪言壮志，要与他走下去，任何后果都独自承担，且不会后悔。可在他在开口求婚的那一刻，陈初惶恐、退缩了。

在她心里，她仍旧认为，陆寻不够爱她。

不是不爱，只是不够爱，不及自己。

陆寻没再问，让陈初更觉他是受傅亚斯刺激，随口说说而已，所以回去的路上一直闷闷不乐。

陆寻本就捉摸不透女孩的心思，还以为她是因为又下雨了心情不好，也就没有追问。

（3）

后来的时间过得特别快。

或许是从前的路太过波折，后面的路她走得很顺畅。

她与盛娱合作的第二个剧本很快便确定拍摄，选角速度也极快，意料之外地，唐信也得了个角色，不是男主，是比男主更讨喜、让人心疼的男二。

举行开机仪式那一天，陈初终于与久违的唐信碰面。或许是因为那次的不欢而散，他远远看到陈初时并未靠近。陈初想起自己对他的误解，有些内疚，一时间也没有主动和他打招呼。她正准备上前去，却被制片人叫住，再转头，他已经不见了。

半个月前偷拍事件已有了结果，陆寻不知用了什么方法从那媒体主编那儿套出话来，证实这事并非唐信所做，而是冉书瑶，她大抵是为了报上一次被利用之仇。陆寻向来不喜欢别人在私底下搞小动作，特别是有损自家艺人的事，若是别人，早遭到惩罚了，但冉书瑶不同。虽然她早已表明她与盛天叶天势不两立，但陆寻多少有所顾忌，只找她聊了聊，这事也就过去了。

陆寻没有隐瞒陈初，还郑重其事地与她道歉："我不该猜忌Aaron，挑拨你们之间的关系。"说完顿了一下，"但我还是不喜欢他。"

陈初明白，这叫同性相斥。

陈初给唐信打了电话，道了歉，也表示以后他们还是姐弟，但一直没有得到回复。其实，这些话说出来，她自己也不相信。两人已经有了隔阂，再怎么粉饰太平，也回不到从前。

陈初仍旧想挽回她与唐信的关系，并非因为他是唐乐的弟弟，而因他是自己少年时期美好的陪伴。从前的人已在时光中走散了不少，剩下的每一个她都想珍惜。

陆寻对此却嗤之以鼻。

工作步入正轨后，陈初总是很忙，因为剧本还有些问题，时常要跟组拍摄以便修改，有时候半夜三四点还在片场。

陆寻抗议过几回："你看你，比我还忙，以后怕是我找你都要预约了。"

陈初抱歉地表示："这周一定空下来，把所有时间都用来陪你陆二少爷。"

这边陈初刚许下承诺，那边剧组就给陈初递了消息，说新剧里好几场戏都要用山里雪景，为了取景真实，现在整个剧组都要奔赴北方，至少要在山沟沟里待上大半个月。

陈初刚告知陆寻这个消息，对方就反对道："你去干吗？分镜剧本远程连线也可以修改，不用跑到那破地方挨冻受苦。"

"哪个人不是这样的？而且这是工作呀！"陈初道。

他慢悠悠道："Aaron也去吧？"

陈初一下就奓毛了："难道你觉得我和他会有什么吗？你把我当什么人了？！现在是工作，你不要发散思维想太多行不？"

"谁给你打的电话？我去说一声就可以。"陆寻理所当然道，并没有觉得这有什么不妥，"现在北方都零下几度了，你生活在南方，受得了吗？"

陈初觉得不满："陆寻，你这样打电话过去，别人会怎么看我？我是和你在一起谈恋爱，但我也有我自己的工作。你是不是希望把我绑在你的裤腰带上，哪儿也不去，这样你就开心了？"

陆寻没说话，但眼神和表情清楚地告诉她，就是这样。

"我知道你没有安全感，但你这样让我压力很大。我是我，就算我和你在一起了，我还是我，我想要有自己的天与地，不想被谁庇护着，不谙世事。如果你爱我，你就应该尊重我。"

话音刚落，陈初就知道糟了，因为陆寻完全理解错了她的意思。他默默地看了她一眼，在沙发上坐下。

这是两人和好以来第一次起争执。

陈初累得很，心里也憋着气，就没有哄陆寻，沉默地自己回家。谁知这人竟没有提出要送她，也一直没有打电话，她一气之下收拾了东西，让剧组订机票，第二天就上了飞机。

陆寻是在她到了拍摄基地的酒店安顿下来后才打来的电话，她估摸着他会大发雷霆，索性掐了电话，没想到他竟然没再打过来。

她又气，又觉得自己有点作。

其实下了飞机，陈初就有些后悔。

陆寻的告诫并不是唬人的，北方的风寒冷凛冽，像刀子一样狠狠往脸上刮，虽然才十一月，但这边已经下起了雪，纷纷扬扬，山里更是冷，每个人都将自己裹得严严实实，只露出了眼睛。

陈初带了不少大衣，后来发觉大衣在这边完全扛不住，生怕出师未捷身先死，到了酒店后急忙去买了羽绒服，总算没有被冻出毛病。

接连几日工作都很忙，陈初每日都要跟组拍摄，有时拍摄完毕回酒店，导演心血来潮，觉得哪里可以加镜头，就大半夜将她叫到酒店大堂改剧本。她虽然疲惫不堪，但还是强打着精神听着，唯恐错过一丝细节，回头又做无用功。

这样一周下来，她人就显得恹恹的。

这一周，她与陆寻的联系少之又少，但每日一个电话报平安还是有的。她倒不是还在生气，只是实在忙和累，有时候晚上和陆寻打电话打到一半就已经睡着了。两三次这样之后，陆寻的电话也少了，只是嘱咐她必须打电话报平安。

若说陆寻不失落是假的，扪心自问，他并不希望陈初多强大，因为他可以庇护她，她只需开心地活着便好。但后来仔细想想，他给她的不仅是怀抱，也是桎梏，让她放弃她喜欢做的事情，无疑是折断她的翅膀，让她活在他编织的牢笼里，这样她又怎么能开心呢？

陆寻花了一夜的时间想通透，面对陈初却嘴拙，说不出一句道歉的话，只能一点点放开手，让她独自前行。

他相信，无论她走多远，都会回到自己的身边。

陈初的想法倒没有陆寻那般复杂，她和陆寻打完电话已困得不行，却还不能收工。趁着导演、演员吃夜宵的间隙，她坐在椅子上靠着墙闭眼小憩，原本只是想休息一下，结果没想到睡着了。

最后她是被嘈杂的搬东西的声音惊醒的。她揉揉眼，发现剧组已收工了，剧务和道具组都在收拾东西。她迷迷糊糊地起身，发现身上盖了一件衣服，定睛一看，旁边还坐了一个人——唐信。

这几天两人碰面的机会并不多，酒店房间也不在同一个楼层，陈初还未和他说过话，这会儿刚睡醒，脑子还未转过弯，他已经递过来一个外卖纸杯：“喝点水，天冷。”

陈初喝了一口，被辣得皱眉，是红糖姜茶。

“天气冷，多喝点姜茶不容易感冒。”话是这样说，他的声音却带着鼻音。

“感冒的人是你吧？”陈初想起自己行李箱里被何婧塞了大包的备用药，便说，“晚上回酒店我给你拿药，吃点会好。最近组里好多人感冒了，听说医院可远了，吃点药看看能不能压下去。”

唐信看了她一眼，低声说了句好。

两人谁也没有再提以前的事，虽然陈初感觉两人相处不如以前自在，但那一页总算掀了过去。

（4）

剧组在山里待了半个月。

最后两天陈初没什么事，又见天气很好，便想去登山。

她是登山爱好者，近一年已经有很长时间没有上山，这次出门时特意带了一身行头，见没什么工作，便见缝插针给自己找乐子。

这天大清早，她换好衣服准备出门，刚打开房门，就见唐信站在门边，手微抬，像是要按门铃的样子。见她突然开门，他似乎被吓到，怔了一下，看她一身登山装备，很快道：“你要登山？”

“是，你找我有事？”

“没事，今天休息，我也没什么事，就想看你要不要在附近逛逛。既然你要登山，那我可以和你一起吗？”

陈初有些犹豫：“山里冷，而且你没有登山靴，可能有些危险。”

唐信让她等他一下，然后消失在走廊尽头。

陈初下楼吃早餐，半个小时后，她接到唐信电话，到大堂一看，发现他已经全副武装：登山鞋，冲锋衣，户外水壶，抓绒帽，大背包，连雪套都买了。

不管是一个人还是两个人，上山都是走那条路，况且唐信是个人高马大的男人，不需要她照顾，她便与他一起出发。

这次他们登的是乔里山，海拔并不高，只有5038米，也不算陡峭。这对陈初来说不算难，但她完全忽略了，乔里山是雪山，难度比往常登山高了两个等级。

路比陈初想象的要难走一些。

这几日山里一直在下雪，时下虽放晴，但化雪的时候路更滑。她背着大背包走在前面，临时在路边捡了一根大树枝当手杖。上大学期间，她与登山队爬过无数的山，但眼下还是有些吃力。唐信走在后面，倒显得比她轻松一些，见她闷头走路，也察觉到她吃力，便问：“要不要我帮你背包？”

陈初摇头不说话，埋头继续往上走。

她从来不是向困难低头的人，更何况今天的行程是她定的，再吃力也不能拖累别人。可走到半山腰的时候，唐信执意帮她背包：“我是男人，有力气，我来。”

陈初见他背了两个包，走路都难，又抢不过他，只好道：“我的包重，你背，你的给我。”

这下，唐信没有和她抢。

两人深一脚浅一脚地慢慢前行，中间停下来吃了两次干粮补充体力，其间陈初无数次骂自己瞎折腾，但谁也没有想要半途而废的意思，连聊天也少，闷头走路，总算在傍晚六点抵达山顶。

此刻已是黄昏，但乔里山并未完全暗下来，依稀可见一片皑皑白雪，如一床温暖的棉被。

陈初累极了，随地坐下休息，唐信急忙道：“雪地冷。”

“没事，我穿了冲锋裤，防水。”陈初拍拍不知何时落在身上的雪花，“你也坐下休息。”

两人休息了片刻，陈初才发现身上的雪并非树上掉落的，而是真的下雪了。山里的天黑得很快，刚才还明亮如清晨，这会儿已经暗下来，告诉他们入夜了。

“我们是不是该下山了？”

“不能走，下雪了，天又黑，很危险。”

唐信虽体力好，但没什么经验，眼下俊秀的眉目间露出一些着急来：“那怎么办？”

“没事，我带了帐篷、气罐、锅和食物，饿不着。”

曾经在山里迷过路，又与陆寻相处久了，陈初无师自通，学会了他的谨慎，出门前就做好了发生意外下不了山的准备，倒是不担心。只有一点，她出门上山前忘记和陆寻说了，手机在山上没有信号，他打不通电话，估计要急坏了。

只是眼下没有时间去着急，陈初指挥着唐信找避风的地方搭帐篷，自己捡了大堆竹枝生火，让它们慢慢地燃，又开了气罐煮了一大锅方便面。

配菜只有半包中午吃剩的火腿肠，两人累了一天，吃了两餐冰冷的压缩饼干，充满味精味道的方便面也吃得津津有味。

两人吃完后又烧了热水，简单地洗漱好后已是深夜。帐篷并不大，本来就是陈初预备自己一个人用的，两人进去还是有些挤。陈初有睡袋，眼下环境艰难，也没有多想，钻进帐篷后就给唐信腾了位置：“你进来，睡得下。”

唐信却依旧站着，拿着竹枝拨弄火堆：“你先睡，我守夜。”

“不用守夜，大雪天没有狼，乔里山也不是旅游景点，不会有什么坏人的。”陈初想了想，“帐篷是有点小，但你在外面会被冻死的。”

她话音刚落，唐信便将冲锋衣拉链拉到脖子处，帽子、口罩都戴上，找了个背风的地方坐下来：“我在这里不会冷，而且有火堆，你睡吧。”

陈初劝了许久，终究拗不过他，自己又累，怕明天没有体力下山，嘟嘟囔囔了一会儿后还是躺下了。

这一夜，她睡得并不好。垫了充气垫，但她仍旧睡得不舒服，加上担心唐信，心里又压着事，躺下好一会儿也没有睡意，明明体力已透支。

她听见风声，还有火堆那儿时不时发出的“啪啪”的竹枝爆裂声，又听见唐信往里添柴火的动静。在这寂静又纷乱的夜里，她辗转了许久才睡着。

第二天陈初醒来时，天已大亮，雪也停了，唐信已全副武装，并煮好了早餐在等她。

陈初打量唐信，见他神清气爽也没有受凉的样子才松了一口气，吃了早餐后，和他一起收拾了东西下山。

下山比上山好走一些，也不用赶时间，两人边说话边看风景，走走停停，也不觉得累。到了半山腰，他们停下来休息，陈初靠在树上远眺，却看见上山的小路上有个身影，一件深蓝色的冲锋衣，一点点朝他们靠近。

陈初以为这是自己的错觉，可越看越觉得没有看错。当那个身影越来越近时，她扔下了手中的饼干，也顾不上包，飞快地朝他跑去，因为跑得太快，被小石头绊了一下，整个人跌进雪地里。

陈初正想撑地爬起来，有只手比她更快地握住了她的手臂，抬头一看，果然是陆寻那有些生气却依旧好看的眉目：“你能不能不要让人这么担心？”

“你怎么来了？”

“打你电话打不通，我就来了。”他扶起陈初，微微往后瞥，看见唐信站在几步开外的地方，正准备过来扶陈初，却被他抢先一步。

陆寻看唐信，唐信也在看陆寻，眉目间都带着一点疏离和敌意，但陈初并未察觉。

她是回到南泽才知道，陆寻因为打不通她的电话急得要命，找了制片人和导演问了一圈，最后还是找到唐信的经纪人黄苏子才知道她和唐信去登乔里雪山。当夜山下下了雪，她又未归，于是陆寻连夜坐了私人飞机赶来。

因为地方偏僻，警力和搜救资源都有限，他们失踪又不足二十四小时，即使报了警，一时间警方也难以出警，陆寻只好吩咐顾珏宇花钱找人上山，自己却迫不及待，在天还蒙蒙亮的时候就上了山。

他上次在西樵山摔伤的腿还未完全好，到了山里更是疼得厉害，走路都有些不便，更别说走山路，跌跌撞撞摔了几次，还差点因为脚滑而滚下山。

但这些，他都没有告诉陈初。

“为什么来找我？我又不会出事。”

“不知道，看不到你，听不到你的声音，我就想找到你。”陆寻忽然无厘头地说了一句，“陈初，你错了。”

——你以为自己只是一个微小的存在，或许你离开后会有更好的人代替你，可你错了，你仅是走开一会儿，我就慌乱无措，像失去了自我。或许真的有一个人能够代替你，但我不愿意，更不想去做你会离开的设想。你我都弱化了你在我心中的分量。

直到很久很久之后，陈初还记得那一天。

乔里山白雪皑皑，有微弱的阳光，陆寻站在松软的雪里，朝她伸出手，说："你跟着我，小心一些。"

他依旧将她当成小孩，他依旧恨不得将她绑在裤腰带上，可她没有觉得被桎梏了，她甚至想，就这样一辈子陪在他的身边也不错。

因为，他爱她啊。

而她，真巧，也爱他。

陈初忽然伸出手抱住了陆寻，对方僵了一下，然后说："你这样很危险，要是我站不稳，很容易摔倒。"说是这样说，却没有推开她，伸出手，将她戴着厚厚手套的手握住。

"走吧。"

走在他们背后的唐信与他们保持着一段不近不远的距离，慢慢地踩着陈初的脚印，一步步走下山。

他始终沉默着，就像不存在。

（5）

许多年之后，陈初与陆寻发生过无数次争吵，也不止一次说过要分道扬镳，可每每想起那一天，她的心就会莫名变得柔软。

她忽然就舍不得离开他了。

一个因为她的手机打不通便从千里之外赶来，独自一人登雪山，就为了找到她的人，或许这辈子她都很难再找到一个。

她一直不明白陆寻为什么爱她，有一天她还是问出口了，而他说的是："你那么爱我，我怎么舍得不去爱你呢？"他虽自大，但这话确是事实。

世间真的有一种爱，是因爱而生。

陆寻没说的是，他想了许久，想到她无数的缺点，却想不到一个爱她的原因，纵然是这样，仍旧不舍得她走远，更别说离开。

想到最后，他头疼，心也难受，索性不愿再想，随便搪塞过去，却发现他随口说的一句话恰恰是他寻求好久的答案。

她是世界上最爱他的人，他不去爱她，爱谁呢？

陆寻当天下午还有个重要的远程会议，连衣服都没换就拉着陈初上飞机。

回到南泽后，陈初占用了陆寻一点时间，带着他回了一趟家。

何婧已退休，那日陈洪恩也不用上班，刚开门，便被两个脏兮兮的泥人吓了一跳，定神一看，一个是他的宝贝疙瘩，一个是不认识但表情看起来很严肃的男人。

其实陆寻冤枉得很，他只是紧张。

陈初进了家门，直接介绍："爸妈，这是我男朋友。"

何婧正在喝牛奶，一听，没被呛死。

陈初知道何婧要说什么，开口将她要说的堵住了：“我知道你们可能不大喜欢他，听说了不少关于他的事，对他没什么好印象。但是爸妈，这个人，因为我昨天上山失了联系，大半夜坐飞机赶过去，独自一人上山找我。我想，除了你们，世界上恐怕不会有第四个人会这么做，虽然我没出什么事，只是登雪山忘记告知他一声。”

向来优雅的何老师瞪了她一眼，然后拖着发福的身躯进了琴房。

陈洪恩向来唯妻子马首是瞻，见状跟上去，走了几步又回头：“脸没洗，也没提礼物，第一次上女朋友家，似乎不是很有礼貌。”

自始至终，陆寻都在状况外，直到陈初对他说：“你看，现在你不再没名分，我给你名分了。”

陆寻既尴尬又恼怒，不知说什么好，只好伸手在她鼻尖上刮了一下。

这个冬天对陈初来讲尤为传奇，先是闹了一出雪山寻人，回来后她又听说贝思远帮唐乐偿还了大半的债务，随后悄悄远走奥地利进修。

贝思远走后的很长一段时间，唐乐都处于恍惚中。他步步相逼的时候，她屡屡拒绝；现在他走了，她竟然有些想念他。

陈初已原谅贝思远，他虽辜负了她，但对唐乐倾尽所有，所以她也没有落井下石，甚至劝唐乐：“人一辈子喜欢的东西很多，喜欢的人却很少，喜欢一个也喜欢自己的更是难上加难，若遇到了，就算前路充满艰难险阻也要去争取。”

唐乐当时没有说话，只是静静地看着她，却在第二天花了所有的钱买了一张去奥地利的飞机票。

于是，唐乐错过了陈初的二十四岁生日。

那一天，恰好是《听说我们不曾落泪》的首映式。

这是陈初的第一部编剧作品，何婧和陈洪恩也被邀请参与首映式。

坐在车上出发时，陈初就觉得不安。虽然她看过剪辑版的，心里多少有数，但仍然忐忑得很。除了父母，她更希望陆寻能够在身边陪她，他却说，他要开会，可能没法出席。

所以，陈初的心里是有些失落的。

虽然她是编剧，但由于名不见经传，更多的灯光和镜头都对准了台上的男女主角和导演，她坐在角落里，一时间就感觉孤零零的。

这部电影拍得并不算完美，说是大投资、大制作，但终归用的是新演员，有些地方还是引人诟病，可陈初看得认真，不放过任何一个细节。那些鲜活的人物，像是从她的脑海里突然走到了银幕上，从幻想中走到了现实里，很是奇妙。

片尾曲响起的那一刻，她偷偷地抹了眼泪。

也就是在这个时候，她觉得奇怪。电影结束，灯光本该亮起的，这一刻影院却仍旧寂静。

黑暗中，她有些不安，甚至恐惧。

她有些慌乱地在黑暗中张望，周遭的人也在窸窸窣窣议论着。她正想站起来，影院的灯光却蓦地亮起，然后她发现，说没空不来的陆寻不知何时站在了舞台上，穿着一身滑稽的红色圣诞老人装。

她还未反应过来，陆寻已慢慢朝她走近，边走边从身上挂着的袜子里掏东西。

他的胡子贴得不够紧，当他走到她身边时已掉了一半，一半还贴在他的嘴唇上，可他像是毫无察觉，忽然单膝跪地，将从袜子里掏出的东西摊在她面前："陈初，你愿意嫁给我吗？"

刚才会场还是喧闹的，这一会儿却寂静得可怕，随即响起雷鸣一般的掌声，"嫁给他"的起哄声此起彼伏。

她有些蒙，甚至忘记伸出手，陆寻靠在她耳边威胁："快点接，我不想明天的头条是盛娱老总陆寻滑稽求婚被拒。"

但陈初仍旧一动不动。

他急了："你不是不愿意吧？"

"陆寻，你会后悔吗？"她忽然道。

这一问差点将陆寻逼疯，他就知道何婧是在整他，说什么她的生日在平安夜，这是她梦想中的求婚场景，她自小就想嫁给圣诞老人。

可就在这时，陈初将手伸到他面前。

她的声音不大不小，正好传到他耳朵里："你要是后悔也来不及了，因为，我愿意。"

他抬起头，她正望着他，目光澄澈，一如初见。

我爱你，我想拥有你全部的岁月，无论美好的，还是糟糕的，这样，我才算拥有最完整的你。

我愿往后的生命，都有你的陪伴。

岁月给你，风雨给我。

Afterword

最后的告白

再版《听说我们不曾落泪》三部曲，与当年写《听说我们不曾落泪Ⅲ》一样，对我来说都是极其艰难又重要的决定。

2016年，出版《听说我们不曾落泪Ⅲ》之后的很长一段时间，我每天都会不停地翻微博私信和公众号留言，还会搜索自己的名字和“听说3”“听说我们不曾落泪Ⅲ”之类的关键词。那个时候我挺担心的，担心大家看到这本书会生气，会失望，会觉得我欺骗大家的感情，毕竟这不是讲傅亚斯和谈夏昕的故事，甚至不是周舟的故事，为什么要将之取名为“听说我们不曾落泪Ⅲ”？

可是，它确确实实是我心中的“听说3”。

在写完傅亚斯和谈夏昕的故事之后的很长一段时间里，有读者一直追问会不会有第三部，会不会有周舟的故事，我当时回答的是“如无意外，应该不会”，因为对我来说，傅亚斯和谈夏昕的故事已经完结。他们在一起之后，可能会有矛盾，可能会被家长里短所左右，可能会像我们普通人一样为金钱所困扰，但是能确定的是，他们不会分开。经历了那么多风雨的两个人，他们相爱着，他们不会分开。

至于周舟，或许会和卫西在一起，或许会找到另一个对她好的人，但那终究是很久很久之后的事，她现在仍旧未从上一段感情中走出来，所以，她的故事还未开始。

最初我写这本书的时候，它并非叫这个名字，而是叫“岁月轻狂，我不负你”，年少时的轻狂展露无遗。可我并不满意这个名字，我总觉得它少了些什么。

直到某一天，看完全文的编辑和我提议，要不叫它“听说3”。我当时是反对的，因为在我心中，“听说”是从前的故事，是独特的回忆，怎么可以随便叫这个名字。

但在否决这个提议之后的当天晚上，我又不停地想起“听说我们不曾落泪”这几个字。四五年前的书名，现在听来是有些矫情与年代感，但它与这本书中的人物确实是契合的。

陈初与谈夏昕性格迥异，却都是活在我们身边的人物，外表坚强，内心敏感、脆弱，不让人发现自己内心的伤痛，直面人生中的挫折与悲痛，她们的眼泪，只有自己可见。

所以，最终我还是将这本书的名字定为“听说我们不曾落泪Ⅲ”。

《听说我们不曾落泪》并不是指特定的一个故事，而是你和我的青春，是一种心境，是一个过程，我想，看完这本书的你们应该能懂。

“听说3”创作于《我们终将独自长大》和《我们终将各自远扬》之后，应该是我最后一本完全关于青春的书了。

我会继续写作，会继续写成长的故事，但是我可能再也不会写这么浓烈、激昂的青春了，因为我已经从十八岁走到了二十八岁，不再青春，已经迈入人生的另一个阶段了。

对我来说，并非我写不出青春故事，而是我已经从那个阶段走出来了，再创作这个类型的故事，也仅是技巧与经验，无法再像当时那么真实，且我已经走出校园太久，现在所流行的我都没有接触过，再去写青春故事，就算打动得了别人，也打动不了我自己。

所以，“听说我们不曾落泪”系列结束后，我们要以一种全新的形式会面了。

我是永远热爱写作、保持创作热忱的7号同学。

这是告别，也是开始。

我们，下本书再见。